Idylle en Arizona

Un bébé avec son rival

STELLA BAGWELL

Idylle en Arizona

Traduction française de
FLORENCE MOREAU

PASSIONS

HARLEQUIN

Collection : PASSIONS

Titre original :
HIS TEXAS RUNAWAY

HARPERCOLLINS FRANCE
83-85, boulevard Vincent-Auriol, 75646 PARIS CEDEX 13
Service Lectrices — Tél. : 01 45 82 47 47 - www.harlequin.fr
ISBN 978-2-2804-8803-7 — ISSN 1950-2761

Composé et édité par HarperCollins France.
Imprimé en juillet 2023 par CPI Black Print (Barcelone)
en utilisant 100% d'électricité renouvelable.
Dépôt légal : août 2023.

FSC
www.fsc.org
MIXTE
Papier issu de sources responsables
FSC® C159065

Pour limiter l'empreinte environnementale de ses livres, HarperCollins France s'engage à n'utiliser que du papier fabriqué à partir de bois provenant de forêts gérées durablement et de manière responsable.

- 1 -

Roslyn DuBose alluma ses phares et examina la carte de navigation qui venait de s'illuminer sur le tableau de bord. Wickenburg, petite ville située dans l'État d'Arizona, était à moins de cinq kilomètres. Il lui fallait impérativement tenir jusque-là : pas question qu'elle s'arrête sur le bas-côté de cette route nationale déserte pour se reposer un peu, alors que la nuit tombait ! Cela n'aurait été prudent ni pour elle ni pour le bébé à naître.

Agrippant le volant, elle cligna des yeux, dans l'espoir que le brouillard de fatigue qui lui gênait la vue se dissipe. En deux jours, elle venait de parcourir 1 500 kilomètres ; quoi de plus normal qu'elle soit au bord de l'épuisement ! Aussi, ce soir, n'avait-elle pas d'autre choix que de prendre une chambre d'hôtel pour dormir. Elle repensa au mot qu'elle avait laissé à son père, à Fort Worth : elle espérait qu'en le lisant il comprendrait son désir d'émancipation. Le problème, c'était que Martin DuBose n'était ni compréhensif ni indulgent. Tôt ou tard, il chercherait à la retrouver…

Allons, elle devait pour l'heure atteindre le but qu'elle s'était fixé ! Elle poursuivit sa route lorsque, tout à coup, la deux-voies sur laquelle elle roulait lui parut onduler…

Pitié, elle n'allait tout de même pas s'évanouir !

Brusquement, elle repéra un bâtiment en brique avec un grand parking sur sa droite. Braquant immédiatement le volant, elle se gara sous le faible éclairage d'une lumière de sécurité, coupa le moteur et prit la bouteille d'eau qui se trouvait dans le porte-gobelet.

Et zut ! Elle était vide. Quand l'avait-elle finie ? À Winslow ? Flagstaff ?

Appuyant la tête contre son siège, elle posa la main sur son énorme ventre et sentit son enfant bouger sous sa paume.

Tiens bon, mon bébé. Dans une minute, ça ira mieux, et je nous trouverai un bon repas ainsi qu'un lit douillet.

En réponse, elle reçut un petit coup de pied qui l'aurait fait sourire si elle n'avait pas été aussi exténuée. En l'occurrence, elle avait à peine la force de rassembler assez d'énergie pour regarder au-delà du pare-brise : une enseigne était accrochée au-dessus de la porte de la bâtisse.

HOLLISTER ANIMAL CLINIC

Elle venait donc de se garer devant une clinique vétérinaire, apparemment fermée pour la nuit. Au moins, personne ne la verrait et ne l'accuserait de vagabondage, pensa-t-elle en posant le front sur son volant.

Juste une minute ou deux, se promit-elle, puis elle repartirait.

Chandler Hollister se fixait toujours pour objectif de fermer sa clinique à 18 heures, mais y parvenait rarement. La plupart du temps, il y restait jusqu'à 19 voire 20 heures : il y avait toujours des urgences qui ne pouvaient attendre jusqu'au lendemain matin. Et tel était le cas ce soir.

Il revenait pourtant d'une expédition de trois heures

dans un ranch situé dans un coin perdu du comté de Yavapai, où il avait dû traverser un arroyo particulièrement escarpé à dos de cheval afin d'atteindre la vache pour laquelle on l'avait appelé, et qui rencontrait des difficultés à vêler. Comme il était le seul vétérinaire de la région, son travail relevait souvent du défi, mais il ne l'aurait échangé contre aucun autre.

Désormais à un kilomètre de la clinique, il regarda l'horloge digitale, sur le tableau de bord du pick-up.

— 20 h 15 ! dit-il. Ce n'est pas si mal.

À ceci près qu'il s'était levé à 4 h 30 et qu'il avait encore quelques tâches à effectuer, de sorte qu'il ne serait pas à Three Rivers, son lieu de résidence, avant 22 heures.

À côté de lui, son jeune assistant poussa un soupir.

— Tu as peut-être encore l'énergie d'un poulain, mais moi, je commence à fatiguer, maugréa-t-il. Et nous devons encore décharger les chevaux et les installer dans leur box.

Chandler se mit à rire et repoussa son stetson gris en arrière.

— Trey, tu as trente ans, six ans de moins que moi. Tu devrais avoir de l'énergie à revendre !

Ce dernier émit un grognement.

— Je ne suis pas habitué à travailler seize heures d'affilée, six jours par semaine comme toi.

— C'est pourtant ce que tu fais depuis deux ans.

— Oui, et qu'est-ce que j'y gagne, à part un chèque à la fin du mois et un état de fatigue permanent ?

Chandler lui sourit.

— Le sentiment du devoir accompli, Trey. Tu pourras

rentrer chez toi l'esprit tranquille, sachant que cette vache et son petit vont bien.

À cet instant, la vue familière de la clinique se profila et Trey bondit sur son siège.

— Hé, Doc, il y a une voiture garée sur le parking. Je ne crois pas que ce soit celle d'une des filles.

Chandler mit son clignotant et, braquant le volant de son pick-up, il inspecta la voiture beige sous le halo de lumière. Trey avait raison : elle n'appartenait pas à son personnel.

— Moi non plus, renchérit-il. C'est une Jaguar, et toute neuve avec ça.

— Waouh ! À mon avis, c'est Mme Whitley qui nous amène un de ses chats siamois. Elle est assez riche pour avoir une Jaguar. Mais comment a-t-elle su que tu repasserais par ici ce soir ?

— Non, je ne crois pas qu'elle ait les moyens de se payer une voiture si luxueuse. En revanche, elle est coutumière des visites tardives…

Il alla se garer derrière la bâtisse, là où se trouvait un dédale de cabanons et d'enclos.

— Emmène les chevaux à l'écurie, je vais voir s'il y a quelqu'un dans cette voiture.

— Et si c'est un chat, je…

— Je le confie à tes bons soins ! l'interrompit-il en riant.

Sur ces mots, il regagna l'entrée de la clinique, là où se trouvait la Jaguar. Les vitres étant fumées, il était difficile de distinguer quoi que ce soit à l'intérieur.

Il toqua à la portière, côté conducteur.

— Ohé, il y a quelqu'un ?

De longues secondes s'écoulèrent sans réponse…

Il n'y avait personne à l'intérieur, se dit-il au moment où la vitre s'ouvrit de quelques centimètres, et où son regard se heurta à deux grands yeux circonspects. Ceux d'une femme.

— La clinique est fermée, à cette heure-ci, dit-il à la conductrice. Il s'agit d'une urgence ?

— Une urgence ?

— Pour un animal, expliqua-t-il patiemment. Vous avez un chat ou un chien dans la voiture ?

L'inconnue cligna des yeux et baissa complètement la vitre. Il se rendit compte que c'était une jeune femme.

— Euh, non… Pas d'animal. Je… euh… je me suis juste arrêtée une minute pour me reposer.

Il fronça les sourcils.

— Pardon, mais vous n'avez pas l'air en grande forme. Vous voulez sortir prendre…

Il n'eut pas le temps de finir sa phrase : la jeune femme venait de laisser tomber sa tête sur son volant. Elle s'était évanouie ! Il voulut aussitôt ouvrir la portière, mais elle était fermée à clé. Sans la moindre hésitation, il passa la main par la fenêtre et débloqua le verrou.

Ouvrant la porte en grand, il lui toucha l'épaule. Devant son manque de réaction, il chercha son pouls à la base du cou… La vitesse n'était pas idéale, mais au moins le cœur battait.

Avec prudence, il releva son visage et lui toucha le front : sa peau était douce mais moite sous sa paume.

— Oh… Où suis-je ? demanda-t-elle subitement alors qu'il hésitait entre appeler une ambulance ou la porter à l'intérieur de la clinique.

— Vous êtes à Wickenburg, répondit-il d'un ton calme. Dans votre voiture. Vous avez eu un malaise ?

Tout à coup, ses yeux se baissèrent sur le ventre de la belle étrangère. Si énorme qu'il touchait le volant. Et zut ! Il ne manquait plus qu'elle accouche sur son parking…

Elle eut l'air confus.

— Non, répondit-elle. C'est juste que j'ai roulé pendant trop longtemps. Si vous pouviez me donner un peu d'eau… C'est tout ce dont j'ai besoin.

— Ne bougez pas, dit-il.

Il alla ouvrir la lourde porte en verre de la bâtisse avant de revenir promptement vers elle.

— Je vais vous aider à entrer dans la clinique. À moins que vous ne pensiez que le bébé est sur le point de naître. Dans ce cas, je vous conduis tout de suite à l'hôpital.

— Oh non, l'accouchement n'est pas prévu pour tout de suite ! dit-elle en posant la main sur son ventre. Je suis désolée pour le dérangement… J'ai eu comme un vertige, et j'ai préféré me reposer un peu avant de repartir. Ça va aller, je vous assure.

Son visage était aussi pâle que la lune qui montait derrière la montagne et elle n'était certainement pas en mesure de reprendre le volant.

— Je n'en suis pas aussi certain que vous. Prenez ma main et serrez-la.

— Pourquoi ? questionna-t-elle en fronçant les sourcils.

— Ne vous inquiétez pas, je suis médecin. Je m'appelle Chandler Hollister et je suis le propriétaire de la clinique vétérinaire devant laquelle vous vous êtes arrêtée.

— Ah… ! Vous êtes un médecin pour animaux, donc ?

Il ne put s'empêcher de sourire.

— Il m'arrive de temps à autre de soigner aussi les humains. Après tout, nous ne sommes que des bipèdes.

— Euh… Vous avez sans doute raison. Ravie de faire votre connaissance. Je m'appelle Roslyn DuBose.

Elle parvint à saisir sa main, mais cela lui rappelait l'effleurement d'ailes de papillon.

— Vous ne pouvez pas serrer plus fort, Roslyn ?

— Désolée, murmura-t-elle, je suis plutôt fatiguée.

— Très bien. Passez le bras autour de mon cou.

— Écoutez, docteur, si c'est encore un de vos tests, je suis…

— Ce n'est pas un test. Passez le bras autour de mon cou. Je vais vous emmener à l'intérieur de la clinique.

— Mais je peux tout à fait marcher. Donnez-moi juste le bras.

— Vous aurez tout le temps de marcher plus tard. Pour l'instant, faites ce que je vous dis.

À son grand soulagement, elle obtempéra et, la soulevant du siège, il la sortit de la voiture. À cet instant, Trey surgit.

— Mais c'est quoi, Doc ? Pas un chat, en tout cas !

— Non, pas vraiment. Va vérifier qu'il n'y a rien sur le canapé de mon bureau. Cette jeune femme a besoin de se reposer quelques instants.

— J'y cours !

Quand Chandler entra dans son bureau, Trey avait enlevé les boîtes qui encombraient le canapé et placé un oreiller à l'une des extrémités.

— Le bébé va bientôt arriver ? demanda ce dernier, anxieux. J'appelle une ambulance ?

— Non, non, pas encore, dit-il en plaçant délicatement la tête de la future maman sur l'oreiller. Pour l'instant, contente-toi d'aller chercher une bouteille d'eau.

Trey s'exécuta et, quelques secondes plus tard, Chandler s'accroupissait et portait la bouteille aux lèvres de Roslyn DuBose.

— Buvez, cela va vous revigorer.

S'emparant de la bouteille, elle but avec avidité.

— Je suis vraiment désolée, je ne voulais embêter personne.

— Ne vous inquiétez pas, dit-il en lui adressant un sourire apaisant. Nous sommes habitués à faire des heures supplémentaires.

Elle reposa la tête sur l'oreiller et soupira.

— C'est ma faute, j'ai conduit toute la journée… Je n'ai pas fait de pause depuis que j'ai passé Flagstaff.

— Vous voulez arriver à destination ce soir ? s'enquit-il en examinant son beau visage.

Quel âge pouvait-elle bien avoir ? S'il était capable de deviner sans se tromper l'âge exact des animaux, notamment celui des chevaux, il en allait autrement des êtres humains. Surtout des femmes. Pour celle qui était présentement allongée sur son canapé, il aurait dit entre vingt et vingt-cinq ans.

Au-dessous de sa frange châtain clair, ses yeux d'un marron ardent lui rappelaient des fondants au caramel ; le reste de sa chevelure ondulée lui arrivait aux épaules. Ses lèvres légèrement entrouvertes laissaient par ailleurs entrevoir des dents très blanches. Pour tout dire, elle était vraiment adorable.

— Non, je voulais juste atteindre Wickenburg ce soir, répondit-elle. Je… J'envisage d'y passer deux jours avant de reprendre la route pour… la Californie.

Elle avait paru hésiter à indiquer sa destination, mais au fond, quoi de plus normal : Trey et lui représentaient de véritables étrangers pour elle.

— C'est une très bonne idée. Vous avez de toute évidence besoin de vous reposer.

Se dirigeant vers une armoire à tiroirs, il en ouvrit un d'où il sortit un brassard de tensiomètre avant de prendre un stéthoscope dans la poche d'une blouse blanche accrochée à un portemanteau.

— Nous allons contrôler votre pouls et vous essaierez ensuite d'avaler quelque chose.

— C'est très gentil à vous. Je dois vraiment être désorientée, dit-elle en désignant le tensiomètre, car je croyais être dans une clinique vétérinaire.

— C'est bien ça, intervint Trey, mais il arrive que les gens qui amènent leurs animaux ici flanchent et Doc s'occupe aussi d'eux.

— J'ai eu une chance folle, alors, de m'arrêter ici, déclara-t-elle d'un ton amusé.

—Trey aussi, renchérit Chandler. Il adore secourir les demoiselles en détresse.

Ce dernier rougit.

— Doc, ça n'a rien à voir et tu le sais très bien.

Chandler sourit en coin et passa le brassard autour du bras gracile de Roslyn avant de pomper pour bien le serrer. Elle demeura silencieuse tandis qu'il lisait les chiffres, mais il voyait qu'elle observait attentivement son visage.

Elle devait lui trouver une tête affreuse, il n'avait

même pas eu le temps de se raser ce matin ; il n'était pas non plus très certain de son odeur, après cette journée de dur labeur auprès des animaux, sans compter ses vêtements maculés.

Or, étant donné l'apparence de Roslyn DuBose, nul doute qu'elle devait avoir l'habitude de côtoyer des hommes en costume avec cravate, aux chaussures bien cirées et aux semelles quasi impeccables, les trottoirs étant assurément ce qu'elles foulaient de plus sale.

— Eh bien, ai-je un peu de tension, Dr Hollister ? lui demanda-t-elle d'une voix douce en feignant un certain amusement, sans doute pour masquer l'anxiété que trahissaient ses traits.

— Oui, mais elle est encore trop basse. L'eau devrait la faire remonter, buvez autant que vous pouvez.

Il remit le stéthoscope autour de son cou mais, au moment de se relever, se ravisa.

— Voulez-vous que j'écoute le cœur du bébé pour vous rassurer sur son état ? demanda-t-il.

— Volontiers ! Je vous en serais reconnaissante !

Le stéthoscope de nouveau en place dans ses oreilles, il posa l'embout métallique rond sur son ventre. Après l'avoir mis à plusieurs endroits et écouté attentivement, il leva le pouce.

— Cette petite fille a l'air en pleine forme. C'est bien une fille, n'est-ce pas ?

Elle secoua la tête.

— Je l'ignore, je n'ai pas voulu connaître le sexe. J'avais plutôt tendance à penser que c'était un garçon. Vous croyez vraiment que c'est une fille ?

— Selon mes frères, je suis un expert en matière

de prédiction du sexe des bébés. De toute façon, vous serez bientôt fixée.

Il rangea ses instruments, puis demanda :

— Trey, il y a des choses à manger dans le réfrigérateur ? En général, les filles laissent toujours des restes de leur déjeuner.

— Il me semble avoir vu une cuisse de poulet rôti et un yaourt. C'est tout.

— Cela suffira, trancha-t-il.

Puis il jeta un coup d'œil à Roslyn qui s'était détendue au point de fermer les yeux. D'un mouvement de menton, il fit signe à Trey de le suivre hors de la pièce.

Les deux hommes se rendirent dans une pièce de stockage, où des réfrigérateurs étaient destinés à conserver les médicaments, à part un réservé à la nourriture. Chandler l'ouvrit.

— Alors, qu'en penses-tu ? questionna Trey à voix basse.

— Elle va se remettre. Elle est juste déshydratée et épuisée.

— Non, pas d'un point de vue médical. Que fait-elle ici, selon toi ? À Wickenburg ?

Il lui lança un regard curieux.

— Je ne vois pas pourquoi j'en saurais plus que toi. D'après ce qu'elle a dit, elle se rend en Californie. Franchement, sa vie ne nous regarde pas.

Trey souleva son chapeau de paille, le remit en place, puis décréta d'une voix assurée, comme si son geste l'avait aidé à réfléchir :

— En tout cas, une chose est sûre : elle est jolie !

— Ce n'est pas moi qui dirais le contraire.

— Je me demande bien où est son mari. Quel idiot

ce doit être, ce type, pour la laisser prendre la route dans son état !

— Je ne suis pas certain qu'elle soit mariée.

Trey écarquilla les yeux.

— Qu'est-ce qui te fait penser ça, Doc ? Tu lui as demandé ?

— Non, c'est juste une supposition. Elle ne porte pas d'alliance.

— Peut-être que ses doigts ont gonflé à cause de la grossesse. C'est ce qui est arrivé à ma sœur quand elle était enceinte.

— Dis donc, ton imagination travaille, sous ton chapeau de paille, vieux !

— Oh ! c'est bon ! J'essaie de comprendre pourquoi elle est arrivée là, c'est tout. Ce n'est pas tous les jours qu'une femme comme elle débarque à la clinique !

Mettant le morceau de poulet dans une assiette, il chercha ensuite une cuillère pour le yaourt avant de déclarer :

— Si j'étais toi, Trey, je ne commencerai pas à fantasmer sur elle. Elle n'est que de passage.

Ce dernier émit une sorte de reniflement.

— Franchement, je fantasme sur qui je veux, sachant que j'ai à peine le temps de m'occuper de moi. En tout cas, elle est très agréable à regarder, tu ne peux pas le nier. Seulement, je me sens mal pour elle. Elle semble un peu perdue, tu ne trouves pas ?

Chandler poussa un lourd soupir. Depuis l'ouverture de la clinique, douze ans auparavant, il n'avait jamais eu de meilleur assistant que Trey, même si son bavardage incessant lui tapait parfois sur les nerfs. Mais, en l'occurrence, celui-ci venait de formuler exactement ce qu'il pensait.

— Elle va se remettre, redit-il pourtant. Bon, si tu as fini de rentrer les chevaux, tu peux retourner chez toi. Je vais gérer le reste. Inutile que tu restes.

Trey lui lança un regard surpris avant de sourire et de lui décocher un clin d'œil.

— Ah, je comprends ! Tu as envie d'être seul avec elle. Pas de problème. Je file !

Il n'avait pas spécialement envie de se retrouver en tête à tête avec Roslyn DuBose, du moins pas de la façon dont Trey le suggérait. Il voulait juste s'assurer qu'elle était en mesure de partir en pleine possession de ses moyens.

— À demain, Trey. À 6 heures, n'oublie pas ! On doit passer au ranch de Johnson pour castrer ses poulains.

— Entendu, j'y serai !

Vissant son chapeau plus étroitement sur sa tête, son assistant se dirigea vers la porte et ajouta :

— Tu m'en diras plus sur ta nouvelle patiente.

Roslyn se redressa pour s'asseoir sur le canapé et inspecta avec curiosité le bureau du Dr Hollister. Celui-ci n'avait rien à voir avec le cabinet de son obstétricienne et encore moins avec les suites luxueuses qui abritaient l'entreprise spécialisée dans le droit des sociétés fondée par son père, à Fort Worth.

Rectangulaire, cette pièce avait un sol en ciment et des murs de parpaing blanchis à la chaux. Un grand bureau en métal et un fauteuil imposant occupaient la partie gauche ; en face étaient disposées deux chaises en bois, pour les consultations sans doute, même si elles étaient actuellement recouvertes de harnachements. Sur la droite se trouvaient des placards métalliques et des étagères remplies de médicaments ou accessoires médicaux, et le mur devant elle était tapissé de photos d'animaux, pour la plupart des chevaux. Elle nota toutefois aussi la présence de chiens, chats, ratons laveurs et marsupiaux.

Cet homme avait une passion évidente pour les animaux et aucun besoin de s'entourer de luxe. Cela l'impressionna presque autant que la douceur de ses mains et la gentillesse que reflétaient ses yeux.

Elle pensait encore à lui quand il entra soudain, un plateau de nourriture à la main. Il s'avança vers elle… et elle se retrouva incapable de détacher les yeux de sa silhouette saisissante.

Il mesurait plus d'un mètre quatre-vingts, et sa carrure était si large que les coutures de sa chemise de cow-boy étaient tendues au maximum. Les yeux de Roslyn glissèrent sur la rangée de boutons nacrés qui menaient jusqu'à la boucle carrée et argentée de son ceinturon : ses hanches étroites formaient un sacré contraste avec ses épaules, nota-t-elle. Le denim de son jean usé moulait étroitement ses longues jambes musclées.

Relevant la tête, elle observa son visage à la beauté brute, avec son menton carré et ses mâchoires recouvertes d'une barbe d'un ou deux jours. Sous son chapeau de cow-boy, ses cheveux étaient noir de jais et lui arrivaient jusqu'au col. Ses yeux, d'un bleu aussi vif qu'un ciel tout juste lavé par une averse drue, étaient sertis d'épais cils noirs. Son regard était frappant, comme tout ce qui concernait cet homme.

— Je vous ai trouvé des choses à grignoter, annonça-t-il en lui tendant le plateau. Mangez ce que vous pouvez, cela vous aidera à reprendre des forces.

— Merci. Je dois avouer que j'ai faim !

Là-dessus, elle attaqua la cuisse de poulet.

Au bout d'un moment, elle fit une pause et déclara :

— Je repartirai dès que j'aurai terminé. Je ne veux pas abuser davantage de votre temps.

Assis à l'autre bout du canapé, il avait étendu ses jambes et croisé les chevilles, l'air décontracté. Elle avait déjà croisé des cow-boys à Fort Worth, mais c'était la première fois qu'elle en côtoyait un de si près. La masculinité qu'il dégageait lui évoquait un lion et l'invitait à se méfier de lui.

— Ne vous inquiétez pas pour moi, répondit-il. Ce sont mes horaires normaux.

Prenant une grande inspiration, elle s'efforça de se concentrer sur la nourriture.

— Vous possédez cette clinique depuis longtemps ?

— Douze ans, répondit-il. C'est ma seconde maison.

— Où est la première ? En ville ?

Les questions étaient sorties spontanément de sa bouche, mais il ne parut pas en prendre ombrage.

— Non, j'habite à vingt-cinq minutes d'ici, au ranch Three Rivers.

— Vous êtes aussi propriétaire d'un ranch ?

— En partie, puisqu'il appartient à la famille Hollister. C'est mon frère Blake qui le gère, mais ma mère a le dernier mot sur toutes les décisions.

Elle secoua la tête.

— Désolée, je suis indiscrète.

— Mais non, pourquoi ?

Il désigna alors son énorme ventre.

— C'est pour quand ? ajouta-t-il.

— Encore quatre semaines. C'est pourquoi j'ai entrepris ce voyage maintenant.

— Je ne suis pas gynécologue, mais selon moi il y a des chances pour que vous accouchiez avant terme.

Elle se sentit affreusement rougir.

— Non, c'est juste que j'ai pris beaucoup de poids ces dernières semaines.

— Ce n'est pas du tout ce que je voulais dire ! C'est simplement la façon dont vous le portez. Mais, encore une fois, je ne suis pas expert dans ce domaine.

Non, mais il avait sans doute vu de nombreuses bêtes prêtes à mettre bas… Oh non, c'était affreux de penser ainsi ! Mais que faisait-elle dans cette petite ville perdue au cœur de l'Arizona, sans une amie ou connaissance à un millier de kilomètres à la ronde ? Avait-elle perdu la tête en prenant la route pour la Californie ?

Non, tu n'as pas perdu la tête, Roslyn ! Au contraire, tu as recouvré tes esprits, et puisé en toi la force d'être celle que tu veux réellement être, de mener ta vie comme tu l'entends et d'assumer tes erreurs.

— Je pense que j'ai le temps de gagner la Californie sans problème, reprit-elle avec un optimisme qu'elle aurait aimé ressentir.

— Vous avez de la famille, là-bas ?

Pas âme qui vive ! Elle avait choisi cet État car il était le plus à l'ouest possible du Texas, et aussi parce que sa mère défunte, qui avait vécu autrefois à Redding, lui avait légué un cottage et un bout de terrain dans cette ville.

— Non, mais je possède une propriété à Redding.

— C'est là que vous comptez vous installer ?

Elle venait à peine de terminer le poulet qu'il lui tendit le yaourt. Il était à la myrtille, son fruit préféré.

— Oui, tout à fait. Je n'y suis jamais allée, mais on m'a dit que la ville était agréable.

Bon sang, pourquoi venait-elle de lui avouer cela ? Maintenant, il devait penser qu'elle était complètement irresponsable et qu'elle courait après des chimères. Mais au fond, que lui importait l'avis de cet homme ? Une fois qu'elle serait sortie de sa clinique, elle ne le reverrait jamais.

— Euh… J'imagine que vous devez vous demander pourquoi je voyage seule. Sans le père du bébé.

— J'avoue que la question m'a traversé l'esprit.

À cet instant, son regard tomba sur la main gauche du Dr Hollister : il n'avait pas d'alliance… Cela dit, eu égard à ses activités, il avait peut-être décidé de ne pas la porter. Il se pouvait tout à fait qu'une douce épouse l'attende ce soir, à la maison, le sourire aux lèvres et le cœur rempli d'amour… Si tant est que ce genre d'histoire existait dans la vraie vie, songea-t-elle, soudain amère.

Plongeant la cuillère dans son pot de yaourt, elle renchérit :

— Je ne suis pas mariée et n'ai aucun projet de mariage, du moins pas pour l'instant. Le père de mon futur bébé s'est révélé être un crétin de première catégorie. Il est complètement sorti de ma vie.

À ces mots, il se frotta le menton, l'air songeur.

— C'est… fâcheux. Un bébé a besoin d'un père. Y a-t-il la moindre possibilité que…

— Non ! trancha-t-elle avant qu'il ait terminé sa phrase. Peu après avoir appris que j'étais enceinte, il a renoncé à tous ses droits de paternité. Depuis, il a déménagé et a épousé une autre femme.

— Je suis désolé que cette relation n'ait pas fonctionné.

L'empathie qu'elle lut à ce moment-là dans ses yeux bleus fut plus que son état émotionnel ébranlé ne pouvait supporter, et elle reporta vivement les siens sur son yaourt.

— Mieux vaut maintenant que plus tard, conclut-elle.

Puis elle se mit à manger son yaourt, mais il lui fallait produire un effort pour avaler chaque bouchée, tant elle avait la gorge serrée. Elle devait partir d'ici ! Échapper à son regard perçant et sa présence perturbante.

Après un long silence, il demanda :

— Avez-vous réservé une chambre en ville ?

Les yeux toujours rivés à son yaourt, elle prit la dernière bouchée…

— Euh… non. Comme le printemps vient juste de commencer et que les vacanciers ne sont pas encore sur les routes, j'espérais en trouver une sans problème.

— Oh ! il y aura encore de la place, mais je…

Devant son hésitation, elle reprit :

— Quoi ? Y a-t-il des endroits à éviter en ville ?

À ces mots, un petit sourire éclaira les traits du Dr Hollister.

— Non, ce n'est pas ce que j'allais dire. Je pensais juste qu'il serait préférable que vous passiez la nuit chez moi.

- 2 -

Chandler la vit ouvrir de grands yeux… Elle le prenait assurément pour un pervers, fétichiste des femmes enceintes. Et comme aurait-il pu l'en blâmer ?

Cela ne lui ressemblait pourtant pas du tout d'inviter une femme, qui plus est une inconnue, à passer la nuit sous le toit familial. Évidemment, il recueillait souvent des êtres vivants égarés, mais jamais ils n'avaient pris la forme d'un humain, et encore moins celle d'une femme avec de beaux yeux noisette et un adorable sourire timide.

— Chez vous ? répéta-t-elle d'une voix aiguë.

— Je vous parle en tant que médecin, Roslyn, précisa-t-il aussitôt. Vous venez de vous évanouir, je préférerais que vous ne restiez pas toute seule.

— Euh… Je ne voudrais pas paraître ingrate, monsieur Hollister, mais je ne vous connais pas du tout.

Il souleva son chapeau et passa la main dans ses cheveux. Il mourait de faim et de sommeil, et pourtant ses besoins n'étaient pas près d'être comblés.

— OK, commença-t-il. La famille Hollister vit dans le comté de Yavapai depuis plus de cent soixante-dix ans et possède le Three Rivers Ranch depuis autant de temps. Mon jeune frère Joseph est shérif adjoint de ce même comté et ma sœur, Vivian, est garde forestière à Lake Pleasant State Park. Holt, un autre de mes frères cadets, a quant à lui la réputation d'être l'un des meilleurs entraîneurs de chevaux du Sud-Ouest. Et notre mère, Maureen, est plus forte que tous ses enfants réunis.

— Tout à l'heure, quand vous avez parlé de Blake, votre aîné qui gère le ranch, j'en ai déduit que nous n'aviez qu'un seul frère.

Au ton surpris de sa voix, il comprit qu'elle n'était pas issue comme lui d'une famille nombreuse. Il poursuivit alors :

— Les Hollister représentent une grande fratrie et nous sommes tous très unis. J'ai aussi une plus jeune sœur que je n'ai pas mentionnée, Camille. Elle vit dans le sud de l'État, à Red Bluff, un de nos ranchs. Dans celui de Three Rivers, je cohabite avec Blake, sa femme, ses trois enfants, Holt et maman. Vivian et sa fille vivaient avec nous également jusqu'à peu, mais depuis qu'elle s'est mariée, elle a déménagé à Camp Verde. Donc, vous voyez, il y aura beaucoup de chaperons autour de nous.

— Votre famille a l'air des plus respectable, reprit-elle au bout d'un moment. Et votre proposition est très hospitalière, seulement, j'ai l'impression d'être une intruse. Je vais prendre une chambre en ville, ce sera parfait, je vous assure.

— Pas si vous faites un nouveau malaise et que vous avez besoin d'aide ! Croyez-moi, nous avons de nombreuses chambres d'amis au ranch, ainsi qu'une cuisinière et une gouvernante. Vous ne serez pas une intruse, loin de là. Maman adore la compagnie, comme nous tous, d'ailleurs.

Elle ne répondit pas tout de suite, et il en déduisit qu'elle commençait à réfléchir à sa proposition. Elle reprit néanmoins :

— Je suis une complète étrangère pour vous. Je pourrais être mal intentionnée, une aventurière qui cherche à vous voler.

Depuis le temps qu'il travaillait au contact des gens, il identifiait aisément à qui il avait affaire, et les émotions qui passaient dans le regard de Roslyn depuis qu'il avait plongé pour la première fois les yeux dans les siens ne lui envoyaient que des impressions positives.

— Non, vous n'avez rien d'une aventurière et, en ce moment, vous devriez être à la maison, les pieds rehaussés, renchérit-il en insistant sur ces derniers mots.

Elle fit une petite grimace et il en conclut qu'elle devait fuir quelqu'un, et si ce n'était pas le père de l'enfant, alors c'était une autre personne qui exerçait une pression sur elle. L'idée lui déplut fortement. Quel monstre avait bien pu pousser une femme comme elle à se retrouver sur la route à un stade aussi avancé de sa grossesse ? Il aurait aimé la réconforter concrètement mais, s'il était intelligent, il ne franchirait pas ce pas…

— Très bien, déclara-t-elle soudain d'un ton apaisé, l'arrachant à ses pensées. Vous êtes de toute évidence bien attentionné, et j'accepte votre proposition pour cette nuit.

Sa réponse le remplit d'une joie immense, au point que sa propre réaction le choqua. Que lui arrivait-il, bon sang ? Il n'avait pas de temps à perdre avec une femme enceinte et en fuite ! Cependant, un sourire lui monta aux lèvres quand il répondit :

— Parfait ! Je ferme tout et on part pour Three Rivers. Pendant ce temps, vous pouvez faire un tour aux toilettes, car le trajet jusqu'au ranch est assez long et la route, un peu cabossée.

— Merci. J'apprécie vraiment votre sollicitude.

Se levant du canapé, il lui tendit la main pour l'aider à se mettre debout.

— Je vais vous conduire au bout du hall, cela me permettra de vérifier que vous êtes bien remise.

Elle se mit à rire.

— Si vous êtes aussi attentionné avec chaque client qui vous amène un animal à soigner, vous devez avoir une entreprise très prospère.

Le son du rire si authentique et adorable de Chandler lui fit oublier pour quelques instants son immense fatigue.

— Disons que je ne me souviens pas d'une journée où mon agenda n'était pas rempli du lever au coucher du soleil. Eh bien, enchaîna-t-il alors qu'elle faisait quelques pas à son bras, comment vous sentez-vous ? Pas de vertige ? Vos jambes vous semblent solides ?

— Oui, je vais bien mieux ! Je peux aller seule aux toilettes.

Mais il tint à l'accompagner jusque-là puis déclara :

— Prenez votre temps et, quand vous aurez fini, allez-vous asseoir dans la salle d'attente. Je vous y rejoindrai rapidement.

Quinze minutes plus tard, Roslyn était assise à côté de Chandler, dans son pick-up. Elle avait pris juste un bagage pour la nuit.

— Ne vous inquiétez pas pour votre voiture, elle est tout à fait en sécurité derrière la clinique. Il y a des caméras de sécurité partout, et je n'ai jamais déploré le moindre vol ou acte de vandalisme.

Sans répondre, elle s'appuya contre le siège, appréciant

que cet homme si affable prenne soin d'elle, même si ce n'était que pour une brève soirée.

— Je ne me soucie pas du tout de ma voiture, renchérit-elle, elle est couverte par des tonnes d'assurances. Et puis, de toute façon, je compte bien en changer pour acquérir un véhicule plus pratique.

Cette Jaguar ne lui avait jamais plu mais Martin, son père, avait tenu à ce qu'elle conduise une voiture de luxe, sans quoi les gens auraient pensé que le cabinet d'avocats DuBose, Walker et Finley était au bord de la ruine.

La pensée la hérissa : même si son père ne gagnait plus un dollar de sa vie, il aurait encore largement de quoi vivre étant donné la quantité indécente d'argent accumulée sur son compte. À l'âge de soixante-dix ans, il était encore obsédé par son travail et le profit, car seul celui-ci pouvait selon lui procurer le respect d'autrui. Pourtant, en dépit de toute sa fortune et de sa notoriété, Martin DuBose n'avait pas pu acheter la santé de sa femme, ni l'empêcher de mourir. Peut-être qu'un jour il regretterait d'avoir passé tout son temps à plaider dans des salles de tribunal au lieu de rester auprès de son épouse et sa fille.

— À Three Rivers, enchaîna Chandler, tout le monde a un pick-up, c'est ce qu'il y a de plus pratique. Les voitures sont trop cahotées et finissent rapidement en pièces.

— Avez-vous des voisins, à proximité du ranch ?

— Quelques kilomètres nous séparent les uns des autres, mais nous nous connaissons bien.

— J'ai toujours vécu en ville, dit-elle en tentant d'apercevoir le paysage alentour, plongé dans la nuit.

De-ci de-là, quelques mesquites et avocatiers se dressaient sur le bas-côté, sinon de grandes étendues désertes se déployaient de part et d'autre de l'asphalte.

— Dommage que l'obscurité soit tombée, ajouta-t-elle. C'est la première fois que je viens en Arizona.

— Et jusque-là, qu'en pensez-vous ?

— C'est beau. Escarpé. Sauvage.

— Et chaud, aussi, précisa-t-il en lui lançant un petit sourire. C'est vraiment infernal, ici, en été.

— Cette saison peut également être insupportable à Fort Worth, vous savez.

Zut, elle venait de lui indiquer où elle habitait ! Mais au fond, quelle importance ? Il n'allait pas diffuser l'information sur les ondes.

— J'avais remarqué que votre Jaguar avait une plaque texane, répondit-il. Mais cet État est si vaste ! Je connais des gens du Sud qui n'ont pas du tout le même accent que vous.

— Oui, moi, j'ai grandi dans le nord du Texas.

— Et maintenant, vous venez de le quitter. Des regrets ?

— Il y a des endroits et des personnes qui me manqueront sans doute, mais non, je n'ai pas de regrets.

— La famille Hollister est installée ici depuis tant d'années que je ne peux pas m'imaginer quitter la région.

— Vos sœurs ont pu partir, elles, souligna-t-elle.

— L'amour peut apporter du changement dans une vie ! Vivian est ravie de vivre dans un parc naturel avec son mari, alors que pour Camille, c'est tout le contraire : elle évite Three Rivers et Wickenburg à cause d'un amour perdu.

Un amour perdu... Après qu'Erich lui eut remis une

bague de fiançailles et juré un dévouement éternel, elle s'était rendu compte qu'il fréquentait d'autres femmes et son monde s'était écroulé... Mais elle s'était bien vite ressaisie, comprenant que, en réalité, elle n'avait rien perdu du tout. Au contraire, cette découverte l'avait empêchée de commettre une énorme erreur avec un homme qui ne connaissait rien au grand amour.

— Les hommes pensent avec leur tête, pas avec leur cœur, murmura-t-elle plus pour elle-même qu'à l'intention de Chandler.

— Pas toujours.

Surprise, elle tourna la tête vers lui. Avait-il un jour confié son cœur à une femme, et celle-ci le lui avait-elle brisé ? se demanda-t-elle en observant son profil éclairé par les lumières du tableau de bord. Elle n'arrivait pas à l'imaginer pleurant un amour perdu. Elle le voyait en revanche aisément en amant ardent, qui se gardait de proférer des promesses ou de s'attacher.

— Êtes-vous marié, Dr Hollister ?

— Non, dit-il, bref rire à l'appui. J'ai à peine le temps de manger, je ne vois pas comment je pourrais avoir une femme et des enfants.

De manière inattendue, sa réponse l'attrista. Mais qu'est-ce que cela pouvait bien lui faire qu'il consacre toute sa vie à sa carrière ?

— Il est toujours bon de connaître ses limites, répondit-elle.

— Hum... Je n'avais jamais envisagé les choses sous cet angle. Je suis juste un homme très occupé.

Elle s'efforça de lui sourire.

— Désolée, ne faites pas attention à ce que je dis, je tombe de fatigue, et j'ai du mal à formuler mes pensées.

— Encore quelques kilomètres et nous serons à Three Rivers. Vous allez pouvoir vous allonger, rehausser vos pieds et apprécier la bonne cuisine de Reeva.

Three Rivers… Chaque fois qu'il prononçait ce nom, son ton contenait la promesse d'un endroit paradisiaque. Et pour cette nuit, c'était exactement ce qu'elle recherchait.

Quinze minutes plus tard, Chandler conduisait Roslyn au salon. Après lui avoir proposé un siège confortable, il se mit en quête de sa mère.

— Maman ? Tu es là ? s'écria-t-il en entrant dans la spacieuse cuisine située au fond de la maison.

Reeva, une pimpante septuagénaire élancée portant une longue natte poivre et sel, se tenait devant l'évier. Regardant par-dessus son épaule, elle fronça les sourcils.

— Tu es tout sale alors je m'apprête à fermer la cuisine.

— Ça, je le sais, Reeva. En revanche, j'ignore où est maman.

— À l'étable avec Holt. Une vache met bas. Je te conseille de ne pas aller les rejoindre ou ils vont te mettre à contribution. Or il est évident que tu ne tiens plus debout.

Depuis le temps qu'elle travaillait chez eux, Reeva ne se gênait pas pour dire ce qu'elle pensait, et elle était aussi terriblement perspicace.

— Il faut pourtant que je parle à maman car j'ai amené de la compagnie. Et je ne sais pas trop où l'installer. Elle…

— Elle ?

Cette fois, Reeva pivota sur ses talons.

— Que veux-tu dire au juste ? demanda-t-elle d'un

ton sévère. Tu as encore trouvé une chatte avec une portée de chatons ?

— Non. Cette fois, il s'agit d'une femme enceinte.

— Ça alors !

À cet instant, la porte arrière de la cuisine s'ouvrit et Maureen fit son entrée dans la pièce, vêtue de son jean et son sweat-shirt habituels et chaussée de ses éternelles boots. Ses cheveux châtains, à peine striés de quelques fils d'argent, étaient retenus en une queue-de-cheval. À soixante-trois ans, elle semblait posséder le secret de jouvence et était toujours très belle. C'était aussi grâce à elle que la famille Hollister était si unie.

— Maman, quel soulagement, te voilà ! s'exclama-t-il en se dirigeant vers elle. Viens avec moi, s'il te plaît ! Je vais te présenter quelqu'un qui t'attend au salon.

Tandis qu'il l'entraînait déjà dans le couloir, elle répondit :

— Tu plaisantes, j'espère ? On a passé la journée à tatouer des veaux et l'une des juments de Holt vient de vêler. Si tu avais vu son frère ! On aurait cru que c'était son propre enfant, et…

— Maman, je sais qu'il est tard, et que tu as eu une journée harassante. Mais là… Je ne pouvais pas la laisser seule devant la clinique. Elle a besoin de se reposer et d'une présence féminine.

— Oh ! Chandler ! répondit-elle d'une voix adoucie. Tu as encore ramené un petit être égaré à la maison.

Au lieu de se lancer dans des explications, il lui adressa un sourire fatigué.

— Allons au salon.

Au moment où ils pénétrèrent dans la pièce, Roslyn,

qui leur tournait le dos, masqué par le dossier du fauteuil, se leva, ayant assurément perçu le bruit de leur pas.

— Ça alors ! C'est une femme, cette fois ! s'écria-t-elle.

— Maman ! dit-il d'un ton sévère pour la rappeler à l'ordre.

Aussitôt Maureen s'élança vers Roslyn pour lui serrer la main.

— Bonjour, je suis Maureen Hollister. Et vous ?

— Roslyn DuBose, répondit-elle en lançant un petit regard confus à Chandler. Désolée de vous déranger, mais votre fils a vraiment tenu à ce que je dorme chez vous.

— Roslyn avait conduit pendant des heures, et elle s'est évanouie de fatigue, dit-il. Je me suis dit qu'ici elle pourrait se reposer et serait bien entourée en cas de nouveau malaise.

— Naturellement ! renchérit sa mère avec empressement. Vous ne devez pas rester seule ce soir. Et puis nous sommes toujours ravis de recevoir des gens chez nous.

— Dans quelle chambre dois-je déposer le bagage de Roslyn, qui attend au bas de l'escalier ? s'enquit-il.

— En face de celle qu'occupait Vivian. Jazelle y a fait le ménage en grand, avant-hier.

— Où sont Blake, Katherine et les enfants ? s'enquit-il alors.

— Chandler, quelle question ! Dans leurs appartements. Tu as vu l'heure ?

Se tournant vers Roslyn, elle précisa :

— Mon fils aîné et sa famille occupent le deuxième étage. Cela dit, Chandler, si tu étais arrivé plus tôt, tu aurais croisé Joe, Tessa et Petit Joe car ils sont venus dîner.

Là-dessus, tous montèrent rapidement à l'étage, pour montrer à Roslyn la chambre où elle dormirait ce soir-là.

— Elle était autrefois occupée par Holt, d'où ces tons plutôt masculins, bordeaux et marron. Mais il a déménagé au rez-de-chaussée pour aller et venir sans nous déranger, lors de la saison des vêlages, précisa Maureen.

— Et en toute saison, reprit-il avec un petit rire suggestif.

— Chandler, je doute que notre invitée ait envie de savoir la vie que mène le play-boy de la famille. Voici la salle de bains privée, ajouta-t-elle en ouvrant une porte intérieure. Vous trouverez tout ce dont vous avez besoin dans les placards. Installez-vous tranquillement, je vais vous apporter à manger, vous devez être affamée.

— Non, merci. Le Dr Hollister m'a déjà servi une cuisse de poulet et un yaourt, à la clinique.

Maureen roula des yeux.

— Le Dr Hollister ? Non, appelez-le Chandler, je crois qu'il préfère. Par ailleurs, ce que vous avez grignoté ne peut être qualifié de repas. D'autant plus que vous mangez pour deux ! Viens, Chandler, laissons à Roslyn le temps de se remettre de ses émotions avant que je lui monte un plateau.

Dès qu'ils furent en bas de l'escalier, sa mère reprit à voix basse :

— Bon, qu'est-ce qui se passe au juste ? Les animaux égarés, on a l'habitude, mais c'est la première fois que tu ramènes une femme.

— C'est très simple.

Il lui raconta par le menu comment il avait rencontré Roslyn et pourquoi il l'avait conduite au ranch.

— La pauvrette ! Tu as eu raison de ne pas la laisser dormir dans un motel. D'autant qu'il n'est pas certain qu'elle aurait eu les moyens de le payer.

— Maman, je l'ai trouvée dans une Jaguar et je crois que tu n'as pas vu les vêtements de marque qu'elle porte !

— Je n'ai pas fait attention, c'est vrai. Tu ne lui as pas demandé pourquoi elle se rendait en Californie ?

— J'imagine qu'elle fuit quelqu'un ou quelque chose. En tout cas, je crois que passer une nuit tranquille ici lui fera le plus grand bien.

— Ou deux. Pour le bébé.

Il lui lança un regard sceptique.

— Je doute qu'elle s'attarde une nuit de plus. Sauf si tu arrives à la persuader que c'est pour le bien-être de son enfant.

Maureen lui adressa un petit sourire en coin.

— Je vais faire de mon mieux, fiston.

— Oh ! merci !

Ce fut alors que les yeux de sa mère se remplirent de larmes.

— Que t'arrive-t-il, maman ? s'enquit-il, sous le choc.

— Rien, mon chéri, tu me rappelles tant Joël ! Il était si attentif aux autres, lui aussi.

Une boule lui noua subitement la gorge.

— Ne me compare pas à papa. Ce n'est pas juste pour lui.

— Au contraire, c'est très réconfortant pour moi de voir que son esprit lui survit !

Un grand sourire éclaira de nouveau son visage et elle poursuivit :

— Voyons voir ce que Reeva a gardé au chaud pour

toi. Je crains que tu ne doives le partager avec ta brebis texane égarée.

Sa brebis ?

Soit, Roslyn était un peu perdue, mais elle ne lui appartenait nullement. Il pouvait juste lui offrir le gîte et le couvert de façon temporaire, mais en aucun cas une place dans son cœur.

- 3 -

Roslyn avait pris une douche et enfilé un pyjama en soie avec un kimono assorti lorsque Maureen revint frapper à sa porte.

— Vous pouvez tout à fait manger au lit si vous en avez envie, lui dit-elle en déposant le plateau sur le bureau.

— Non, je vais m'asseoir dans ce fauteuil. Il a l'air très confortable.

À la vue du bœuf braisé, du bol de haricots *charro*, des tortillas et du crumble aux pommes, elle sentit ses papilles se réveiller.

— Moi qui pensais ne pas avoir faim ! J'ai soudain l'impression d'être affamée en voyant ce plateau de nourriture si alléchante ! Merci beaucoup, madame Hollister, vous êtes aux petits soins avec moi.

— Appelez-moi Maureen, voyons ! Et je suis ravie que ce dîner vous plaise. Reeva est une merveilleuse cuisinière. Elle est dans notre famille depuis des années… Cela ne vous ennuie pas si je reste avec vous pendant que vous dînez ?

— Absolument pas, au contraire. Je n'ai pas beaucoup parlé depuis deux jours, admit-elle.

Maureen lui adressa un sourire compréhensif. Décidément, cette femme était formidable, elle lui inspirait un grand respect. Elle était non seulement belle et forte, mais aussi chaleureuse et sincère.

— Je vous comprends, il m'arrive parfois d'aller seule à Prescott qui n'est pas si loin que cela, mais c'est toujours plus sympathique quand quelqu'un m'accompagne. Chandler m'a dit que vous veniez de Fort Worth.

Elle hocha la tête et avala une bouchée de viande des plus tendre.

— J'y suis née et j'y ai vécu pendant vingt-cinq ans, c'est-à-dire toute ma vie.

— Vous avez vingt-cinq ans ? À votre âge, j'étais mariée depuis quatre ans, Blake avait deux ans et j'étais enceinte de Chandler. Cela remonte à si longtemps !

Geneva, sa mère, avait trente ans quand elle avait épousé Martin. Deux ans plus tard, elle accouchait de son unique enfant. Elle n'avait pas du tout le tempérament de Maureen ; de nature fragile, elle avait toute sa vie vécu dans l'ombre de son mari, veillant à combler ses moindres désirs.

— Difficile à croire, vous avez l'air si jeune !

— Vous êtes trop gentille ! s'exclama Maureen en riant. D'autant que, ce soir, je ne suis pas vraiment à mon avantage. J'ai dû aller aider Holt en urgence pour un vêlage difficile.

— Vous avez beaucoup de chevaux et de vaches, dans le ranch ?

Maureen hocha la tête.

— Holt pourrait vous donner le nombre exact de nos bêtes, je dirais entre cent cinquante et cent soixante-dix pour les chevaux et, quant aux vaches, c'est Blake qui tient les comptes, mais nous en avons des milliers, en incluant celles de Red Bull et de nos terres près de Prescott.

— Impressionnant ! s'écria-t-elle.

— Oui, et il faut beaucoup de personnel pour s'occuper de tout cela. Sans compter Blake, Holt, Chandler et moi !

Roslyn goûta alors un morceau de tortilla trempée dans les haricots : hum, elle n'avait jamais rien mangé d'aussi excellent. Mais il était vrai qu'elle venait de rester quasiment douze heures sans rien avaler !

— Et votre mari ? De quoi s'occupe-t-il, lui ?

Maureen s'éclaircit la gorge avant de répondre :

— Il est décédé il y a quelques années, d'un accident de cheval. Avant, c'était le manager principal du ranch. Maintenant, c'est Blake qui occupe ce poste, lui qui avait pourtant juré ne jamais marche sur les traces de son père. C'est une lourde responsabilité… Mais c'était le plus âgé et le plus qualifié pour prendre les rênes du ranch !

Roslyn ne s'attendait pas à une telle révélation. Il émanait une telle force de Maureen qu'on n'imaginait pas que la vie ait pu être cruelle avec elle. Il fallait croire que chaque famille avait sa part de malheur.

— Je suis désolée, Maureen, je n'aurais pas dû être aussi indiscrète. Je pensais que…

— Vous ne pouviez pas savoir, et puis voyez-vous, j'ai vraiment été une femme comblée pendant toutes les années que j'ai vécues auprès de mon mari avec qui j'ai eu six admirables enfants. Mais parlez-moi un peu de vous. Avez-vous de la famille à Fort Worth ?

Au fond, pourquoi lui aurait-elle caché la vérité ? Elle allait repartir le lendemain, et si Maureen estimait qu'il était de son devoir d'appeler Martin DuBose, ce dont elle doutait sincèrement, son père ne pourrait en aucun cas débarquer dans la minute.

— J'ai un père et une tante paternelle. Ma mère a été emportée par une leucémie il y a cinq ans.

Maureen secoua la tête.

— À vingt ans, vous étiez bien trop jeune âge pour perdre votre mère, mais hélas ce n'est pas nous qui décidons de ces choses !

Une telle empathie se lut alors sur les traits de Maureen que Roslyn eut subitement envie de poser la tête sur son épaule et de pleurer jusqu'à n'avoir plus de larmes.

— Non, en effet, renchérit-elle d'une voix lourde d'émotion. Et ce fut très difficile de la voir souffrir et endurer de lourds traitements pendant de longues années. Mais elle me manque toujours autant, surtout maintenant que je vais être mère.

Elle soupira, puis poursuivit :

— D'autant que mon père désapprouve le fait que je n'aie pas épousé le père du bébé. Il est d'une autre génération, le nom de DuBose est important dans les cercles qu'il fréquente. Je suis devenue une figure très gênante pour lui, seulement, c'est son problème, pas le mien. Moi, je dois uniquement me préoccuper de mon bébé et m'assurer qu'il aura un foyer confortable et stable.

— Vous avez entièrement raison ! déclara fermement Maureen. Quand est votre terme ?

— Dans quatre semaines. C'est pour cela que je préfère reprendre rapidement la route, comme je l'ai dit à Chandler, pour arriver à destination avant la naissance du bébé.

À cet instant, Maureen se leva et vint se poster devant elle.

— Écoutez, Roslyn, je ne veux pas vous sembler directive, je suis certaine que votre père l'a été suffisamment, mais en tant que mère, je me sens obligée de vous déconseiller de vous mettre une trop grosse pression, aussi près de votre terme. Vous devez vraiment vous poser maintenant. Et avoir quelqu'un auprès de vous au cas où le travail commencerait avant la date prévue.

Elle ne voulait surtout pas que Maureen devine à quel point elle se sentait seule et combien l'avenir l'angoissait. Bien sûr, grâce à sa fortune, elle trouverait sans problème un logement luxueux, et elle disposait par ailleurs d'une excellente assurance maladie qui lui permettait d'accoucher dans les meilleurs hôpitaux du pays. Pourtant, aucun de ces avantages ne remplacerait la présence d'un homme aimant à ses côtés.

— Vous avez raison, Maureen, renchérit-elle. De fait, je comptais partir le mois dernier, mais mon père semblait constamment m'espionner. Il y a trois jours, il s'est enfin envolé pour le Wyoming où ses affaires l'appelaient et cela m'a permis de prendre la route.

— Vous êtes partie sans le prévenir ?

— Oui, sans quoi, il y aurait eu une scène épouvantable et il aurait fait tout ce qui était en son pouvoir pour m'en empêcher. Selon lui, je suis incapable de m'occuper de mon bébé toute seule. Il veut que je reste sous sa dépendance.

— Pour contrôler votre vie, compléta Maureen avec sagesse. Certains parents ont du mal à laisser leurs enfants voler de leurs propres ailes.

Chez son père, il ne s'agissait pas uniquement de

contrôler sa vie à elle. Il avait aussi régenté celle de son épouse, et même au-delà de la mort, puisqu'il n'avait pas respecté ses vœux concernant son inhumation : elle souhaitait reposer en Californie, près de ses parents, mais il avait tenu à ce qu'elle soit enterrée à Fort Worth dans un tombeau imposant… Bref, il était préférable de taire ces détails, il avait été déjà difficile d'avouer qu'elle fuyait son père.

Poussant un soupir, elle leva les yeux vers la mère de Chandler.

— Pardonnez-moi, Maureen, je n'aurais pas dû vous dire tout cela. Cela doit vous sembler bien mesquin.

— Roslyn, je suis heureuse que vous vous soyez confiée à moi, dit Maureen en posant la main sur son épaule. Les problèmes familiaux ne peuvent pas s'arranger du jour au lendemain, mais quand vous aurez dormi, vous verrez les choses sous un autre angle. Pour l'instant, terminez tranquillement votre repas et je viendrai chercher le plateau un peu plus tard.

Elle lui étreignit l'épaule puis se dirigea vers la porte.

— Merci encore pour tout, Maureen, s'exclama Roslyn alors que celle-ci s'apprêtait à sortir. Et remerciez chaleureusement Chandler. Il a été formidable avec moi.

Maureen lui décocha un clin d'œil.

— Il n'en a peut-être pas l'air, mais mon fils est un grand sensible. Je lui transmettrai vos remerciements.

Sur ces mots, elle referma doucement la porte.

Une fois seule, Roslyn reposa sa fourchette et regarda autour d'elle. Elle s'était attendue à une hacienda de style espagnol, or la maison était tout en bois et plutôt rustique, mais il s'en dégageait une atmosphère chaleureuse et confortable.

De toute évidence, les Hollister ne manquaient pas d'argent. Cependant, si elle avait rencontré Chandler dans la rue, elle n'aurait pas soupçonné qu'il était si fortuné – contrairement à son père, qui avait un flair particulier pour repérer les riches…

Assez ! Cesse de penser à ton père. De le juger aussi pour sa fortune. Son besoin de gagner toujours plus d'argent, c'est son problème, pas le tien. Tu es partie, maintenant !

Enfin, l'était-elle vraiment ? Bien sûr, elle avait passé les deux derniers jours sur la route, à fuir loin de lui, mais serait-elle un jour en mesure de se libérer de la prison émotionnelle dans laquelle il les avait enfermées pendant de si longues années, sa mère et elle ? Elle devait espérer que oui. Qu'un jour, quelque part, elle rencontrerait un homme qui l'aimerait sincèrement et avec qui elle fonderait un foyer placé sous le signe du bonheur et de la chaleur humaine.

Le lendemain, en arrivant au travail, Chandler s'attendait à ce que Trey le bombarde de questions, mais ce ne fut qu'après leur visite au ranch Johnson où ils avaient castré des poulains, une fois sur la route du retour, qu'il aborda enfin le sujet.

— Alors, comment ça s'est fini avec ta visiteuse, hier soir ? Tu l'as laissée aller au motel ?

Ce n'était pas *sa* visiteuse, mais il aurait été vain de corriger Trey.

— Je l'ai ramenée au ranch et…

— Ça alors ! s'exclama son assistant, bouche bée.

Réprimant une envie de rire, Chandler enchaîna :

— Il n'aurait pas été prudent qu'elle reste seule dans

son état. J'ai pensé qu'elle serait entre de bonnes mains avec ma mère.

— J'imagine la surprise pour Maureen !

— Bah, tu la connais, elle est capable de gérer n'importe quel imprévu !

À ces mots, il regarda sa montre. Il avait quitté Three Rivers à 5 heures, c'est-à-dire depuis quatre heures, et nul doute que Roslyn devait trépigner d'impatience pour reprendre la route. Il n'aurait d'ailleurs pas été surpris d'apprendre qu'elle avait demandé à un ouvrier du ranch de la conduire jusqu'à la clinique pour récupérer sa Jaguar et filer.

— Va-t-elle rester dans les parages ? lui demanda Trey.

Il ne pouvait pas l'envisager un instant, même si tout au fond de lui, il en avait envie… Ce qui était parfaitement insensé ! Elle était bien trop jeune pour lui, sans compter qu'elle était enceinte d'un autre. Cependant, il aurait bien aimé qu'elle reste jusqu'à la naissance du bébé, pour s'assurer que tous les deux allaient bien.

— Non, répondit-il. Elle compte gagner la Californie, elle a une propriété là-bas.

— En tout cas, c'est…

— Une très belle fille, je sais, tu l'as déjà dit hier soir, et tu as tendance à te répéter.

— Tu ne peux tout de même pas dire le contraire ! Je ne suis pas particulièrement attirée par les femmes enceintes, mais il se dégageait d'elle une réelle douceur, de la tendresse. Tu vois ce que jc veux dire ?

Il y avait longtemps qu'il n'avait pas pensé à une femme en ces termes. À une femme tout court, d'ailleurs. Du moins s'y efforçait-il, conscient pour en avoir déjà fait l'expérience plus jeune qu'aucune n'accepterait un homme complètement happé par son travail. Entre le ranch et la clinique, les deux relations qu'il avait nouées n'avaient en effet pas tenu. Depuis ces déceptions, il avait décidé de se concentrer sur son travail sans plus chercher l'amour.

— Oui, je vois ce que tu veux dire, concéda-t-il à Trey en jetant un coup d'œil à son assistant, de haute taille et émacié, qui affichait toujours un sourire affable. À propos, pourquoi ne t'es-tu toujours pas trouvé une femme ? À ton âge, tu devrais être marié depuis longtemps et père de trois enfants !

À côté de lui, Trey manqua s'étrangler.

— Honnêtement, Doc, tu as six ans de plus que moi et tu me fais la leçon, sachant que tu n'as pas encore fondé une famille toi-même ? Tu as vu nos horaires infernaux ? Tu crois qu'une femme apprécierait que je parte à 5 heures tous les matins et que je rentre à 22 heures ?

— Eh oui, c'est le grand problème de notre vie, conclut Chandler en riant.

À l'intersection des nationales 60 et 83, il bifurqua à gauche. Deux kilomètres et la clinique serait en vue…

Dès qu'il pénétra dans le parking, il se dirigea vers l'arrière de la bâtisse, là où il avait garé la veille la voiture de Roslyn… Incroyable, elle y était encore !

— Ça alors ! marmonna-t-il.

— Qu'y a-t-il ?

— La Jaguar est toujours là. Je pensais que Roslyn serait déjà repartie. Maman a dû être très convaincante.

— C'était l'idée de qui, en fait ? La tienne ou celle de ta mère, hein ?

— C'est bon, Trey, je n'ai pas de temps à perdre avec ces bêtises. Cet endroit est envahi par des vans et des camionnettes à bétail. Va voir ce qui se passe dans les écuries, s'il te plaît. S'il y a un problème que Jimmy et toi ne pouvez pas régler, dis aux clients d'attendre.

— Compris, doc !

Trey fila alors vers les écuries tandis que Chandler prenait la direction de la clinique. En marchant, il sortit son portable pour vérifier ses messages. Le dernier qu'il venait de recevoir était de sa mère :

Roslyn reste une nuit de plus

Il glissa son portable dans sa poche et manqua de bousculer Cybil en entrant. Grande, la quarantaine et une crinière de boucles blondes touffues, Cybil était son assistante principale depuis bientôt cinq ans, pour les animaux de compagnie. Il se reposait énormément sur elle pour que ce service-là fonctionne sans problème, et elle était à la hauteur de ses attentes.

— C'est bien que tu aies le sourire aux lèvres, Doc, dit-elle, car la salle d'attente est bondée, ce matin, et M. Fields est déjà en train de pester parce qu'il a raté son café chez Conchita.

Octogénaire, ce dernier pensait que son âge lui donnait le droit de faire part à voix haute de tout ce qu'il pensait.

— Ne me dis pas que son chien a encore avalé un bout de plastique.

— Non, je te rassure. Cette fois, c'est son chat qui a un problème. Un kyste facial. Il est en salle 2.

Entrant dans son bureau, il enfila sa blouse et accrocha son stéthoscope autour de son cou.

— Et qui occupe la salle 1 ?

— Un chien qui a le museau truffé d'épines d'avocatiers.

— OK. Pendant que je m'occupe du chat, endors le chien, s'il te plaît.

— Entendu.

— Et en salle 3 ?

— Il y a un coq.

— Pas de combat, j'espère ? Sinon, il va falloir que je le signale aux autorités.

— Pas d'inquiétude, c'est un animal de basse-cour.

— Ouf ! Je n'avais pas envie de passer ma matinée chez le shérif adjoint de Yavapai, même si c'est mon frère.

Avant d'entrer dans la salle 2, Cybil se tourna vers lui :

— À propos, Doc, c'est quoi, cette Jaguar sur le parking ? J'ose espérer que ce n'est pas ta dernière folie pour circuler dans la région.

— Non, je te rassure, elle n'est pas à moi, mais à une personne de passage. Au ranch.

Il préférait en dire le moins possible, même s'il savait que Trey n'allait pas se priver pour raconter à tous qu'une femme enceinte s'était évanouie sur le parking la veille au soir, dans sa Jaguar.

En fin d'après-midi, assise dans un fauteuil, Roslyn regardait Andrew et Abigail, les adorables jumeaux de Katherine et Blake, trotter dans le salon d'un pas vacillant mais d'un air décidé, sous l'œil attentif et attendri de leur mère.

— Cela fait juste deux jours qu'ils ont fait leurs premiers pas, lui dit Katherine en riant. Notre aîné, Nick, a attendu ses douze mois révolus pour marcher. Je ne m'attendais pas à ce que ces deux-là s'y mettent à neuf mois !

— J'ai lu un livre de puériculture sur les différentes

étapes de la vie d'un nourrisson, mais rien n'est jamais très exact, je crois.

— En effet, approuva Katherine d'un ton enjoué. Rien ne se passe jamais comme on le croit.

Ses deux bambins, tous deux vêtus d'une salopette, étaient adorables avec leurs boucles brunes et leurs grands yeux gris clair, et il était évident que leur mère les adorait. Leur père était également totalement fou d'eux, lui avait confié cette dernière.

Elle repensa à ce qu'aurait pu être sa vie si Erich, son ex-fiancé, ne s'était pas révélé un affreux coureur de dot : elle aurait été mariée et, au lieu de s'apprêter à accoucher seule, elle aurait eu son époux à ses côtés. Mais au fond, il était préférable que ce scélérat ait montré son vrai visage avant qu'elle soit liée à lui par le mariage !

Repoussant ces ruminations déprimantes, elle sourit aux jumeaux.

— Tes enfants sont si mignons, Katherine ! J'ai hâte que mon bébé naisse.

— Je comprends, mais quand il sera là, tu te demanderas quand tu pourras de nouveau t'asseoir plus de cinq minutes.

Puis son expression passa de la gaieté à l'empathie lorsqu'elle ajouta :

— D'autant que je suppose que tu devras travailler, une fois que tu auras accouché. Moi-même, je suis secrétaire à mi-temps à l'école de Wickenburg et, comme j'adore mon job, je veux le garder. Heureusement que je peux compter sur Jazelle pour s'occuper d'eux en mon absence ! Elle est fantastique et je n'ai aucun souci à me faire, ce qui n'est pas toujours le cas.

— Ah, Jazelle est aussi nounou ?

— Jazelle est le pilier indispensable de cette maison.

Si elle était restée à Fort Worth, nul doute que son père aurait payé la nourrice la plus chère pour s'occuper de sa descendance. Mais cela ne se serait pas arrêté là : il aurait aussi décidé comment habiller le bébé, dans quelle école l'inscrire, et quelles études il devrait poursuivre pour réussir dans la branche qu'il lui aurait choisie. Son besoin de contrôler les siens ne connaissait pas de limites.

— J'espère que, le moment venu, je trouverai une nourrice digne de confiance. Néanmoins, je ne compte pas chercher un poste tout de suite après l'accouchement. Pour tout avouer, je ne sais pas encore dans quel secteur j'aimerais travailler.

Soudain, elle se sentit rougir.

— Oh ! désolée, je parle comme une lycéenne écervelée !

— Pas du tout. Tu n'as juste pas encore trouvé ta voie, mais je suis certaine que cela viendra, répondit gentiment Katherine.

Roslyn soupira.

— Pour être honnête, Katherine, je n'ai encore jamais travaillé de ma vie. Mon père ne l'aurait pas permis.

Son interlocutrice braqua sur elle de grands yeux surpris.

— C'est la première fois que j'entends une chose pareille, mais je suppose qu'il avait ses raisons.

Se retenant de rouler des yeux, Roslyn répondit :

— J'ai suivi des études de commerce, j'ai obtenu un master, mais c'est mon père qui a choisi ce domaine, et je lui ai obéi afin d'avoir la paix. Il était inconcevable pour lui que sa fille n'aille pas à l'université, mais il l'est tout autant qu'une femme de sa famille travaille. Telle est sa mentalité.

Katherine secoua la tête.

— C'est curieux, nous avons toutes les deux des pères compliqués. Sauf que le mien était à l'autre bout du spectre. Il était alcoolique et, dès que j'ai fréquenté le lycée, il m'a sommée de trouver des petits boulots pour contribuer au budget familial. C'était ma mère qui nous faisait vivre, lui en était incapable, vu son addiction. Il est mort il y a quelques années. Mais quand je me retourne sur mon passé, je ne suis pas amère, je pense que cela a contribué à forger mon caractère. Je regrette même que mon père n'ait pas vécu assez longtemps pour voir les jumeaux, je suis certaine qu'il les aurait adorés.

Incroyable ! Katherine regrettait que son père alcoolique ne soit plus en vie alors qu'elle-même souhaitait ne plus jamais revoir le sien. Elle se fit soudain l'effet d'une enfant gâtée et ingrate, même si elle estimait avoir pris la bonne décision en partant. Pour elle-même et son bébé à naître.

— De là où il est, ton père doit les voir, dit-elle à Katherine pour la consoler.

— C'est aussi ce que je pense. Et pour en revenir à ton père, ne comprend-il pas qu'une femme puisse vouloir travailler pour d'autres raisons que financières ? Prends Maureen, par exemple. Blake me dit souvent qu'elle pourrait tout à fait employer quelqu'un pour effectuer son travail à sa place, mais elle a envie d'être active, cela lui apporte un immense contentement. Et franchement, je la comprends ! D'ailleurs, regarde comme elle a l'air épanoui.

De toute évidence, son fils Chandler était à son image. Ce matin, quand elle était descendue pour le petit déjeuner, elle ne l'avait vu nulle part, puis elle avait entendu Reeva dire à sa mère qu'il était parti à 5 heures et qu'elle lui avait préparé des tacos à emporter pour le déjeuner.

J'ai à peine le temps de manger, je ne vois pas comment je pourrais avoir une femme et des enfants.

C'était ce qu'il lui avait répondu quand elle lui avait demandé pourquoi il n'était pas marié ; à l'évidence, il n'avait pas exagéré. Son métier de vétérinaire lui prenait tout son temps.

L'arrivée de Jazelle avec un plateau l'arracha à ses réflexions. Elle le posa sur un guéridon, hors de portée des enfants.

— J'ai fait du décaféiné pour que vous puissiez en boire une tasse, Roslyn.

— C'est adorable, Jazelle, merci beaucoup, répondit-elle avec un sourire reconnaissant. Vous êtes tous si attentionnés envers moi, comme si j'étais une princesse… Je comptais partir ce matin, mais Maureen a tant insisté pour que je reste que j'ai fini par céder afin de ne pas paraître impolie.

— Elle a eu raison, vous avez besoin de vous reposer encore un peu avant de repartir, approuva Jazelle. Kat et moi apprécions d'avoir une visite féminine, et puis Reeva adore impressionner de nouvelles personnes avec ses talents culinaires.

Jazelle les servit, ajouta un peu de crème dans la tasse de Roslyn et de sucre dans celle de Kat, avant de les leur tendre. Après quoi, elle s'éclipsa.

Sa tasse à la main, Roslyn se leva pour effectuer

quelques pas dans l'immense salon, sur le parquet à la patine chaude, recouvert de plusieurs tapis en peau. Les murs couleur sable étaient tapissés de photos en noir et blanc montrant des scènes de vie au ranch. À une extrémité se dressait une énorme cheminée actuellement fermée par un écran, mais elle imaginait aisément des flammes y crépiter tandis que la famille était rassemblée tout autour.

— Cette maison a du caractère, dit-elle. Tout y est authentique et cela me plaît.

— Il est vrai qu'elle a cent soixante-dix ans ! expliqua Kat. Après tout ce temps, elle a forcément une âme. J'étais gamine la première fois que je suis venue ici, et pourtant elle m'a tout de suite inspiré du respect. Pour l'atmosphère qui s'en dégageait, ses odeurs boisées, ses couleurs chaudes. Rien n'a changé depuis, si ce n'est que ses habitants ont vieilli. Et puis, bien sûr, Joël nous a quittés. Sa disparition a été un coup dur pour la famille.

Saisissant un cadre posé sur le manteau de la cheminée, elle étudia quelques instants le cliché : c'était un groupe d'hommes autour d'un feu de camp. Elle reconnut instantanément Chandler, près de ses frères, Blake et Holt. Elle supposa que le jeune homme brun était Joseph, leur cadet, tandis que le plus âgé, accroupi et un tisonnier à la main, devait être leur père.

— Je présume que l'homme au tisonnier sur la photo est M. Hollister, n'est-ce pas ? dit-elle. Chandler lui ressemble énormément.

— Exact. Il était d'une gentillesse extrême, comme Chandler. Et comme Holt, il adorait taquiner les autres.

Katherine se leva et s'approcha d'elle.

— Je suis quasi certaine que ni Maureen ni Chandler ne t'ont parlé des circonstances de sa mort, poursuivit-elle.

— Maureen a évoqué un accident de cheval.

— C'est la version officielle. Mort accidentelle. Mais aucun des enfants n'y croit. Tous pensent qu'il a été tué, puis que le meurtrier a mis en scène la chute de cheval.

Un frisson parcourut Roslyn et elle reposa le cadre.

— Pardon ? M. Hollister aurait été assassiné ?

Katherine hocha la tête.

— C'est ce que les indices semblent indiquer. Mais jusqu'ici trop de pièces manquent pour que l'on rouvre le dossier.

— Et Maureen ? Elle croit aussi à cette thèse ?

— Eh bien, au début, oui, elle semblait en convenir avec ses enfants et puis, ces derniers mois, elle a brusquement changé d'avis. Elle nous a demandé d'arrêter de ressasser cette histoire et de tourner la page.

— Tu as l'air de trouver cela étrange, Katherine. Pourquoi ? N'a-t-elle pas raison ? C'est une hypothèse si affreuse et déprimante !

— J'en conviens, c'est épouvantable. Seulement, Maureen a toujours affirmé vouloir connaître la vérité sur ce qui était arrivé à son mari. Et on se demande bien ce qui l'a poussée à ce revirement.

Un ange passa.

— Quelle femme extraordinaire ! reprit Roslyn, songeuse. À la voir si souriante et chaleureuse, on n'imaginerait pas qu'une telle tragédie a bouleversé sa vie.

— On la surnomme la dame de fer, dit Katherine d'un ton affectueux.

Quand elle avait perdu sa mère, Roslyn avait eu l'impression que le monde s'effondrait. Elle imaginait aisément ce que Chandler avait éprouvé à la mort de son père ! Elle revoyait son doux visage, la veille au soir, à la fois attentif et sincère, tout comme son regard bleu rieur, qui lui évoquait de l'eau pailletée de soleil. Elle s'était sentie si bien grâce à sa présence réconfortante… D'ailleurs, pour être tout à fait honnête, si elle était encore à Three Rivers, c'était parce qu'elle avait envie de le revoir.

- 4 -

Après une matinée et un après-midi des plus chargés, Chandler n'avait pas imaginé être à la maison pour l'heure du dîner et pourtant, Cybil et lui étaient parvenus à fermer à une heure normale. Ce dont il était ravi !

Actuellement, il rentrait sa chemise blanche dans son jean, après avoir pris une bonne douche. Il brossa ensuite vers l'arrière ses cheveux encore humides, notant à peine la fatigue qui le tenaillait. Comment aurait-il pu y penser alors qu'il s'apprêtait à revoir Roslyn ?

Arrivé en bas de l'escalier, il s'apprêtait à regagner le salon quand un sifflement derrière lui le fit s'immobiliser. Il se retourna vivement : Holt le regardait droit dans les yeux. Avec son épaisse chevelure acajou, ses deux centimètres de moins que lui et sa silhouette aussi élancée que solide, il attirait les femmes comme les papillons la lumière.

— Quelle élégance, ce soir ! dit-il avec un grand sourire. Tu t'es même brossé les cheveux. On dirait que tu cherches à impressionner notre invitée, je me trompe ?

Chandler poussa un grognement bon enfant.

— Je t'arrête tout de suite, Holt. Cette femme est enceinte. Tu ne l'as pas remarqué ?

— À ton avis ? C'est quoi, cette affaire ?

— Vraiment, tu l'ignores ? Pourtant, tu as dû mitrailler maman de questions !

Holt prit son air le plus innocent.

— Moi ? Sûrement pas. Il y a certains sujets qu'un fils ne peut aborder avec sa mère.

— Mais oui ! s'exclama Chandler en éclatant de rire. À d'autres !

Et il reprit sa marche. Son frère le saisit alors par le bras.

— Allez, Chandler, sois charitable. Mets-moi au courant. Que fait-elle ici ?

Agacé que son frère lui vole du temps qu'il aurait pu passer auprès de Roslyn, il répondit :

— Elle avait besoin d'un peu d'aide, hier soir, c'est tout. Mais rassure-toi, elle est inoffensive.

— Si j'étais toi, je n'en serais pas aussi certain. Toute femme peut être synonyme d'ennuis pour un homme.

— Il est vrai que tu parles en connaissance de cause. Je n'ai sans doute pas ton expérience en la matière, mais je t'assure que je peux me débrouiller sans ton aide.

— Comme tu voudras. Tu ne viendras pas pleurer le jour où tu auras le cœur brisé.

La prédiction de Holt le fit rire : comme s'il avait le temps pour une idylle !

— Toi non plus, quand toutes les femmes du comté de Yavapai découvriront que tu n'en as pas ! rétorqua-t-il.

Holt lui lança alors un regard peiné.

— Tu n'y vas pas de main morte ce soir, mon vieux. Il va me falloir une double dose de whisky pour m'en remettre.

— Évite de boire celui que maman garde pour Sam, elle en ferait une crise !

Holt se mit à rire.

— Non, tu te trompes. C'est Sam qui en ferait une crise.

Et sur ces mots, les deux frères entrèrent dans le salon.

Chandler repéra immédiatement Roslyn, assise sur le canapé près de Maureen. Elle portait une robe jaune pâle, nouée au-dessous de la poitrine, et ressemblait à une madone avec son chignon savamment remonté sur le dessus de sa tête et les quelques mèches qui retombaient dans sa nuque. Il était incapable de détacher les yeux de cette beauté si aérienne…

— Chandler ! Quelle bonne surprise ! s'exclama sa mère.

Manquant de tressauter, il s'avança vers celle-ci pour l'embrasser sur la joue.

— Bonsoir, maman. Pour une fois, j'ai réussi à fermer la clinique avant 20 heures !

— Tu m'en vois ravie. Et tu arrives à point nommé pour tenir compagnie à Roslyn pendant que je vais faire un tour en cuisine pour voir où en est Reeva.

Depuis quand Reeva avait-elle besoin qu'on la surveille ? se demanda-t-il, en se retenant toutefois de poser la question. Sa mère avait plus d'un tour dans son sac, et il préférait éviter toute situation gênante !

— Avec plaisir, dit-il à la place. Si tant est que Roslyn n'y voie pas d'inconvénient !

Pour toute réponse, cette dernière lui sourit tandis que Maureen s'éclipsait. La prédiction de Holt résonna subitement à ses oreilles et il la chassa bien vite : son frère n'avait aucune idée de ce qu'était une histoire de cœur.

— Bonsoir, Chandler ! Je suis ravie que tu me tiennes compagnie.

Prenant place à côté d'elle, il croisa les chevilles et nota sans ciller le passage au tutoiement.

— Jazelle a-t-elle apporté les boissons ? s'enquit-il au moment même où la gouvernante entrait avec un plateau. Ah, la voici ! J'espère qu'elle n'a pas oublié que tu ne bois pas d'alcool.

Roslyn émit un petit rire suave.

— C'est de nouveau le médecin qui parle, dit-elle.

Sa bonne humeur était contagieuse et il lui sourit, commençant à se décontracter un peu.

— Les femmes enceintes exacerbent ma nature protectrice, lui expliqua-t-il. Tu as les joues bien roses, ce soir. Tu as repris des forces ?

— Oui, je me sens merveilleusement bien. Tout le monde au ranch est si adorable ! Et on est aux petits soins avec moi. Je vais finir par croire que je suis une princesse et non juste enceinte.

— Katherine aussi était traitée comme une princesse quand elle était enceinte des jumeaux.

— Je crois qu'elle mériterait qu'on continue à la choyer un peu de temps à autre. Elle a passé l'après-midi à courir derrière eux.

— À propos, elle n'est pas là, ni Blake. Ils sont sortis ?

— Non, ils sont à l'étage, précisa Jazelle. Ils mettent les enfants au lit. Ils ne devraient pas tarder à redescendre.

Sur ces mots, elle leur présenta le plateau. Il désigna le verre à pied rempli de vin.

— C'est pour moi ? demanda-t-il.

— Exactement. Et à côté, c'est un cocktail sans alcool concocté par Reeva, avec du soda au gingembre, du sirop de cerise et de la limonade. C'est une de ses spécialités.

— Ça a l'air délicieux ! s'exclama Roslyn.

Jazelle lui tendit le verre puis se dirigea vers Holt, engoncé dans un fauteuil en cuir.

— Voici ton whisky Coca, Holt, lui dit-elle.

— Merci, Jazelle ! Parfait ! Ce n'est pas demain la veille qu'on te renverra.

— Me voilà rassurée ! dit-elle d'un ton pince-sans-rire avant de sortir.

— Tu as déjà fait la connaissance de mes frères ? demanda Chandler à Roslyn.

— Nous nous sommes croisés au petit déjeuner, dit-elle. Grâce à eux, je sais ce qu'est le vêlage, et je peux maintenant différencier une génisse d'un bœuf.

— C'étaient les leçons du jour, intervint Holt en souriant. Et rassure-toi, Chandler, nous nous sommes bien comportés. Nous n'avons pas traité Roslyn d'ignorante.

Il lança un coup d'œil à cette dernière, se demandant ce qu'elle pensait de sa famille et du ranch. Sans doute que tout y était un peu trop chaotique et bien moins raffiné que dans son univers habituel, pourtant la lueur qui brillait au fond de ses prunelles noisette semblait indiquer qu'elle se sentait bien, ici.

Et alors, qu'est-ce que cela peut faire ? Elle va repartir d'un jour à l'autre, et tu n'entendras plus jamais parler d'elle. Ne l'oublie pas avant que son regard ne t'égare.

Il avala une gorgée de vin, s'efforçant de chasser les murmures de réprimande dans sa tête.

— Fort Worth est pourtant réputé pour ses élevages de chevaux et son bétail, reprit-il.

— Mon père est avocat d'affaires, expliqua-t-elle. Et nous vivons en ville. De temps en temps, je croise des cow-boys, et mon rapport avec la vie sur un ranch s'arrête là.

— Voilà pourquoi tu devrais rester un peu plus longtemps à Three Rivers, renchérit Holt. Tu pourrais te familiariser complètement avec cette vie-là.

À cet instant, son portable sonna et il ajouta avant que Roslyn réponde :

— Désolé, je dois prendre l'appel.

Chandler se tourna alors vers elle.

— T'es-tu aventurée hors de la maison aujourd'hui ?

— Je suis allée sur la terrasse et dans le patio arrière. Tout est vraiment magnifique, ici ! On voit le paysage à des kilomètres à la ronde, les montagnes escarpées et le désert. C'est très différent de la nature très domestiquée que je connais, avec de grandes pelouses bien vertes et impeccables, des fleurs et des arbres parfaitement taillés.

Et ce contraste, qu'en pensait-elle ? De toute évidence, elle avait été élevée dans un cocon privilégié, mais l'Arizona et son âpre beauté n'avaient pas l'air de lui déplaire, sans quoi, elle serait déjà repartie direction la Californie.

— Le ranch n'est pas aussi isolé qu'il en a l'air, tu sais. Joseph, sa femme et leur bébé habitent à quelques kilomètres d'ici, au Bar X Ranch. Dommage qu'ils ne soient pas venus dîner, ce soir. Tessa a vingt-sept ans, elle est à peine plus âgée que toi, vous avez sans doute beaucoup de choses en commun.

— Katherine m'a dit qu'elle était née dans un ranch, dans le Nevada, et qu'elle était venue toute seule jusqu'en Arizona. Donc, tu as raison, nous avons certains points communs.

— Oui, vous êtes deux *jeunes* femmes qui n'avez

pas froid aux yeux, renchérit-il en pensant que Roslyn avait onze ans de moins que lui.

Un écart d'âge qui aurait semblé énorme à de nombreuses personnes mais qui ce soir, curieusement, ne le tracassait pas trop.

— Désolé, annonça soudain son frère, mais je vais vous fausser compagnie. Je dois aller prêter main-forte pour un vêlage.

— Tu as besoin de moi ? demanda Chandler.

— Non, merci, ce n'est pas la peine. Dis à maman que je devrais être revenu à temps pour le dîner. Réservez-moi une place près de Roslyn, précisa Holt avec un clin d'œil.

— Elle a envie de dîner tranquillement, pas d'écouter tes âneries, répondit son frère. Allez, bon courage !

Une fois qu'ils furent seuls, Roslyn déclara :

— D'après ce que Jazelle et Katherine m'ont dit, c'est un passionné de chevaux.

— Et de femmes. Dans cet ordre, hélas.

— Hum, hum… Mais vous semblez tous les deux adorer les animaux.

— Parce qu'on est des cow-boys, expliqua-t-il en riant. Et toi, tu as laissé un chien ou un chat à Fort Worth ?

Son expression se rembrunit immédiatement.

— Il n'en était pas question, avec mon père. Il déteste les animaux.

À chaque nouvelle petite révélation sur sa vie au Texas, l'image de son père se précisait et elle ne lui paraissait pas des plus flatteuse.

— Et ta mère ?

Elle poussa un soupir.

— Maman est morte il y a cinq ans. Elle aimait

les animaux, mais ce n'était pas le genre de femme à s'opposer aux choix de son mari, aussi arbitraires soient-ils. Heureusement, j'avais des amies qui avaient des chats et des chiens, et une qui avait même un lapin. Moe, c'était son nom. Il était vraiment très mignon.

Comme lui, elle avait perdu un de ses parents, mais contrairement à lui, elle n'avait pas eu la chance de grandir entourée d'une grande fratrie et de se sentir aimée.

— Je suis désolé pour ta mère, reprit-il avec douceur. Étiez-vous proches l'une de l'autre ?

À cette question, elle baissa les paupières et avala une gorgée de son cocktail sans alcool, mais il avait eu le temps de voir un éclair de chagrin passer dans ses yeux.

— Oui, très, elle était tout pour moi.

Et sa voix légèrement brisée lui fit l'effet d'un coup de poing en plein cœur. Son père était également son héros, son décès avait laissé au plus profond de son être une blessure qui refusait de se refermer.

— Elle a eu un accident ?

— Non, une leucémie… Après sa disparition, la maison m'a semblé d'une tristesse insoutenable. Même si notre foyer n'avait jamais été aussi convivial que le vôtre, par exemple.

— Merci, dit-il, mais notre famille a également ses problèmes, tu sais.

— Comme toutes les familles, répondit-elle avec un sourire triste. Néanmoins, j'ai l'impression que vous, les Hollister, vous les surmontez en vous serrant les coudes.

De nouveau, son cœur se serra. Roslyn semblait avoir mené une existence si solitaire !

— Oui, tu as raison. Il n'empêche que, parfois, nos différends sont très bruyants.

Elle se mit à rire.

— J'imagine que vos disputes sont tout de même moins virulentes que lorsque vous étiez enfants !

— Il est vrai que Holt et moi ne nous bagarrons plus, reconnut-il en riant lui aussi avant de s'exclamer : Je meurs de faim ! J'espère que le dîner ne va pas tarder.

— Allons, un peu de patience, dit-elle en lui touchant le bras.

C'est juste un geste amical, qui ne signifie rien du tout !

Pourtant, le contact de sa main toute chaude lui procura un élan de plaisir inattendu…

— Le dîner est prêt ! s'écria Maureen.

Aussitôt, il bondit du canapé et tendit la main à Roslyn. Elle l'agrippa sans hésitation, puis glissa spontanément le bras sous le sien. À cet instant, il se rappela qu'il n'était pas juste un vétérinaire submergé de travail, mais aussi un homme qui s'était tenu pendant très longtemps à distance des femmes.

— J'en salive d'avance, lui assura Roslyn. Je suis certaine que le bébé aussi. Dans très longtemps, je lui raconterai qu'il a dîné un jour dans un vrai ranch, en Arizona.

Et dans très longtemps, il se souviendrait de cette magnifique inconnue enceinte qui s'était suffisamment attardée au ranch pour creuser une petite niche dans son cœur.

Tard ce soir-là, après que tout le monde avait regagné le salon pour prendre le dessert et le café et qu'il discutait avec Blake de l'agenda des vaccinations pour les bêtes, Maureen s'avança vers lui et lui agrippa vivement le bras.

— Désolée de vous interrompre, mais je dois parler à Chandler. En tête à tête, dans mon bureau.

Blake fronça immédiatement les sourcils pour le taquiner.

— Bon courage, frangin ! Maman a le ton d'une directrice de collège.

— Si tu m'entends hurler, viens à ma rescousse, répondit-il, clin d'œil à l'appui.

— Bon, vous arrêtez, tous les deux ? s'exclama Maureen. Je requiers juste ton attention quelques minutes, Chandler.

Une fois hors de la pièce, elle l'entraîna vers le bureau qui avait été autrefois celui de son père et qu'elle occupait à présent. Elle en avait conservé le mobilier en acajou, mais aux effluves de cuir et de café qui y régnaient auparavant s'étaient substituées celles du citron et du genévrier.

Allumant la lampe de notaire en opaline verte sur la table de travail, elle fixa le regard sur lui.

— Comment te situes-tu exactement par rapport à Roslyn DuBose ?

Il crut s'étrangler.

— Mais de quoi parles-tu ?

— Je parle de notre invitée, et je veux savoir ce que tu penses d'elle.

Il se retint de jurer.

— Quelle question, maman ! Je la connais depuis hier soir.

— Exact, et tu l'as ramenée à la maison.

— Parce qu'elle avait besoin d'aide, voilà tout.

— Il y a beaucoup de gens dans les parages qui ont besoin d'aide et tu ne les amènes pas au ranch.

Espérant que la lumière tamisée masquait la rougeur qui venait de lui monter aux joues, il répondit :

— OK, je comprends, je vais t'expliquer. Lorsque j'ai découvert Roslyn dans sa voiture, sur le parking de la clinique, elle s'est tout de même évanouie. Puis j'ai vu qu'elle était enceinte. J'ai donc estimé peu prudent de la laisser repartir, car il n'était pas exclu qu'elle ait un nouveau malaise.

— Oui, bien sûr, j'ai compris les circonstances de cette rencontre, répondit Maureen, un rien agacée. Ce que je me demande, c'est ce qu'elle t'inspire.

Pourquoi sa mère était-elle si insistante ? Ne comprenait-elle pas qu'il avait agi en soignant ?

Vraiment ? Tu as adoré chaque minute passée en sa compagnie hier, tout comme ce soir, sans compter qu'elle a occupé toutes tes pensées aujourd'hui et que tu te demandes comment tu vas pouvoir l'oublier, une fois qu'elle sera repartie.

— Écoute, maman, Roslyn me semble aller bien mieux, du moins physiquement, et tu as entendu comme moi qu'elle compte s'en aller demain. Elle ne va pas t'importuner plus longtemps.

— Chandler ! se récria-t-elle. Tu exagères en insinuant que j'ai hâte qu'elle parte.

Il ouvrit les bras, paumes tournées vers le haut.

— N'est-ce pas le cas ?

— Certainement pas ! dit-elle en fronçant les sourcils. Cette jeune femme a besoin qu'on l'aide. À de nombreux égards.

— Maman, je ne comprends pas très bien ce que

tu as en tête, mais Roslyn ne relève nullement de ta responsabilité.

— Tu as raison. D'autant qu'elle veut de toute évidence s'émanciper de son père, ce qui est normal, à son âge. Cela dit… Nous avons beaucoup de place, ici, et Reeva cuisine toujours des quantités de nourriture… Nous pourrions tout à fait lui proposer de rester pendant quelque temps au ranch. Jusqu'à ce qu'elle ait son bébé.

Pardon ? Cela signifiait des semaines entières ! La jeune femme les considérerait alors comme une famille, et la tendresse protectrice qu'il éprouvait pour elle se serait sans doute transformée en un sentiment plus profond qui ne le laisserait pas indemne quand elle repartirait.

— Maman, c'est une inconnue. Nous ne savons rien d'elle. Qui sait si elle n'avait pas tout prémédité !

Sa mère prit un air un peu penaud.

— Pour tout t'avouer, la même idée m'est passée par la tête, et j'ai donc effectué quelques vérifications ce matin.

Il écarquilla les yeux : d'ordinaire, sa mère était bien plus confiante.

— Tu n'as quand même pas appelé son père ?

— Mais non, pas du tout. Je me suis juste assurée que Martin DuBose existe bien et que Roslyn nous a dit la vérité.

À l'idée qu'elle ait pu les duper, il sentit les battements de son cœur s'accélérer.

— Et ?

— Tout ce qu'elle nous a raconté est exact. C'est ce que m'a dit ma source, un vieux bonhomme bourru.

Il était soulagé qu'elle ne leur ait pas menti, et triste aussi car elle aurait mérité un tout autre père.

— Eh bien, de toute évidence, elle ne manque pas d'argent, reprit-il. Je crois qu'elle tente de surmonter son erreur concernant le père du bébé et qu'elle a urgemment besoin d'une maison où elle se sentira chez elle.

— Tout à fait ! Elle a besoin d'un foyer. Sais-tu que sa mère est morte ?

— Oui, elle me l'a dit. Et je vois bien, chaque fois qu'elle mentionne son père, l'expression de colère qui crispe ses traits. Elle ne peut pas feindre.

Sa mère lui adressa un tendre sourire.

— Toi non plus, tu ne peux dissimuler tes sentiments quand tu es près d'elle.

— Mes sentiments ? Enfin, maman, pitié ! C'est un peu exagéré, non ? Elle est jolie, c'est vrai, et très attirante, mais elle va avoir un bébé !

— Et alors ? Cela la rend encore plus précieuse, non ?

— Maman, elle est bien trop jeune pour moi. Et je suis beaucoup trop accaparé par la clinique. Pourquoi cherches-tu à jouer les marieuses ? Ça ne marchera pas.

Elle poussa un lourd soupir.

— Les marieuses, franchement, tu y vas fort. Bon, tout ce que je te demande, c'est de prendre Roslyn à part et de la convaincre de rester au ranch jusqu'à son accouchement. Une fois le bébé né, elle y verra plus clair.

Pourquoi sa mère lui imposait-elle un tel supplice ? Ne voyait-elle pas qu'il avait déjà assez à faire ? Qu'il était au bord du burn-out ?

Enfouissant la main dans ses cheveux, il s'efforça de maîtriser son désarroi.

— Pourquoi moi ? Elle te trouve fantastique, tu représentes une figure maternelle pour elle. Elle t'écoutera.

Maureen secoua la tête.

— C'est toi qui l'as rencontrée le premier, qui as pris soin d'elle. Elle t'a fait suffisamment confiance pour accepter de venir au ranch. C'est de toi qu'elle est le plus proche.

Il n'avait pas particulièrement l'impression que Roslyn se sentait proche de lui ; en revanche, sa mère avait peut-être raison sur un point, à savoir que leur invitée attendait qu'on lui propose de rester… Cette pensée se mit à s'agiter dans tous les sens dans sa tête.

— Désolée, mon grand, je ne pensais pas que le petit service que je te demande représenterait une telle épreuve pour toi, déclara Maureen avec un petit sourire rusé. Dans ce cas, je vais m'adresser à Holt. Il sait exactement comment parler aux femmes, non ?

— Pas à une femme comme Roslyn ! se récria-t-il.

— *Comme* Roslyn ? C'est-à-dire ? questionna aussitôt sa mère. Elle est jolie et agréable, et elle correspond tout à fait aux jeunes femmes que Holt côtoie.

Il retint un soupir : d'où venait que sa mère sache toujours quelle corde faire vibrer chez ses enfants pour obtenir d'eux ce qu'elle voulait ?

— C'est très important pour toi que Roslyn reste, maman ? Tu es certaine que tu n'as pas déjà assez de travail ?

Elle haussa les épaules.

— Depuis que Camille vit à Red Bluff et que Vivian et Hannah ont déménagé pour le parc national, j'ai l'impression que la maison est un peu vide.

Il ne pouvait rien opposer à cela, et c'était sans

compter le meurtre irrésolu de son mari. Si Roslyn et le bébé représentaient une distraction agréable pour sa mère, ne serait-ce que pour quelques semaines, alors il était pour à cent pour cent. Et finalement, ce séjour serait peut-être aussi profitable à Roslyn.

— Très bien, maman. Je lui parlerai, mais je ne peux rien te promettre. Elle me semble vraiment résolue à rejoindre l'ouest du pays.

— Convaincs-la que l'Arizona est suffisamment à l'ouest, dit Maureen avec un beau sourire avant de se lever. Allez, viens ! J'ai déjà prié Jazelle d'allumer un feu dans le patio afin que tu puisses t'isoler avec Roslyn pour lui parler en tête à tête.

— Donc, tu as tout manigancé ! Que vient faire un feu dans cette discussion ?

Le prenant dans ses bras, elle l'étreignit bien fort et avoua contre son oreille :

— Je voulais juste créer une atmosphère chaleureuse pour le moment où tu demanderais à Roslyn de rester chez nous.

Sa mère était en train de la manipuler, cela sautait aux yeux ! En temps normal, il aurait déjà fui à grandes enjambées, mais il devait reconnaître qu'elle n'avait pas l'habitude de se mêler des affaires personnelles de ses enfants. Et puis au fond, qu'est-ce que cela lui coûtait d'accéder à sa demande ? Il était majeur et vacciné, sa mère ne pourrait pas aller au-delà de cette requête en ce qui les concernait, Roslyn et lui.

- 5 -

Roslyn ignorait pourquoi Chandler l'avait entraînée dans le patio, où les flammes du brasero formaient des langues scintillantes de lumière orangée qui prêtaient des nuances mordorées au visage de son hôte.

Le feu réchauffait néanmoins l'air frais du désert, et le ciel indigo était constellé de milliers d'étoiles. Cette magnifique soirée était aussi la dernière qu'elle passait ici et elle entendait la savourer pleinement avant de prendre congé du ranch et des nouveaux amis qu'elle s'était faits.

— Tu n'as pas froid ? s'enquit-il.

— Non, avec la chaleur du feu, c'est parfait.

Ils étaient assis sur le large rebord de pierre qui s'élevait autour du brasero – assez proches l'un de l'autre pour se toucher. Il aurait suffi qu'elle se penche un peu vers lui… Il se trouvait justement qu'elle en avait terriblement envie. Pendant tout le repas, elle avait pensé à lui et aux éventuelles caresses qu'elle pourrait lui prodiguer, et ses propres fantasmes l'avaient surprise.

Après la trahison d'Erich, elle avait éprouvé une telle amertume qu'elle avait cru qu'il lui faudrait des années avant d'éprouver à nouveau du désir pour un homme. Or, dès l'instant où son regard avait croisé celui de Chandler, elle avait ressenti une attirance immédiate, tout comme il lui avait inspiré une confiance absolue. Ce qui était parfaitement insensé.

— Je dois te faire un aveu, Roslyn. Je t'ai amenée ici pour une raison très précise.

Cette phrase se heurta violemment aux idées tumultueuses qui bouillonnaient dans son cerveau et elle lui lança un regard ahuri.

— Une raison ? Oh ! tu m'as emmenée ici pour que Maureen puisse échanger en toute tranquillité avec le reste de la famille, c'est ça ?

Il secoua la tête.

— Pas du tout. Elle et moi venons d'avoir une petite discussion… À ton sujet, pour être tout à fait honnête.

Elle sentit ses jambes se dérober.

— À mon sujet ? A-t-elle…

Sa bouche était si sèche qu'elle parvenait à peine à s'exprimer. Elle poursuivit pourtant :

— Elle a contacté mon père, c'est ça ?

Il fronça les sourcils.

— Maman n'aurait jamais fait une chose pareille. Ni aucun d'entre nous, d'ailleurs, sauf si tu nous l'avais demandé.

Une vague de soulagement la souleva tout entière.

— Oh ! pardon ! C'est juste que… Je serais incapable de le revoir en ce moment. D'ailleurs, je ne sais même pas si cela sera possible un jour. Je dois te paraître bien ingrate, mais je ne suis pas partie sur un coup de tête. J'y pense depuis le décès de ma mère.

— Ce qui fait cinq ans. C'est long, non ? Qu'est-ce qui t'a retenue là-bas ?

Elle haussa les épaules.

— L'espoir que mon père changerait, après la disparition

de ma mère. Mais non, il est demeuré le même. Et puis Erich a commencé à montrer de l'intérêt pour moi et on est sortis ensemble. J'ai cru que les choses allaient enfin s'améliorer pour moi.

— Ton père approuvait ton choix ?

Elle émit un rire sec.

— Erich est d'une vieille famille texane respectable, que mon père côtoie depuis toujours. Lors de nos fiançailles, il était aux anges. À ses yeux, je ne pouvais faire un meilleur mariage, on aurait même cru que, pour la première fois de sa vie, il était fier de moi.

— Pourquoi avez-vous rompu, Erich et toi ?

Elle soupira.

— Parce qu'il m'a trompée. Avec de nombreuses autres. Mais selon mon père, c'est ma faute, car je ne me suis pas montrée assez désirable.

À cet instant, il scruta son visage avec attention et elle se demanda ce qu'il pensait. Avait-elle l'air repoussant ? Son père avait-il raison ? Que tout cela était gênant !

— Comment a-t-il pu prononcer une telle monstruosité ? Tu avais besoin de son soutien, pas de ses récriminations.

— Je n'attendais rien de lui, de toute façon. Mais assez parlé de moi. Tu m'as conduite ici pour aborder un sujet précis, m'as-tu dit. Eh bien, de quoi s'agit-il ?

Et elle lui adressa le sourire le plus enjoué possible.

Il parut hésiter, et elle eut la sensation qu'il n'était pas très à l'aise, ce qui la contraria. La veille, elle avait vu en lui une personne sur qui compter, un nouvel ami, elle n'avait nulle envie que cela change.

— C'est à propos de ton intention de partir demain…

Maman aimerait en fait que tu restes ici, au ranch, avec nous.

Elle en eut le souffle coupé ! Et son expression dut refléter sa surprise, car il ajouta :

— Tu as l'air étonné.

— Oui, énormément, parvint-elle à répondre en sentant brusquement les larmes lui piquer les yeux.

Puis, dans un chuchotement ému, elle ajouta :

— Maureen est trop bonne pour son propre bien.

— Ma mère a toujours eu un cœur généreux. Mais elle n'invite pas non plus tout le monde à séjourner chez elle. Il faut qu'elle en ait aussi grandement envie.

Se levant, elle se mit à déambuler dans le patio, les yeux tournés vers le ciel nocturne. Il y avait quelques minutes encore, elle méditait sur la beauté de Three Rivers, la paix que le lieu offrait à ses résidents. Il lui semblait y être protégée et désirée, ce qu'elle n'avait pas éprouvé depuis la disparition de sa mère. Passer un peu plus de temps avec cette famille, ce serait comme un rêve qui deviendrait réalité, mais était-ce bien sage ? Il lui suffisait de regarder Chandler : il éveillait en elle des sentiments qu'elle avait sans doute tort de ressentir, et qui n'avaient rien à voir avec ses plans initiaux concernant son avenir et celui de son bébé.

Jetant un coup d'œil par-dessus son épaule, elle vit qu'il l'observait, attendant patiemment sa réponse. Elle prit alors une grande inspiration.

— Honnêtement, Chandler, je ne sais que dire. C'est si inattendu…

Délaissant le brasero, il s'approcha d'elle, et elle s'efforça de faire abstraction de son parfum aux notes troublantes, tout comme de sa solide silhouette aux muscles rassurants.

— Je suis certain que tu n'avais pas envisagé cette éventualité, mais pourrais-tu…

— Ce n'est pas une bonne idée, Chandler, l'interrompit-elle en détournant les yeux pour les braquer sur l'étoile la plus brillante dans le ciel. Ta mère est une femme très occupée, comme vous tous, d'ailleurs. Je serais un poids pour vous.

— Allons, tu n'es pas une enfant qui a besoin d'une surveillance permanente ! Ne crains-tu pas plutôt de t'ennuyer à mourir, ici ?

— Pardon ? Tu plaisantes ?

De surprise, elle se tourna vers lui.

— Il y a dans ce ranch autant d'effervescence qu'au terminal de l'aéroport de Dallas-Fort Worth, poursuivit-elle. Il s'y passe toujours quelque chose. Comparé à la maison DuBose, c'est un véritable tourbillon.

— Peut-être, mais ici, on est éloignés de tout. Des distractions, des boutiques…

— C'est donc ce que tu penses de moi ? Que je suis mordue de shopping et que je passe ma vie à m'étourdir en sortant ?

— Pour être honnête, l'idée m'a traversé l'esprit… À quoi occupais-tu ton temps, au Texas ?

— Mon père m'interdisant de travailler, je me consacrais à des œuvres de charité, notamment pour les enfants, et je faisais aussi du bénévolat, comme donner des cours de maths aux étudiants en difficulté, ou animer des clubs de filles.

— Voilà qui est tout à ton honneur, dit-il.

— Oh ! tu dois penser que ce sont des activités

d'enfants de riches, mais mon père m'a toujours interdit de travailler, alors que j'ai fait des études de commerce.

— Non, je n'ai aucun préjugé sur toi, Roslyn, et bravo pour ton diplôme. J'espère qu'un jour tu te décideras à t'en servir.

Elle se mit à regarder fixement un point dans le lointain, puis déglutit avec difficulté.

— Désormais, ma vie va être différente. J'ai peut-être perdu mon père, mais j'ai gagné ma liberté. Tu ne peux pas savoir ce que je ressens.

Soudain, il posa la main sur son épaule, et elle en sentit la chaleur se diffuser à tout son bras, jusqu'à ses doigts…

— Je crois que rester quelque temps ici, jusqu'à la naissance du bébé, te permettrait de donner à ta vie ce tournant dont tu rêves. Et puis tu pourrais compter sur nous tous, en cas de besoin.

Nous ? Cela l'incluait-il aussi ? À la simple idée qu'il puisse se préoccuper de son bien-être, elle ressentait un plaisir qui lui donnait presque le vertige. Ce qui n'avait pas été le cas quand Erich lui avait offert sa bague de fiançailles… Comment était-ce possible ?

— Donc, euh… Cela ne te gênerait pas que je reste ?

— Pas du tout, quelle drôle de question ! Et ma mère en serait très heureuse. Ses deux filles ne vivent plus ici, maintenant, il ne lui reste plus que sa belle-fille. Une deuxième personne à chérir la comblerait. Et son bonheur fait celui du reste de la famille.

C'était donc pour sa mère qu'il lui demandait de rester… Ce qui à tout prendre était tout de même mieux que s'il n'avait pas du tout voulu de sa présence.

— Si tu le présentes ainsi, je peux difficilement

refuser, répondit-elle. Vous êtes tous trop bons avec moi, je crains de ne pas être à la hauteur.

— Et moi, je ne veux plus entendre de telles paroles, compris ? dit-il en lui caressant doucement la joue.

— Promis, répondit-elle dans un souffle.

Alors, l'enlaçant par l'épaule, il l'entraîna d'un pas rapide à l'intérieur.

— Viens, allons annoncer la nouvelle à maman ! Elle va sincèrement se réjouir.

À cet instant, elle eut la troublante impression d'être chez elle. Était-ce dû à la façon dont il la tenait ?

— Moi aussi, je me réjouis, murmura-t-elle.

La semaine suivante, Roslyn ramena la Jaguar au ranch et sortit tout ce qui se trouvait à l'intérieur pour le monter dans la chambre qu'elle occupait depuis son arrivée. Maureen lui avait proposé une pièce plus grande, mais celle-ci était très cosy, elle s'y sentait comme dans un cocon et n'avait nulle envie d'en changer. Elle appréciait également l'alcôve où elle pouvait s'asseoir et observer les va-et-vient des cow-boys dans le ranch.

Katherine lui avait obtenu un rendez-vous chez l'obstétricienne qui s'était occupée de son propre accouchement et l'avait gentiment accompagnée la veille chez une gynécologue de ville pour faire un point sur la grossesse. Celle-ci avait décrété que le bébé et la maman étaient en parfaite santé, et qu'elle ne prévoyait pas un accouchement avant terme, à un ou deux jours près, bien sûr.

Ce qui signifiait qu'elle avait un mois devant elle pour profiter de la vie au ranch avant de devoir faire ses bagages pour la Californie. D'ici là, elle entendait profiter de chaque seconde passée avec la famille Hollister.

Assise sur la terrasse, elle discutait au téléphone avec sa meilleure amie de Fort Worth, tentant de lui expliquer pourquoi elle se trouvait sous le soleil printanier de l'Arizona.

— Tu ne peux savoir comme je suis heureuse de t'entendre, Roslyn. Cela fait bien une semaine et demie que tu es partie et tu ne m'as pas appelée une fois ! Pour tout avouer, j'en aurais presque appelé ton père pour voir s'il savait où tu étais.

— Nikki ! se récria-t-elle. Je t'avais pourtant expressément demandé de ne pas lui souffler un mot de tout cela et tu m'avais promis que tu n'en ferais rien.

— J'ai dit *presque*, je ne l'ai pas fait. J'ai tout de même le droit de m'inquiéter, je te rappelle que nous sommes amies depuis la maternelle ! Et puis je suis si triste que tu sois partie… Si tu tenais tant à quitter le domicile de ton père, tu aurais pu emménager chez moi, ou bien prendre un appartement en ville. Ou même t'installer à Dallas. Ton père ne serait jamais allé te chercher là-bas, tu sais comme moi qu'il a horreur de cette ville.

Elle se pinça l'arête du nez : elle avait jusque-là toujours remis cet appel à plus tard, connaissant d'avance les reproches que sa vieille amie lui adresserait. Mais elle la comprenait, elle aurait réagi de la même façon à sa place. Et elle ne pouvait pas faire sortir sa plus proche amie de sa vie parce qu'elle cherchait à échapper à l'emprise de son père.

— Eh bien, tu vois, plus la peine de te tracasser pour moi ! Je suis dans un lieu magnifique, chez une famille adorable. Et je compte y rester jusqu'à la naissance du bébé et les quelques semaines qui suivront.

— Mais où es-tu au juste ? Qui sont ces gens ? Tu es certaine que tu peux leur faire confiance ?

— Je suis en Arizona, dans le désert. Et rassure-toi, la famille qui m'accueille est très connue par ici et respectée. Je ne me serais pas installée chez eux si je n'avais pas confiance.

— Ce que tu peux être évasive ! gémit Nikki. Pourquoi tu n'as pas répondu à mes appels ? Tu n'as pas de réseau, là où tu es ?

— En fait, dès mon départ, j'ai éteint mon ancien téléphone et je n'ai appelé ni envoyé de message à personne. Je ne veux pas que mon père puisse me traquer.

La veille, Katherine et elle s'étaient rendues à Wickenburg où elle avait acheté un nouveau téléphone et changé de numéro pour qu'il ne puisse pas la retrouver par l'intermédiaire des antennes-relais. Elle n'avait pas l'intention de dire à Nikki où elle se trouvait précisément ; son amie était certes bien intentionnée, mais elle parlait aussi souvent sans réfléchir.

— Je pensais que tout l'État d'Arizona était un désert.

— La géographie n'a jamais été ton fort, Nikki, dit-elle avec un sourire.

Cette dernière se mit à rire.

— Je le reconnais ! On ne dirait pas que je travaille dans une agence de voyages !

— Et sinon, tout va bien pour toi ? Tu sors toujours avec Randy ?

Un silence s'ensuivit, puis Nikki finit par répondre :

— Non, il s'est engagé dans la marine. Il quitte la Californie dans quelques semaines.

— Il ne t'a pas demandé de l'accompagner ?

Nikki soupira et Roslyn imagina son amie, sourcils froncés, en train d'entortiller ses longs cheveux roux autour de ses doigts.

— Si, mais j'ai répondu non.

— Quoi ? Tu es folle de lui ! Pourquoi l'as-tu laissé filer ?

Un autre soupir s'ensuivit.

— Je ne peux pas quitter maman dans l'état où elle se trouve actuellement.

— Nikki, ce n'est pas ta faute si ton père a divorcé pour s'installer sur la côte Est avec une autre femme.

— C'est vrai, mais elle est si perdue ! Je rejoindrai peut-être Randy plus tard…

Roslyn en doutait fort, mais elle n'était pas forcément bien placée pour prodiguer des conseils, elle qui était enceinte sans l'avoir prévu d'un fiancé menteur et coureur de jupons.

Elles discutèrent encore un peu, puis Roslyn abrégea la conversation, ayant repéré le pick-up poussiéreux de Chandler qui remontait l'allée menant à l'entrée du ranch. Le vétérinaire, toujours fort occupé, en descendit.

La semaine passée, elle l'avait à peine vu. Elle l'avait croisé chaque matin rapidement au petit déjeuner, le temps pour lui d'annoncer qu'il filait pour s'occuper d'une urgence. Il se volatilisait et n'était même pas rentré pour l'heure du dîner. Un soir, elle était allée chercher un verre de lait dans la cuisine, et elle l'avait découvert en train de se restaurer, l'air épuisé.

Mais aujourd'hui, il semblait en grande forme alors qu'il gravissait les marches à vive allure.

— Tiens, bonjour, Roslyn ! dit-il avec un grand sourire. Eh bien, comment va notre future maman ?

En rougissant, elle lui rendit son sourire et s'efforça d'ignorer que son cœur sautillait joyeusement dans sa poitrine.

— Bien, merci. Tu rentres très tôt aujourd'hui, non ? La nuit n'est pas encore tombée.

Il se mit à rire.

— J'ai abrégé ma journée à la clinique, car Blake m'a demandé de venir inspecter deux troupeaux dont certaines bêtes, selon les employés, souffriraient de conjonctivite.

— Oh ! c'est très contagieux, non ?

— La conjonctivite des animaux ne se transmet pas aux humains.

Là-dessus, il laissa son regard glisser sur elle, puis reprit :

— Bravo pour le jean ainsi que les boots. Cela te va très bien.

Elle devint encore plus rouge.

— Merci. J'ai fait des emplettes, avec Katherine. Je me suis dit que le jean serait pratique au ranch et elle m'a incitée à prendre aussi les boots.

Sur ces mots, elle passa la main sur la tunique ample à motifs fleuris qui recouvrait son ventre.

— C'est un accessoire indispensable dans un ranch, approuva-t-il avec un sourire.

Il la considéra un instant avant d'ajouter :

— Dis-moi, tu es occupée maintenant ?

Elle émit un rire un rien dérisoire.

— Occupée ? Personne ne me laisse faire quoi que ce soit, dans cette maison !

— Ah bon ? reprit-il avec un petit sourire. Dans ce cas, viens avec moi ! Le trajet n'est pas trop cahoteux, et tu ne seras pas obligée de sortir du pick-up si tu n'en as pas envie.

Elle se retint de pousser un cri de joie.

— Avec grand plaisir ! Je n'ai vu que le jardin depuis mon arrivée, alors que le ranch est immense.

— Eh bien, c'est l'occasion d'en découvrir plus. Rendez-vous dans dix minutes dans la cuisine, c'est bon pour toi ?

— Tout à fait.

Quand elle entra dans la cuisine peu de temps après, Reeva était en train de donner une thermos de café à Chandler ainsi qu'une boîte transparente remplie de cookies faits maison.

— Nous n'allons pas faire un pique-nique, Reeva, lui dit Chandler. Je dois insp…

— Toi peut-être pas, mais je ne veux pas que Roslyn ait faim, elle doit manger pour deux, d'autant que c'est son dernier mois, celui où le bébé prend le plus de poids. J'ai fait une thermos de déca juste pour elle.

Comme ils sortaient de la cuisine après avoir chaleureusement remercié Reeva, Chandler lui adressa un sourire amusé.

— Tu auras compris que Reeva est notre seconde mère.

— Oui, c'est évident ! Maureen m'a dit qu'elle avait une fille et une petite-fille en Californie mais qu'elle les voyait rarement.

— Exact ! Liz, qui a fait des études et occupe un très bon poste, a désormais honte de sa mère cuisinière.

— Oh ! comme c'est triste ! Reeva est une femme

merveilleuse. Honnêtement, je ne sais pas où elle puise toute son énergie. Elle n'arrête pas une seconde. Remarque, toi non plus.

À cet instant, il lui prit le bras, sans doute parce qu'ils s'apprêtaient à descendre une volée de marches en pierre, et ne la lâcha pas une fois qu'ils furent arrivés en bas.

— Je ne saurais pas quoi faire de moi si je n'étais pas occupé, lui avoua-t-il.

— Une petite sieste, peut-être ? suggéra-t-elle d'un air malicieux.

Il se mit à rire et elle l'imita. Pour la première fois depuis son départ du Texas, le poids qui pesait sur ses épaules lui parut s'envoler avec la brise chaude du désert. Elle se sentait si bien en compagnie de Chandler ! Elle en oubliait presque qu'elle serait sous peu une mère célibataire et que le père de son enfant ne l'avait jamais vraiment aimée.

— Tu sais que tu es drôle, quand tu le veux, Roslyn ? reprit-il en l'aidant à grimper dans le pick-up. Mais ce que tu ignores, c'est que je ne saurais pas non plus faire la sieste.

Sur ces mots, il referma la portière, puis baissa le hayon et fit monter deux chiens à poils ras de couleur chamois à l'arrière du véhicule.

— J'ai vu qu'il y avait de nombreux chiens au ranch, lui dit-elle quand il s'installa derrière le volant. Ce sont des animaux domestiques ou bien des gardiens de troupeaux ?

— Les deux, mais la plupart sont aussi des chiens de travail. Les Black Mouth Cur qui sont à l'arrière surveillent généralement les bovins, cependant je n'aurai pas besoin de leurs services aujourd'hui, je les emmène juste parce qu'ils aiment bien venir avec moi. Ils sont adorables, tu pourras les caresser sans danger.

Il ouvrit alors la tablette entre leurs sièges et y déposa le goûter de Reeva.

— Je pose cela ici pour que le tout ne finisse pas par rouler à nos pieds. Sers-toi quand tu en as envie.

— Je n'ose pas trop grignoter, car je veux encore avoir de l'appétit au dîner. Reeva sert des plats si fantastiques ! Ses macaronis aux trois fromages sont un vrai délice.

Il se mit à rire et lui lança un regard oblique.

— Ce n'est pourtant pas un plat très original. Juste un bon plat réconfortant.

— C'est sans doute ce que j'aime, renchérit-elle en riant elle aussi.

Alors qu'ils s'éloignaient de la maison, elle aperçut un groupe de cow-boys qui filaient à vive allure sur leur monture.

— Où vont-ils ? demanda-t-elle. Rassembler un troupeau ?

— Non, pas à cette heure-ci. J'imagine qu'ils vont vérifier les clôtures pour s'assurer que les poteaux tiennent bien et que les fils ne sont pas abîmés. C'est un travail sans fin.

— Ils ne peuvent pas le faire avec un véhicule ?

— Il est plus facile de chevaucher, la plus grande partie du ranch est cahoteuse, et mes parents refusent l'utilisation de tout 4 – 4 ou hélicoptère.

— Ah bon ? Pourquoi ? Par tradition ? À cause de la pollution ?

— Entre autres, mais aussi parce que ces engins sont bruyants et stressent énormément les animaux.

— Ah bon ? Je l'ignorais. Enfin, pour tout dire, je ne connais rien du tout à la vie d'un ranch.

— Tu aimerais en savoir plus ?

— Ah oui ! Cela va peut-être te paraître étrange mais avant d'arriver à Three Rivers, mon contact avec la nature était limité aux jardins bien entretenus. Or, ici, je découvre un environnement extraordinaire, qui m'ouvre de nouvelles perspectives sur la vie.

— Je comprends, dit-il.

Il passa une vitesse, sans pour autant accélérer. Le chemin était étroit, poussiéreux et par endroits occupé par des touffes de sauge en fleur ou de grands cactus. Elle n'avait jamais vu un paysage aussi sauvage et escarpé, pourtant cette beauté enchanteresse ne parvenait pas à détourner complètement son attention de Chandler.

Sous son stetson gris, ses cheveux noir de jais brillaient doucement, tandis que ses yeux étaient d'un bleu aussi frappant que celui d'un azur clair. Sa chemise à carreaux moulait étroitement son torse et ses bras musclés, on l'aurait crue taillée sur mesure. Il émanait de lui une masculinité quasi tangible.

— Tu crois que tu rechercheras un emploi à l'extérieur, quand tu seras installée à Redding ?

Cette question l'arracha à ses douces pensées.

— À vrai dire, je n'ai pas vraiment encore réfléchi à la question. Si je me rends à Redding, c'est parce que mon père ignore que j'y possède une propriété. Il ne viendra donc pas m'y chercher. Ma mère ne lui en avait jamais parlé, car elle savait qu'il trouverait une façon ou une autre de s'en emparer et de nous en priver s'il connaissait son existence.

— Je vois.

Vraiment ? Elle en doutait, car il était difficile de se représenter ce genre de comportement de la part d'un père ou d'un mari.

— En tout cas, je suis certaine qu'il y aura du travail pour moi en Californie ! En revanche, un emploi à l'extérieur, j'en doute, car j'ai un diplôme de commerce, choisi par mon père bien sûr.

— Qu'aurais-tu étudié si tu avais eu le choix ? demanda-t-il en regardant dans sa direction.

— À vrai dire, je ne sais pas. C'est horrible, non ? Vois-tu, Chandler, quand tu grandis dans un milieu où l'on choisit toujours pour toi, il n'y a pas grande place pour l'imagination et les rêves, donc on évite de se poser des questions, pour ne pas souffrir. Je me rends compte à présent combien j'ai été bêtement docile ! Même dans le choix de mon fiancé, Erich. J'ai toujours obéi à mon père.

— Et maintenant ?

— Maintenant, je vais suivre mes propres convictions, penser aux intérêts de mon enfant et aux miens.

— Voilà qui fait plaisir à entendre, Roslyn.

Se demandant l'espace d'un instant s'il ne se moquait pas d'elle, elle lui lança un regard oblique, mais non, son visage ne laissait transparaître aucune trace d'amusement, juste une joie sincère. Plus que jamais, elle eut envie qu'il voie en elle une femme intelligente, forte et talentueuse.

— Tu sais, Chandler, ça me donne le tournis de me rendre compte qu'un monde immense et nouveau m'attend, où je peux faire ce qui me plaît, et être qui je veux, même si je ne saurais encore formuler des désirs précis, à part celui d'être la meilleure des mères possible, bien sûr.

À cet instant, il lui saisit la main et l'étreignit en signe d'encouragement. Elle se retint d'enchevêtrer leurs doigts, car elle craignait de ne plus pouvoir le lâcher ensuite.

— Je n'ai aucun doute sur ce point, Roslyn. Ni sur le reste. Quoi que tu choisisses, le succès sera au rendez-vous.

Elle sentit sa gorge se serrer d'émotion.

— Tu es un remarquable coach, Chandler, dit-elle en s'efforçant de contrôler le chevrotement de sa voix.

S'il avait deviné à quel point il l'attirait, il aurait probablement pris ses jambes à son cou pour ne rentrer à Three Rivers qu'une fois qu'elle en serait partie.

Il enchaîna alors en riant :

— Il faut que tu viennes à la clinique rencontrer mon personnel ! On me traite couramment de tyran. Ce qui est à mon avis exagéré, dans la mesure où je ne demande à personne de travailler plus de quatorze heures par jour, comme moi.

Il plaisantait, bien sûr, elle en était consciente. Il n'avait pas du tout ce genre d'exigences envers ses employés. En revanche, pourquoi ne réduisait-il pas ses propres heures de travail ? Voilà qui lui échappait.

Il affirmait ne pas avoir de temps pour une éventuelle épouse et des enfants, pourtant elle était certaine qu'il était fait pour aimer une femme et élever toute une fratrie.

Mais enfin, Roslyn, il ne veut pas fonder de famille, tu vas finir par l'admettre ? Il a trente-six ans, il a donc eu le temps d'y réfléchir. Et ne va pas te mettre en tête de le transformer !

Repoussant la petite voix cynique qui claironnait en elle, elle posa la main sur son ventre et le subtil mouvement qu'elle y sentit la rassura. Il lui rappela aussi que le bébé n'allait pas tarder à naître et qu'alors elle se consacrerait entièrement à lui ; il n'y aurait plus de place pour une autre personne dans ses pensées, surtout pas pour un homme chez qui elle n'éveillait pas le moindre intérêt romantique. Malgré tout, il lui était difficile d'éteindre en elle le doux rêve que Chandler représentait.

— Tu es bien silencieuse, Roslyn. Tout va bien ?

— Très bien, oui.

Tant que je suis avec toi.

- 6 -

Roslyn contemplait avec admiration les saules et les tamaris qui bordaient le ruisseau large mais peu profond près duquel Chandler venait de se garer. Sur leur gauche, à une centaine de mètres, un groupe de bêtes broutait des broussailles.

— Tu veux faire un bout de chemin avec moi ? Ou tu préfères rester dans la voiture ?

— Rassure-toi, je ne suis pas en sucre. Mon gros ventre donne l'impression que je vais trébucher d'un instant à l'autre, j'en suis consciente, mais en réalité je suis très solide et j'ai très envie de marcher un peu avec toi.

Il lui sourit.

— Parfait. Ne bouge pas, je vais t'ouvrir la portière pour t'aider à descendre.

Quelques instants plus tard, ils se mirent en route, suivis des deux chiens. Elle fut surprise que ceux-ci ne s'élancent pas à toute allure vers le troupeau et lui en fit part.

Il se mit à rire.

— Certains le font, mais ces deux-là sont sérieux. Leur clé est la patience.

— Moi aussi, je devrai en faire mon mantra, quand le bébé sera né.

— Peut-être faudra-t-il en garder un peu pour

l'adolescence. Maman nous dit toujours qu'elle ne sait pas comment elle aurait traversé ces années-là sans l'aide de papa pour nous canaliser.

Mais son enfant à elle n'aurait pas de père. Sauf si elle trouvait un homme qu'elle aimerait de tout son cœur et qui serait assez généreux pour élever l'enfant d'un autre…

— Désolé, Roslyn, pour mon impair. Je ne voulais pas te blesser, reprit-il bien vite. Cela dit, je suis certain que tu trouveras un mari bien avant que ton enfant entre dans l'adolescence.

À condition que je rencontre un homme comme toi.

Ce qui revenait à chercher le point de départ d'un arc-en-ciel… Ce genre de choses n'arrivait que dans les contes, et sa vie n'en était pas un, l'argent ne faisant pas toujours le bonheur.

— Nous verrons bien, reprit-elle en s'efforçant de prendre un ton enjoué. Dans la vie, tout est possible, n'est-ce pas ?

Il ne tourna pas le visage vers elle ni ne lui sourit, mais il finit par murmurer :

— Bien sûr, dans la vie, tout peut arriver.

À cet instant, elle se concentra délibérément sur ce qui l'entourait et les sensations qu'elle éprouvait. Les rayons du soleil étaient chauds sur son visage, mais la brise qui charriait des odeurs de sauge et de fleurs des champs contrebalançait un peu cette impression. Des petits oiseaux voletaient autour des arbres de Josué et, dans le lointain, des bosquets de pins parsemaient le flanc des montagnes. Cette contrée sauvage constituait un spectacle parfaitement inédit pour elle : il n'y avait rien alentour, à part cet âpre paysage, sa faune et sa flore, et le bétail.

— Au risque de me répéter, tu es sûre que tout va bien, Roslyn ?

Elle lui lança un prompt sourire rassurant.

— Désolée, Chandler, mais je suis bouche bée devant la splendeur de l'Arizona. Tout m'intrigue. Je pourrais te poser mille questions.

— Euh, mille ? Commence par quelques-unes, j'espère pouvoir y répondre.

— Eh bien, par exemple, le ruisseau près duquel tu as garé le pick-up suffit-il à désaltérer toutes les bêtes pendant la saison sèche ?

— Non, il y a trois ruisseaux sur le territoire du ranch.

— D'où son nom ! Il n'a pas été donné par hasard.

— En effet, renchérit-il. C'est mon arrière-arrière-arrière-grand-père qui en a décidé ainsi.

— Oh ! Cette propriété appartient donc à ta famille depuis des générations.

— Exact. Les premiers Hollister sont arrivés ici en 1845. Edmond et Helena étaient juste mariés. Elle était très jeune, seize ans, je crois, et lui en avait dix de plus. Maman a deux photographies sur plaque d'étain, prises le jour de leur mariage. Je te les montrerai, si tu veux.

— Oui, volontiers, dit-elle avec ferveur tout en pensant à quel point Chandler était ancré ici.

Comme il devait être rassurant de descendre d'une telle lignée et d'avoir des attaches aussi solides à une terre ! Elle connaissait pour sa part très peu l'histoire de ses ancêtres, et sa famille actuelle était dispersée à travers tout le pays.

Alors qu'ils continuaient à avancer tout en discutant, il posa soudain la main sur son épaule et la fit s'arrêter.

— Je préfère que tu n'approches pas plus près, Roslyn. Le bétail est pacifique, mais les jeunes mères peuvent parfois être hyper protectrices, et si l'une d'elles chargeait et vous blessait, toi ou le bébé, je ne me le pardonnerais jamais.

Sur ces mots, il désigna deux arbres de Josué qui avaient poussé tout près l'un de l'autre et ajouta :

— Attends-moi à l'ombre, là-bas.

Elle obtempéra, tandis qu'il poursuivait son chemin jusqu'aux animaux, et put ainsi l'observer à loisir aller de l'un à l'autre, à la recherche de symptômes de conjonctivite. Les bêtes ne semblaient pas du tout effrayées par lui, et il parvint à retenir quelques petits veaux assez longtemps pour un examen poussé.

Au bout de dix minutes, il sortit son portable et, une fois sa conversation terminée, revint vers elle. Il n'avait pas l'air particulièrement soucieux, mais elle ne devait pas oublier que c'était un homme pondéré, apparemment comme leur défunt père, d'après ce que Holt lui avait dit. Avaient-ils aussi en commun cette beauté saisissante ?

— Alors, y a-t-il une épidémie de conjonctivite ?

— Une épidémie, non, mais certains en sont atteints. J'ai appelé le contremaître pour qu'il envoie une remorque afin que je puisse soigner correctement les vaches malades. Les veaux, même s'ils sont épargnés pour l'instant, devront aussi être convoyés, car ils ne peuvent naturellement pas être séparés de leurs mères.

— Les vaches s'en remettront facilement ?

Il hocha la tête.

— Oui, les ouvriers ont repéré le problème à un stade précoce. Blake demandera à deux ou trois hommes de veiller sur les bêtes malades. Tout va bientôt rentrer dans l'ordre.

— Tant mieux ! Et maintenant, on va voir le troupeau suivant ?

— Non, pas tout de suite.

Sur ces mots, il glissa le bras sous le sien et ajouta :

— Il faut attendre l'arrivée des ouvriers pour que je puisse leur montrer quelles bêtes ils doivent convoyer. Je suis désolé, Roslyn, on ne va pas rentrer tout de suite au ranch.

— Ce n'est pas la peine de t'excuser. Cet endroit est magnifique et j'apprécie chaque minute passée ici.

Il laissa son regard bleu glisser sur son visage et elle eut l'impression qu'il était heureux qu'elle l'ait accompagnée.

— Parfait ! Dans ce cas, allons près du ruisseau, on pourra s'asseoir à l'ombre. Sauf si tu préfères attendre dans le pick-up.

— Non, je veux m'asseoir au bord de l'eau ! lui répondit-elle d'un ton joyeux. Conduis-moi là-bas !

Chandler se demandait vraiment ce qui lui avait pris de proposer à Roslyn de l'accompagner. Ce n'était pas du tout un endroit pour une femme enceinte. En outre, passer du temps en sa compagnie ne relevait pas de la plus grande sagesse, notamment parce qu'elle pouvait se faire de fausses idées, croire qu'il cherchait à nouer une idylle avec elle ou pire, qu'il aspirait à fonder une famille.

Mais elle était si jolie ! En sa présence, il avait

l'impression d'avoir de nouveau vingt ans et de déborder d'énergie. Il ne doutait pas que ses frères, et surtout Holt, le traiteraient de fou s'ils savaient qu'il était attiré par une femme enceinte. Après tout, s'il avait voulu, il aurait pu facilement trouver une partenaire : de nombreuses femmes des environs n'attendaient qu'un signal de sa part pour sortir avec lui. Certaines l'avaient même invité à dîner en ville. Mais aucune n'avait su susciter son intérêt et il était hors de question qu'il gaspille le peu de temps dont il disposait avec une personne qui l'ennuyait.

À l'ombre d'un mesquite noueux, il s'assit sur une grosse branche tombée et observa Roslyn qui flânait le long de la rive, avec une grâce étonnante étant donné son état. Une paire de papillons voletant près d'un tamaris retenait actuellement son attention… Il était incroyable que cette citadine invétérée se soit justement arrêtée ici et ait accepté de séjourner un peu parmi eux. Peut-être qu'une fois passé l'effet de la nouveauté, elle se lasserait du désert, tout comme l'ex-mari de Vivian. Pourtant, Garth avait grandi dans une petite ville à trente kilomètres d'ici… Mais, le temps aidant à panser les blessures, sa sœur avait finalement trouvé l'amour de sa vie, Sawyer Whitehorse, et elle était désormais comblée. Malgré tout, il n'avait pas oublié le chagrin qu'elle avait ressenti pendant des mois après le départ de Garth, et il n'était pas question qu'il s'inflige une telle épreuve ! Bien sûr, il lui arrivait d'éprouver parfois une grande solitude, et il regrettait alors de n'avoir pas à ses côtés une femme aimante qu'il aurait aimée en retour. Avec qui il aurait construit sa vie et auprès de qui il aurait vieilli…

— Roslyn, tu peux venir partager mon siège, lui dit-il soudain. Tu dois être fatiguée.

Elle tourna immédiatement la tête vers lui et, un sourire aux lèvres, s'avança vers lui.

— Je ne suis pas fatiguée, mais si cela peut te rassurer, je veux bien m'asseoir.

Quand elle prit place près de lui, un trouble subit le saisit : les doux sentiments qu'elle lui inspirait le submergeaient de façon inattendue. Elle sentait le lilas de la vallée et il se dégageait d'elle une lueur intérieure, de sorte qu'elle semblait saupoudrée d'éclats solaires. Le soir où elle s'était évanouie à la clinique, il avait touché son visage et enserré son fin poignet : elle lui avait alors évoqué les pétales délicats d'une fleur. Des jours s'étaient écoulés depuis, mais la sensation avait persisté en lui. Il ne parvenait pas à oublier ce qu'il avait ressenti en la touchant, en la prenant dans ses bras pour l'emmener sur son canapé, dans son bureau.

— Il va falloir un bon petit moment avant que les hommes arrivent avec une remorque, puis quelques minutes encore pour y faire monter les vaches contagieuses et leurs petits. Si je te ramène au ranch épuisée, maman et Reeva vont me tomber dessus à bras raccourcis.

À ces mots, elle émit un rire perlé qui lui fit monter le sourire aux lèvres : il était si bon de l'entendre rire ! Elle avait suffisamment souffert avec son père autoritaire et ses fiançailles qui avaient mal tourné pour mériter un peu de bonheur. Oui, c'était ce qu'il lui souhaitait de tout cœur, d'être heureuse.

— Ne t'inquiète pas, personne ne va te faire la peau à cause de moi. Il y a tant à admirer ici, à expérimenter…

Je n'oublierai jamais cet endroit. Merci de m'y avoir conduite aujourd'hui.

Tout en regardant la brise soulever les mèches de son cou, il se demanda comment elle réagirait s'il enfouissait son visage dans sa nuque… S'il effleurait sa bouche de la sienne…

Assez ! Elle était juste de passage à Three Rivers et, dans quelques semaines, elle lui ferait ses adieux. Lui donner un baiser serait parfaitement déplacé… Pourtant, l'envie le démangeait depuis le premier sourire adorable qu'elle lui avait adressé.

— Merci à toi d'avoir accepté de venir avec moi, Roslyn, reprit-il en espérant que sa voix ne trahissait pas ses folles pensées. Ta compagnie est tout de même bien plus plaisante que celle du cheptel.

Son rire doux fusa et quand elle tourna la tête vers lui et qu'il vit la lueur chaleureuse, voilée d'un léger trouble, qui brillait dans ses prunelles, il eut soudain du mal à respirer.

— Je suis ravie de savoir que je suis une meilleure compagnie que les vaches, murmura-t-elle.

Alors, sur une impulsion, il se mit à lui caresser doucement le bras. La surprise passa sur son visage, mais à son grand soulagement, elle ne le repoussa pas.

— Tu es très belle, Roslyn. Je suis certain que tu dois être lasse qu'on te fasse ce compliment, mais je le pense vraiment.

Il la vit déglutir… Était-elle aussi troublée que lui par leur proximité ?

— À t'entendre, on pourrait croire que je suis une briseuse de cœurs, mais ce n'est pas du tout le cas.

À part Erich, je n'ai jamais passé beaucoup de temps en compagnie d'un homme.

— Comment ? Ne me dis pas que les gars de Fort Worth ne se pressaient pas à ta porte, je ne le croirai pas.

Elle dirigea son regard vers l'eau qui glissait lentement sur le lit du ruisseau pavé de galets et une subite tristesse empreignit ses traits. Ce qui le contraria fortement : l'idée qu'elle souffre, ne serait-ce qu'un instant, lui était insupportable.

— Si, on m'invitait souvent à sortir, mais en général je refusais car, ma mère étant malade, je préférais rester à son chevet.

— C'est le rôle d'un mari, pas d'une fille !

— Mon père remplissait ce rôle quand il en avait envie, c'est-à-dire rarement. Ne te méprends pas, il dépensait tout l'argent voulu en infirmières pour elle et, de manière générale, il était extrêmement généreux avec nous sur le plan matériel, mais il était incapable de donner de son temps ou même de montrer son affection. Sans doute est-ce pour cette raison que ma mère et moi étions si fusionnelles…

— J'imagine, mais il n'empêche que tu as négligé tes propres envies.

— Non, je ne crois pas. Aller danser, au bowling ou prendre un chocolat avec des garçons, cela ne m'intéressait franchement pas. Pourtant, ma mère m'incitait à mener une vie normale…

— Parce qu'elle t'aimait, dit-il avec douceur.

À cet instant, elle tourna la tête vers lui puis lui toucha la joue, et ce tendre contact le désarma complètement.

— Chandler… Je n'ai jamais rencontré quelqu'un comme toi. Avec toi, je me sens valorisée, désirée…

Ces paroles auraient dû déclencher l'alerte rouge dans son cerveau, mais son cœur les engloutit au contraire avec avidité.

Plongeant les yeux dans les siens, il renchérit :

— Moi non plus, je n'ai jamais rencontré une femme comme toi, Roslyn. Je suis très heureux que le destin t'ait menée devant ma clinique, ce soir-là.

— Vraiment ?

— Vraiment ! répondit-il d'un ton assuré. Et d'ailleurs…

Sa phrase resta en suspens : il venait de glisser la main dans sa nuque et d'approcher le visage du sien.

— Chandler, mais… que fais-tu ? Tu n'y penses pas…

Ces questions murmurées s'apparentaient à une bien faible protestation, démentie par son regard de braise et son souffle tout chaud… La sensation était des plus érotique et aviva son désir de l'embrasser.

— Je ne pense pas, non, admit-il d'une voix rauque. Dis-moi juste si tu as envie de ce baiser autant que moi.

Pour toute réponse, elle effleura sa bouche et murmura son nom d'une voix tremblante. Le souffle de Chandler se fit saccadé, et il glissa les doigts dans ses cheveux soyeux…

Puis elle posa de nouveau ses lèvres sur les siennes et lui donna cette fois le baiser fiévreux qu'il attendait et qu'il lui rendit avec la même ardeur, tout en l'enlaçant étroitement. Il l'embrassa à pleine bouche, comme un insensé, et toute la nature environnante s'évanouit…

Il perçut à peine la vibration dans la poche de sa chemise et, quand celle-ci se fit insistante, préféra l'ignorer. Mais Roslyn l'avait entendue et, le souffle haletant, elle s'écarta.

— Tu devrais répondre, c'est sans doute important, dit-elle d'une voix rauque.

Avait-elle donc envie que leur baiser prenne fin ? N'avait-elle pas été emportée comme lui dans un univers merveilleux ?

Et quand bien même ! Cela ne signifiait rien du tout, à part qu'elle n'était pas insensible aux plaisirs physiques. Ne commence pas à imaginer que ce baiser était aussi important pour elle que pour toi. Tu sais bien que cette route ne mène nulle part, tu l'as déjà empruntée ! N'oublie pas tes expériences passées.

Reprenant sa respiration, il s'efforça de faire abstraction de cette petite voix discordante en lui.

— Tu as raison, je vais regarder qui m'appelle. Il se peut que ce soient les ouvriers qui cherchent à nous localiser.

Et il sortit son portable tandis qu'elle regagnait le bord du ruisseau.

L'appel venait de la clinique ! Il rappela immédiatement Cybil qui décrocha sans attendre pour lui annoncer sur un ton affolé que deux chatons étaient atteints de coccidiose…

Après lui avoir indiqué patiemment le traitement à administrer, il rejoignit bien vite Roslyn.

— Désolé pour l'interruption…

Mais quand elle leva les yeux vers lui, il y découvrit cette fois de la confusion et des doutes. Et zut ! Il ne voulait certainement pas instiller en elle de l'angoisse ou de l'incertitude, juste être tout proche d'elle. Et il en avait toujours envie.

— Roslyn, poursuivit-il, j'espère que tu ne regrettes pas… ce qui s'est passé entre nous.

Elle poussa un petit soupir. Il aurait tant aimé la prendre dans ses bras pour la rassurer, lui garantir qu'elle pouvait lui faire confiance, que jamais elle ne souffrirait à cause de lui, mais pouvait-il proférer une telle promesse alors qu'il ignorait ce qu'elle attendait de lui ?

— Non, dit-elle d'une voix basse, je ne regrette rien, je suis juste un peu gênée parce que… Je ne sais pas pourquoi je…

Elle n'alla pas plus loin.

— Et moi, enchaîna-t-il, je ne sais pas pourquoi tu es gênée, Roslyn. Ce baiser était fantastique.

Elle ferma les yeux, et il craignit de voir une larme rouler sur sa joue. Pitié ! Il ne se pardonnerait jamais de l'avoir fait pleurer… Mais quand elle rouvrit les paupières, ce fut plutôt un questionnement qui était venu se loger au fond de ses prunelles.

— Mais je t'ai embrassé comme… Enfin, tu dois penser que… que je suis une sorte de délurée et qu'il n'est pas étonnant que je sois enceinte sans être mariée.

Si elle n'avait pas eu l'air aussi mortifié, il aurait éclaté de rire.

— Ce que tu crois est si éloigné de la réalité que c'en est presque comique, mais je vois pourtant bien que tu es sérieuse, dit-il. Franchement, Roslyn, tu es si… si délicate, aux antipodes d'une délurée.

Il sentit alors éclore en son cœur une émotion aussi étrange qu'inédite.

— Écoute, Chandler, je ne vais pas te mentir. Quand je suis avec toi, je ne suis plus moi-même. Je ne me reconnais plus…

Fronçant les sourcils, elle ajouta :

— Je commence à me demander si cette fin de grossesse ne me joue pas des tours.

Elle était si désarmante ! Un sourire aux lèvres, il retraça le contour de sa joue rosie.

— Pourquoi te tortures-tu ainsi ? Je désirais ce baiser autant que toi, et d'ailleurs, le simple fait de te regarder me donne envie de recommencer.

— Chandler, je suis enceinte de huit mois, au cas où tu ne l'aurais pas remarqué !

Il posa doucement la main sur son ventre.

— Si tu crois que cela te rend moins désirable, tu te trompes du tout au tout.

Les yeux de Roslyn se brouillèrent et il se rendit compte qu'elle était bien plus pour lui qu'une belle fille désirable, même s'il lui était difficile de le reconnaître, et encore plus de le lui avouer.

— Chandler, je ne vais rester que quelques semaines au ranch. Il ne serait pas sage qu'on s'embrasse de nouveau.

Sans doute avait-elle raison d'être aussi pragmatique, mais ces paroles lui firent l'effet d'une douche froide, surtout après leur torride baiser. Au fond, elle avait peut-être raison, le dernier stade de sa grossesse affectait sans doute ses sens ; dans d'autres circonstances, elle n'aurait pas un instant imaginé l'embrasser.

Après tout, il avait onze ans de plus qu'elle et devait lui paraître âgé. Pas le partenaire idéal pour nouer une relation.

Une *relation* ? Était-ce réellement ce qu'il recherchait avec elle ? N'était-ce pas plutôt quelques rendez-vous ? Une aventure qui se terminerait par un baiser sur la joue et un au revoir soulagé, de la part des deux parties ?

Alors que ces questions s'emmêlaient dans son esprit, le bébé remua sous sa main, ce qui fit surgir en lui une sensation qui emporta toutes ces interrogations.

— On dirait que la petite prend des cours de danse ! s'exclama-t-il. J'ai l'impression qu'elle est en train d'exécuter un numéro de claquettes.

Elle lui sourit.

— Moi aussi, je commence à penser que mon enfant sera danseuse ou athlète.

Quand il avait écouté battre le cœur du bébé le premier soir, à la clinique, il était dans son rôle de médecin, seule la santé de l'enfant à naître le préoccupait. Tout était désormais si différent ! Au fil des jours, Roslyn s'était immiscée dans sa vie, ainsi que son enfant. Était-ce une bonne chose ou non ? En réalité, la réponse importait peu. Il semblait juste qu'il était incapable de maîtriser l'intensité grandissante des sentiments qu'elle lui inspirait.

Il lui sourit, puis revint à leur discussion initiale :

— Roslyn, à propos de ce baiser… Nous l'avons tous les deux apprécié, il me semble, et je ne vois pas en quoi il ne serait pas sage qu'on en échange d'autres. À condition d'en avoir tous les deux envie.

Elle le regarda fixement, et il crut qu'elle allait protester, mais elle finit par lui adresser un sourire malicieux.

— Chandler, je vais finir par penser que tu es un médecin peu vertueux, tu sais.

Et en un clin d'œil, elle le dégrisa : Roslyn n'était certainement pas délurée, elle était en revanche d'une troublante franchise.

Il toussota pour ravaler un rire gêné et elle ajouta :

— Tiens, les cow-boys arrivent à la rescousse.

— OK, je vais rejoindre le troupeau.

— Je t'attends ici pour ne pas déranger.

Déranger ? Non, jamais ce ne serait le cas, songea-t-il en s'éloignant d'un pas vif. Elle représentait toutefois une adorable tentation à laquelle il se devait impérativement de résister, sans quoi elle risquait bien d'emporter son cœur en repartant de Three Rivers.

- 7 -

Deux jours plus tard, Roslyn remarqua que Chandler avait les cheveux humides quand il vint s'asseoir près d'elle pour le dîner, largement entamé. Sa chemise blanche était plus ou moins bien rentrée dans son pantalon, et il avait l'air encore plus épuisé que d'ordinaire. Elle éprouva la subite envie de le prendre dans ses bras.

— Désolé pour ce retard, dit-il. C'était très mouvementé à la clinique, aujourd'hui.

— Comme tous les jours ! rétorqua Blake en lui donnant le plat de poulet frit. Quand vas-tu te décider à ralentir le rythme et à engager plus de personnel ? Notamment un autre vétérinaire.

— Non, surtout pas un autre vétérinaire, dit-il en se servant. Tu imagines si je n'approuvais pas ses méthodes ? Je ne veux pas ruiner la réputation de ma clinique.

— Chandler, une teigne t'aurait-elle mordu ? renchérit Holt.

— Allons, laissez votre frère tranquille, intervint Maureen. Il est stressé, vous ne le voyez pas ?

— Stressé ? reprit Holt d'un ton ironique. Qu'il s'occupe de deux enfants en bas âge, comme certains d'entre nous, et il comprendra ce qu'est le stress !

Blake secoua la tête.

— Arrête un peu, Holt ! Nous savons tous que Chandler consacre bien trop de temps à son travail.

— Je n'ai besoin de l'empathie de personne, déclara Chandler d'une voix rauque. Juste d'un peu d'aide à la clinique. Mais pas d'un autre véto.

Et il tourna la tête vers Blake d'un air agacé.

— La sœur de Cybil a eu un accident et s'est fait mal au dos, donc celle-ci a pris un congé pour s'occuper de ses neveux.

À cet instant, Holt fit claquer sa main sur la table.

— J'ai trouvé, frangin ! s'exclama-t-il. Pourquoi ne demanderais-tu pas à Roslyn de t'aider ? Je suis sûre qu'elle adore les animaux de compagnie.

— Excellente idée, Holt ! renchérit Maureen avant d'adresser un sourire encourageant à Roslyn : Qu'en penses-tu, Ros ? As-tu déjà passé du temps dans une clinique vétérinaire ?

L'intéressée se demanda alors comment cette conversation avait pu évoluer si rapidement qu'elle s'y trouvait à présent incluse !

— Euh, non, jamais… Sauf le soir où je me suis évanouie devant la clinique et que j'ai ensuite récupéré dans le bureau de Chandler. Mais je suis prête à apprendre !

Elle lança un coup d'œil à ce dernier : à en juger par son air sombre, il souhaitait de toute évidence qu'elle demeure à distance de lui.

— Je ne pense pas que ce soit une bonne idée, Roslyn, lui dit-il. Cela supposerait que tu sois tout le temps debout. Et puis tu devras éviter les litières. Et…

— Chandler, cesse d'être un tel rabat-joie ! l'interrompit

Maureen. Roslyn est jeune et en bonne santé, elle n'est pas en porcelaine.

— Maureen a raison. D'ailleurs, ce travail me permettrait de faire de l'exercice, et je me sentirais utile.

— Tu ne connais rien aux animaux, renchérit-il.

— Eh bien, je peux me contenter d'être une assistante, de nettoyer et d'apporter les accessoires ! Ce sera une tâche en moins pour les autres. Et puis je peux apprendre sur le tas.

— Voilà qui me semble raisonnable, dit Holt avant d'ajouter avec un sourire en coin, à l'attention de Chandler : Mais peut-être crains-tu que ta charmante assistante ne provoque un nouvel afflux de clients ?

— Holt ! s'exclama Maureen. Veux-tu bien te taire ?

Ce dernier éclata de rire.

— Je plaisantais juste. Chandler penserait que je suis malade si je ne me moquais pas un peu de lui.

— Eh bien, au lieu de tourmenter ton frère, j'aimerais que tu nous expliques ce que *toi*, tu as fait avec les chevaux. Pourquoi le contremaître de Tumbleweed Ranch dans le Nevada me réclame-t-il vingt juments et dix poulains d'un an ?

— Quoi ? se récria Holt. Ils peuvent rêver, là-bas. C'est hors de question. J'imagine que tu l'as remis à sa place, maman.

Maureen se resservit un verre de vin, ce qui ne lui arrivait jamais, et répondit :

— Je lui ai dit que nous pourrions en livrer la moitié, mais que je devais en discuter avec Blake et toi.

Holt en resta bouche bée, et ce fut Blake qui vint à sa rescousse.

— Pas d'inquiétude, Holt. J'appellerai le contremaître

demain et je lui expliquerai que nous n'avons pas plus de juments que prévu et que, pour les poulains, ce n'est pas négociable.

Après quoi, personne ne revint sur le sujet des chevaux ou de la clinique et, pour la première fois depuis son arrivée, Roslyn perçut une tension durant un dîner chez les Hollister.

Peu après le repas, alors qu'elle sirotait en solitaire un café sur la terrasse tout en admirant les derniers rayons rouge et or du soleil qui disparaissait derrière l'horizon, Chandler vint la rejoindre.

— Je peux ? demanda-t-il.

— Je t'en prie. Le coucher de soleil est magnifique.

Il s'adossa à une poutre, à côté d'elle.

— Et l'air est bien plus facile à respirer ici qu'à l'intérieur, enchaîna-t-il. Désolé pour ce qui s'est passé au dîner. Cela n'a vraiment rien à voir avec toi, il nous arrive parfois de nous disputer.

Elle se retourna pour lui faire face.

— Comme toutes les familles, j'imagine. D'après ce que j'ai cru comprendre depuis mon arrivée, Holt est particulièrement attaché aux chevaux.

Il soupira.

— C'est exact, un peu trop sans doute ! Cependant, cela a toujours été son domaine, et il est très surprenant que notre mère ait accepté d'en vendre sans en discuter d'abord avec lui. Cela ne lui ressemble absolument pas. C'en est même inquiétant.

Cela impliquait-il que Maureen n'avait pas un meilleur jugement concernant son éventuelle embauche à la clinique ? Elle voulait croire que non, car l'idée de travailler avec Chandler lui plaisait énormément, sans compter que cela l'occuperait jusqu'à l'accouchement.

— Elle est sans doute épuisée parce qu'elle est allée à Phoenix aujourd'hui pour négocier du bétail.

Il fronça les sourcils.

— Elle est allée plusieurs fois à Phoenix en l'espace de quelques mois, mais j'ignorais qu'elle y était retournée aujourd'hui.

— Je l'ai entendue dire à Reeva qu'elle s'était décidée au dernier moment. Mais ne va surtout pas penser que j'écoute aux portes, c'était un pur hasard.

Il lui adressa un petit sourire puis posa le doigt sur son nez.

— Il est trop petit pour fouiner, mais oublions maman pour l'instant. Je voudrais qu'on reparle de toi et de la clinique. Allons-nous asseoir quelque part.

Et, glissant une main dans le bas de son dos, il l'entraîna vers la balancelle rembourrée de coussins à rayures. Le contact de ses doigts rappela instantanément à Roslyn leur incroyable baiser, au bord du ruisseau, deux jours auparavant. Il lui était monté à la tête comme un shot de vodka et, depuis, ses pensées tournaient en boucle autour de ce baiser. Et de *lui*.

— Écoute, Chandler, je suis désolée que ta mère et ton frère t'aient placé dans une position délicate concernant un éventuel travail à la clinique pour moi. Si tu crains que je te retarde au lieu de t'aider, je comprendrai parfaitement.

— Je n'ai jamais dit cela ! Non, c'est juste ta santé et celle du bébé qui me tiennent à cœur.

— Je ne serai peut-être pas non plus obligée de rester

debout toute la journée. Je pourrai m'asseoir de temps à autre. Il se trouve que je connais le patron.

Ses yeux se mirent à briller.

— Tu vois, tu attends déjà que je fasse du favoritisme, renchérit-il.

Elle se mit à rire.

— Juste un petit peu.

— Le problème est que je ne pourrai pas te conduire, ni te ramener le soir en raison de mes horaires à rallonge, et le trajet à lui seul risque de te fatiguer.

— Enfin, Chandler, je ne suis pas fragile à ce point ! Et puis j'aurais l'impression de te rendre un peu de tout ce que tu as fait pour moi.

Il la considéra et elle ne put s'empêcher d'admirer son teint doré à souhait sous les ultimes rayons du soleil couchant. Puis elle se mit à repenser au contact de ses lèvres sur les siennes, du bout de sa langue dans sa nuque… Elle retint un frisson.

— Je ne crois pas que la place d'une femme enceinte soit à la clinique, mais je conçois que cela soit important à tes yeux.

— Très important, souligna-t-elle. Cela me permettra d'inscrire une première expérience sur mon CV lorsque je devrai me mettre en quête d'un travail, une fois à Redding.

— Tu as déjà fait du bénévolat, non ?

— C'est vrai, et on appréciait mon travail, mais cela n'a pas le même poids qu'un emploi rémunéré avec un nombre d'heures à respecter.

Il se mit à rire.

— Heureusement que mon personnel n'est pas trop

regardant sur les horaires, sans quoi je leur devrais une fortune !

Elle éclata de rire elle aussi.

— Ne t'inquiète pas, je ne le serai pas davantage. C'est un échange de services, je ne veux pas que tu me rémunères.

— Autant te prévenir : pas de paie, pas d'emploi.

— Oh ! mais…

Elle s'interrompit brusquement.

— Cela signifie que tu me prends à la clinique ?

Il haussa les épaules et, d'un air faussement résigné, répondit :

— À mon corps défendant ! Mais promets-moi d'arrêter dès que tu sentiras que ce n'est plus possible.

Elle poussa un cri de joie et lui sauta au cou pour lui donner un baiser sur la joue.

— Merci, Chandler.

— Je t'en prie, murmura-t-il.

Dans ce mouvement empressé, elle sentit Chandler enfouir malgré lui les mains dans sa chevelure : elle posa alors la joue contre la sienne, désireuse de savourer le contact de ses doigts et de humer l'odeur boisée de son parfum… Elle aurait pu rester une éternité dans ses bras, mais subitement la porte qui menait à la terrasse s'ouvrit. Par chance, elle eut le temps de s'écarter de lui avant qu'on les surprenne.

— Je me demandais où vous étiez passés, tous les deux, dit Holt en se laissant tomber sur une chaise longue, un verre de whisky soda à la main.

— Tu as l'air sur les nerfs, déclara Chandler.

— Non, juste épuisé… Et puis je dois te parler de ce que j'ai trouvé avec Joe, aujourd'hui. Je préfère ne rien dire à maman pour l'instant, elle semble à cran aujourd'hui, et comme elle ne veut plus qu'on mène d'investigations à propos de la mort de papa…

— Eh bien, qu'avez-vous trouvé ?

— Deux objets.

Il les tendit à Chandler.

— Cela t'évoque quelque chose ?

Il s'agissait d'un bout d'étoffe abîmée en forme de triangle et d'une pièce métallique finement ciselée, qui aurait pu être la partie d'un ceinturon.

— C'est un bout de la chemise que papa portait ce jour-là ! s'exclama Chandler. Et cette boucle est un morceau de son ceinturon. Regarde, il y a ses initiales à l'intérieur. C'est Blake qui le lui avait offert pour un anniversaire, non ?

Holt hocha la tête.

Roslyn les regarda tour à tour. Elle ne savait pas grand-chose de l'accident, à part que Joël avait été découvert suspendu à son cheval, la botte coincée dans l'étrier, après avoir été visiblement traîné au sol sur une longue distance.

— Tu te souviens de l'arroyo où l'on a trouvé sa molette d'éperon ? reprit Holt.

Chandler hocha la tête tout en frottant le tissu entre son pouce et son index. Que pouvait-il bien ressentir ? Une terrible douleur assurément, semblable à celle qu'elle éprouvait lorsqu'elle regardait les vêtements de sa mère qui n'avaient pas bougé de l'armoire… Une des raisons qui avaient motivé sa fuite.

— Oui, mais ça remonte à deux ans !

— C'est vrai, seulement Joe a eu une intuition aujourd'hui et il a repensé au ravin qui se trouve à quelques centaines de mètres, au nord… C'est là qu'il a trouvé le bout de ceinturon. Quant à moi, j'ai repéré le tissu, accroché à une racine de genévrier au milieu du lit.

Chandler se balança d'avant en arrière, comme s'il avait du mal à digérer la nouvelle.

— Qu'en pense Joe ?

— Selon lui, la bagarre ou l'embuscade n'a pas eu lieu près du puits, comme on l'a toujours pensé, mais du côté du ravin, plus au nord. Ce qui expliquerait pourquoi le cheval a repris la direction de la maison, pour ramener papa suspendu à son étrier.

Cette affreuse image fit frissonner Roslyn et Chandler immédiatement l'attira contre lui.

— Tu as froid, Roslyn. On devrait rentrer.

— Non, ce n'est pas le froid… Vous savez…

Elle hésita, puis se lança :

— Eh bien, je comprends pourquoi Maureen ne veut plus que vous enquêtiez sur l'accident. Je suis certaine que, chaque fois que le sujet est abordé, cela lui arrache un petit bout du cœur.

— Tu as raison, et c'est la raison pour laquelle nous ne lui montrerons pas ces deux indices, renchérit Holt. Je vais demander à Joe de les garder chez lui, au Bar X Ranch.

— À propos, dit Chandler, tu savais que maman était allée à Phoenix, aujourd'hui ?

— Oui, mais pas par elle. C'est Reeva qui nous l'a dit, à Joe et moi. Pourquoi ?

— À mon avis, ce n'était pas juste pour une réunion d'éleveurs.

— Bien évidemment ! Elle en profite toujours pour faire des emplettes destinées à ses petits-enfants.

— Sans doute. Mais je crois aussi qu'elle rend visite à oncle Gil.

— Oncle Gil ? Qui est-ce ? demanda spontanément Roslyn, avant de se confondre en excuses pour sa curiosité déplacée.

Faisant mine de se lever, elle ajouta :

— Je vous laisse discuter en privé de votre famille.

— Reste, dit Chandler en la retenant fermement.

— Oui, tu vis avec nous, tu es proche de la famille.

— Et nous savons que tu ne répéteras rien à personne.

— Bien sûr que non ! Pour tout vous avouer, si je vous ai écoutés si attentivement, c'est que je me fais du souci pour Maureen. Elle d'ordinaire si joyeuse me semblait très soucieuse et nerveuse, au dîner.

— Parce qu'elle est encore allée à Phoenix et a vu le frère de notre père, Gil. Il est inspecteur de police, là-bas.

— Oh..., dit-elle pensive. Donc, vous croyez qu'elle lui a demandé de reprendre des investigations ?

— C'est possible, dit Holt.

Chandler secoua la tête.

— Non... Si vous voulez mon avis, elle se raccroche à lui comme à une bouée.

— Qu'est-ce que tu racontes ? Maman était éperdument amoureuse de papa, pas de son frère.

— Justement. Elle a besoin de lui pour s'épancher, en dehors de ses enfants. Et il ressemble tellement à papa ! Cela ne serait pas étonnant qu'elle soit attirée par lui.

— Tu sais quoi ? dit Holt en vidant son verre. Rien ne m'étonne plus, sur cette terre. Comme je regrette que Vivian vive si loin de nous, maintenant... Elle me manque tant !

À cet instant, son téléphone vibra.

— Et zut ! marmonna-t-il après avoir regardé qui l'appelait.

Il se leva en ajoutant :

— Bonne fin de soirée, tous les deux. Je dois me rendre à l'écurie.

— Besoin d'aide ? demanda Chandler.

— Non merci, frangin, pas cette fois.

Holt s'éclipsa sans repasser par la maison pour se changer.

— Il croule sous le travail, mais il est bien trop entêté pour louer les services d'un autre dresseur de chevaux, l'informa Chandler. Il pense que personne ne pourrait l'égaler.

— C'est curieux, je crois que son frère souffre du même syndrome, dit-elle d'un ton pince-sans-rire.

Il émit un petit rire.

— En fait, c'est dans l'ADN des Hollister. Mais me concernant, je suis le seul véto de la région, c'est pour cela que je cours dans tous les sens. Ma famille me préférerait au ranch, bien sûr, mais ma mission sur la terre consiste à sauver les animaux, point !

Elle lui sourit, songeuse, puis sentit le bébé bouger en elle…

Que faisait-elle exactement dans cette famille qu'elle connaissait depuis juste deux semaines ? Attendait-elle que Chandler tombe amoureux d'elle – et de son enfant ? Décidément, elle n'avait pas la tête sur les épaules.

— Je sais à quoi tu penses, dit soudain Chandler. Tu te demandes pourquoi je n'ai pas d'associé.

— Oh non ! J'ai compris que tu détestes le travail en équipe et que cela te convient parfaitement d'agir en solo, car tu peux ainsi mener les choses à ta guise, sans rien concéder à personne.

Cela valait aussi pour sa vie privée, ajouta-t-elle en silence. Travailler quatorze heures par jour représentait un alibi en béton pour ne pas nouer une relation sérieuse avec une femme, ne pas s'attacher à elle par les liens du mariage ni avoir d'enfants. Pourquoi l'idée de s'engager lui répugnait-elle donc tant ? Elle l'ignorait.

Poussant un soupir, elle poursuivit :

— Je vais aller en cuisine voir si Reeva n'a pas besoin d'aide. Jazelle rentrait de bonne heure chez elle, aujourd'hui.

— Non, attends, dit-il en lui saisissant le bras. J'ai quelque chose à te dire.

Son cœur se mit à battre comme un fou. Avait-il encore changé d'avis, pour son travail à la clinique ? Voulait-il lui reparler du baiser torride, près du ruisseau ?

— À propos de quoi ?

— De ton père.

Elle tressauta et ses pensées s'affolèrent. Pourquoi voulait-il lui parler de Martin DuBose ? Il n'était tout de même pas possible que quelqu'un parmi eux se soit dédit et l'ait contacté ? Si tel était le cas, elle partirait dès le lendemain, laissant Chandler derrière elle…

Bien sûr, elle était consciente des ravages auxquels elle exposerait son cœur avec un départ si impromptu, mais serait-elle jamais prête à quitter le ranch ?

- 8 -

Un frisson parcourut Roslyn et elle serra les bras autour de son corps.

— Mon père ? Que veux-tu me dire à son sujet ?

Il scruta son visage de ses yeux d'un bleu si vif que même la faible lumière du crépuscule ne l'atténuait pas.

— L'as-tu contacté ? Lui as-tu dit où tu étais ?

Elle retint un petit cri. Si Chandler estimait qu'elle devait donner de ses nouvelles à son père, c'était qu'il n'avait pas vraiment cerné le problème.

— Non, je n'ai pas repris contact avec lui, déclara-t-elle en se raidissant, et de l'eau coulera sous les ponts avant que je le fasse.

Un ange passa.

— Je me disais juste que tu avais eu le temps de réfléchir à la situation et de changer d'avis, finit-il par reprendre.

— Tu plaisantes, Chandler ? demanda-t-elle, sous le choc. Je sais que c'est mon père et que je devrais sans doute être moins catégorique, mais on voit bien que tu ne le connais pas. Il pourrait me menacer de prendre mon bébé, mon argent, bref tout ce que je possède pour que je revienne sous son aile.

— Pourquoi serait-il aussi odieux envers sa propre fille ?

— Parce que c'est un dominateur qui ne supporte pas

qu'on échappe à son emprise. Je suis enceinte, célibataire et en fuite : pour lui, c'est une atteinte suprême à sa réputation. Il veut que je revienne à la maison, pour que tout rentre dans l'ordre aux yeux des autres, c'est son unique motivation.

— Mais c'est une pensée d'un autre siècle !

— Il a été élevé à l'ancienne, dans un monde où les femmes restaient à la maison et ne prenaient aucune initiative. Et ce n'est pas à soixante-dix ans qu'il changera.

— Le fait de devenir grand-père pourrait le transformer. Il sera peut-être entièrement sous le charme de sa petite-fille et changera du tout au tout.

— Ce serait merveilleux, effectivement, dit-elle en sentant son cœur se serrer, mais il y a longtemps que je ne crois plus aux contes de fées. Et toi, tu y crois toujours ?

À cet instant, il remonta la main le long de son bras qu'il n'avait toujours pas lâché et se mit à lui caresser la nuque. Une onde de chaleur la submergea.

— Non, mais fuir n'est jamais une solution. Ce n'est sain ni pour toi ni pour ton enfant.

— Tu as raison, Chandler, mais je ne me sens pas du tout prête à mettre en péril la liberté que j'ai obtenue de haute lutte.

Il lui adressa un sourire triste.

— Le fait d'avoir évoqué mon père tout à l'heure m'a sans doute poussé à te parler du tien, Roslyn. Je veux le meilleur pour toi, c'est tout.

Elle sentit son cœur fondre et appuya la tête contre son épaule.

— Et moi, je nous souhaite le meilleur à tous les deux, murmura-t-elle.

Il émit alors une sorte de grognement, puis ses lèvres effleurèrent sa joue, son nez… Quand il déposa un baiser sur son menton, ayant savamment contourné sa bouche, elle haletait littéralement et son cœur cognait comme un fou…

Elle inspira profondément pour s'enivrer de son odeur qui la remplit de désirs érotiques qu'une femme enceinte n'aurait pas dû nourrir. Elle attendait tellement plus de lui !

— Je ne cesse de repenser à notre baiser, Roslyn.

— Ah bon ? Je ne l'aurais jamais cru !

Chandler laissa échapper un petit rire rauque et sexy, de sorte qu'elle sentit son souffle chaud sur ses lèvres.

— Pourquoi ? Parce que je n'ai pas tenté de t'en donner un deuxième ?

— Par exemple.

— Tu m'as dit que ce ne serait pas sage de recommencer, tu te rappelles ?

— Oui, je m'en souviens, mais il m'arrive aussi de me tromper, tu sais.

— Alors je crois que, cette fois, tu te trompais, trancha-t-il.

Et, sans transition, il captura sa bouche : immédiatement happée par un tourbillon de plaisir, elle noua les mains autour de son cou et s'accrocha à lui avec ardeur, espérant que ce baiser ne finisse jamais…

Hélas ! Il finit par s'écarter d'elle, et elle sentit des larmes lui mouiller les yeux. Pour éviter qu'il le remarque, elle se leva précipitamment et gagna le bord de la terrasse, faisant face à la nuit, tout en croisant les mains pour les empêcher de trembler. En réalité, elle tremblait de tout son corps, car une terrible peur venait de s'abattre sur elle : celle de ne pas s'être éprise de l'homme qu'il fallait. Encore une fois.

— Roslyn, tu m'en veux ?

Elle déglutit avec difficulté.

— Mais non, pourquoi ?

— Tu penses peut-être que tu es juste un flirt pour moi, que je joue avec toi ?

Ah bon, ce n'est pas le cas ?

Elle retint de justesse la question, car la poser aussi directement aurait tout gâché. Il aurait dû admettre que si, et la fierté de Roslyn l'aurait ensuite empêchée de travailler à la clinique et de rester à Three Rivers jusqu'à la naissance de son bébé. Elle devait garder ses questions pour elle, tout comme ne pas exposer ses sentiments.

— Ne t'inquiète pas, Chandler, il ne s'agissait que d'un petit baiser. Et je suis bien consciente que tu as dû en donner des centaines et en recevoir autant, sans doute bien plus merveilleux que le mien.

Alors qu'elle s'apprêtait à rentrer, il referma la main sur son bras, la fit pivoter sur elle-même et, au lieu de lui répondre, il captura sa bouche pour lui donner un long et fougueux baiser.

Quand il détacha les lèvres des siennes, elle se trouva face à son regard empli d'un vif désir.

— Même si j'avais déjà donné un millier de baisers, aucun n'égalerait le nôtre.

Trop abasourdie pour répondre, elle se dégagea de son étreinte et rentra bien vite.

Au milieu de la semaine suivante, Roslyn se sentait déjà comme une employée à plein temps à la clinique vétérinaire Hollister, et elle adorait chaque minute qu'elle y passait. Les six employés déjà en place – quatre femmes et deux hommes – lui avaient réservé un accueil chaleureux et inattendu ; elle avait en effet redouté qu'ils ne la considèrent comme un fardeau qu'ils étaient bien contraints d'accepter car elle était une amie de Chandler.

Une amie ? Était-ce une bonne façon de décrire leur relation ? Pas vraiment, pensa-t-elle tout en savourant la dernière bouchée du repas que lui avait préparé Reeva. Cependant, Chandler et elle n'étaient pas amants, ils ne sortaient même pas ensemble. Enfin, dans sa tête peut-être, mais pas dans la réalité, et pourtant les sentiments qu'elle éprouvait pour lui semblaient chaque jour un peu plus forts et profonds. Elle était incapable de les brider.

— Bon, j'adorerais rester encore un peu au soleil, mais il faut que je rentre. Si je ne passe pas maintenant ces commandes de médicaments, ils risquent de ne pas être livrés demain, déclara Loretta.

La jeune femme rousse était assise de l'autre côté de la table en bois où toutes deux pique-niquaient. Adorable et toujours enjouée, elle s'occupait essentiellement des aspects administratifs de la clinique.

— Moi aussi, je dois m'y remettre, dit Roslyn.

— Bah, rien ne presse ! Doc est parti en visite, donc tu peux tranquillement rehausser tes pieds et te reposer encore un peu.

— Si tu insistes, dit-elle en souriant.

— Tout à fait, renchérit Loretta d'un ton jovial.

Une fois celle-ci partie, elle en profita pour appeler Nikki à Fort Worth.

À peine lui avait-elle annoncé qu'elle se trouvait

présentement sur son lieu de travail que son amie se récria :

— Au travail ? Tu plaisantes ? Et que fais-tu ?

Roslyn rit du ton choqué de Nikki.

— Je t'assure que c'est vrai. Je travaille dans une clinique vétérinaire. Et tu ne peux pas imaginer combien cela me plaît.

— Je ne peux tout simplement pas t'imaginer dans une clinique vétérinaire, trancha son amie. Mais qu'y fais-tu exactement ? De la comptabilité ? Tu es à la réception ?

— Non, je suis dans la zone des soins. Je vais chercher les accessoires nécessaires aux interventions, comme les médicaments ou bandages, puis je désinfecte la salle une fois l'opération terminée. Je n'aide pas encore à soigner les animaux, mais Chandler dit que cela ne devrait pas tarder. Que j'apprends vite.

— Chandler ? Qui c'est, celui-là ?

Le centre de mon univers, pensa Roslyn.

— Le vétérinaire qui possède la clinique. En fait, j'habite chez sa famille. C'est comme cela que j'ai fini par avoir ce poste.

— Oh ! Et comment est-il, ce vétérinaire ?

— À en juger par la clientèle qui ne cesse d'affluer chez lui, très bon ! Il soigne aussi bien les animaux domestiques que les vaches ou les chevaux, et même des oiseaux et des serpents. Ce matin, on nous a amené un pauvre perroquet infesté de parasites !

Nikki émit un rire incrédule.

— Tu entends ce que tu me racontes, Roslyn ? Te connaissant, c'est surréaliste. Mais pourquoi t'es-tu mise à travailler à ce stade de ta grossesse ?

— Une des employés avait besoin d'un congé pour des raisons familiales, alors je me suis proposée car j'avais besoin de m'occuper un peu. Pour tout te dire, je ne me suis jamais sentie aussi bien de ma vie.

Ni aussi vivante, aurait-elle pu ajouter.

— Il est vrai que tu as l'air extrêmement gaie. Ce ton si joyeux est-il dû au travail ou au patron ?

— Le patron ? Tu veux dire Chandler ?

— Oui, le véto. Il est jeune ? Beau gosse ?

— Tu es incorrigible, Nikki ! Si curieuse ! Bon… Il est jeune, mais plus âgé que moi et… oui, il est très beau.

— Célibataire ?

— Bingo ! Mais bien décidé à le rester.

— Un type qui donne envie de relever le défi, non ? dit son amie avec un rire entendu.

Roslyn soupira : elle préférait ne pas envisager l'avenir, s'appliquant actuellement à profiter de chaque moment en Arizona. L'idée de se retrouver seule en Californie n'était en effet guère séduisante.

— Toutes les relations représentent un défi, tu ne crois pas, Nikki ? Certaines plus que d'autres. Cela dit, je ne m'attends pas vraiment à rencontrer un homme qui ait envie d'une mère célibataire.

— Arrête un peu ! Tu es l'incarnation du rêve de tous les hommes.

— Si tu me voyais, avec mon ventre qui a encore grossi… On dirait que j'ai avalé une pastèque entière.

— Ce ventre, tu vas bientôt le perdre, reprit son amie en riant. Dans deux ou trois mois, tu auras retrouvé ta superbe silhouette.

Si tu crois que cela te rend moins désirable, tu te trompes du tout au tout.

Chandler semblait si sincère lorsqu'il avait prononcé ces douces paroles, la main sur son ventre, en sentant le bébé bouger. Son visage reflétait presque de l'amour, se remémora-t-elle. Mais elle savait qu'une femme pouvait tout imaginer quand elle considérait un homme avec le cœur, plutôt qu'avec les yeux.

— Dans deux mois, je ne serai plus ici ! Mais merci, c'est gentil. Et maintenant, Nikki, je dois te quitter. Ma pause déjeuner est terminée.

— Déjà ? Mais j'ai encore un tas de questions à te poser. Comme : quand rentres-tu à la maison ? As-tu parlé à ton père ?

— Nikki, je ne reviendrai jamais à Fort Worth. En revanche, une fois que je me serai installée quelque part, tu prendras l'avion pour venir nous voir, le bébé et moi. Il aura besoin que sa tata change quelques-unes de ses couches.

— Euh… J'aime mieux te prévenir que mon expérience avec le bébé de ma cousine a été calamiteuse. Il va falloir que je prenne des cours.

Sur un éclat de rire, Roslyn mit fin à la conversation pour regagner la clinique.

Après avoir rapidement déjeuné avec Trey dans un petit café à Yarnell, Chandler appela la clinique pour indiquer à la réceptionniste qu'il arriverait une trentaine de minutes plus tard.

— Laisse-moi le volant, cela te permettra de te reposer, lui proposa son assistant.

— J'ai l'air ramolli, peut-être ?

— Ça n'a rien à voir. La matinée a été éprouvante pour toi, c'est tout.

Après une courte réflexion, il lui lança les clés.

— OK. Mais pas besoin de rouler à toute vitesse et de finir avec une nouvelle contravention.

— Tu exagères, Doc. Cela fait… euh… trois mois que je n'en ai pas eu.

Chandler éclata de rire et tous deux montèrent dans le pick-up. Aussitôt sur son siège, il se recroquevilla et dit :

— Réveille-moi à cinq kilomètres de la clinique.

— Pas de problème ! Bonne sieste.

Fermant les yeux, il descendit son stetson sur son front.

Il avait beau être épuisé, son cerveau ne voulait pas se mettre en pause. Il ne cessait de penser à Roslyn et de se demander comment il avait pu être assez fou pour l'embrasser. D'autant que maintenant, il attendait bien plus que des baisers, il avait envie de faire l'amour avec elle, d'être aussi proche d'elle que pouvaient l'être un homme et une femme. Pourtant, s'il savait son désir partagé, le moment était très mal choisi. *Elle allait avoir un bébé.* Une fois remise, aurait-elle toujours envie de coucher avec lui ?

Il soupira avant de sursauter brusquement : Trey venait de monter le son de la radio.

— Désolé, je ne voulais pas te réveiller.

— Je ne dormais pas.

— Tu as trop à penser, c'est ça ?

— Oui, même si, cette fois, c'est différent, marmonna-t-il en se redressant sur son siège pour regarder le paysage indompté d'Arizona défiler derrière la vitre.

Si les sommets les plus hauts n'étaient couverts que de pierres et d'une maigre végétation, les flancs moins élevés affichaient en revanche un tapis d'herbes vertes, et de bourgeons rouges et verts. Il aurait aimé que

Roslyn soit à ses côtés, elle aurait été émerveillée par ces splendeurs contrastées.

— Tu parles de Roslyn, c'est ça ?

Était-il donc si transparent ? Peut-être que oui, pour Trey qui était un vieil ami, quasiment un frère.

— En partie, admit-il.

À cet instant, la radio se mit à jouer un autre titre qui lui rappela aussitôt le mariage de Blake et Katherine, car il était au répertoire de l'orchestre. Tout comme Joseph, leur plus jeune frère, Blake avait trouvé l'amour. Son épouse et lui semblaient comblés.

— Tu regrettes de l'avoir embauchée ? Elle n'est pas à la hauteur ?

— Non, non, pas du tout, au contraire. C'est juste que…

— Elle va avoir un bébé, compléta Trey.

— Oui, et je m'en réjouis.

— Mais ?

— Mais rien !

— Dans ce cas, pourquoi cela te tracasse-t-il ? Est-ce parce qu'elle veut partir en Californie après la naissance ?

— Elle *va* repartir en Californie, corrigea-t-il en ressentant un profond vide au fond de lui. Elle possède une maison, là-bas. Elle compte s'y installer et commencer une nouvelle vie avec le bébé.

— Une nouvelle vie sans toi, donc. C'est cela qui te préoccupe.

— C'est bon, Trey ! Elle a sa vie, j'ai la mienne, et je ne suis pas en mesure de faire en sorte qu'elles se croisent. Même si je dois bien reconnaître que Roslyn me plaît énormément.

— Doc, arrête de chercher des prétextes. Tu as juste peur de lui avouer.

— Peur ? Et de quoi ?

— Pour commencer, qu'elle te repousse. Ou bien qu'elle parte malgré tout en Californie ou retourne auprès de son riche papa, au Texas, au lieu de rester avec toi, dans ton ranch isolé. Ou encore qu'elle aime toujours en secret le père de son enfant.

— Si tu crois que je suis éperdument amoureux, Trey, tu te trompes ! s'écria-t-il pour le stopper car il avait mis le doigt sur le cœur du problème. Je suis bien trop occupé pour avoir une femme et un enfant.

— C'est toi qui viens de parler amour, mariage et enfant, pas moi, rétorqua Trey.

— Contente-toi d'accélérer pour l'instant, car tu roules à la vitesse d'une tortue !

— Mets-toi d'accord avec toi-même. Tout à l'heure, tu me rappelais mes contraventions pour excès de vitesse. C'est la dernière fois que je te rends un service.

— Un service ? Tu me rends fou, oui !

— Tu n'as pas besoin de moi pour cela.

Chandler se mordit la langue et ravala promptement les mots durs qu'il allait proférer : Trey avait raison, comprit-il soudain. Cela le rendait fou de penser à Roslyn et à toutes les incertitudes liées à l'avenir de celle-ci. Avait-il réellement envie d'en faire partie ? Ou bien serait-il finalement préférable qu'elle parte ?

Jamais il n'était parvenu à nouer une relation durable avec une femme. Et si, avec Roslyn, il courait aussi droit à l'échec ? Pourtant, il la désirait à en perdre la tête, et il ne supportait plus de taire les sentiments profonds qu'elle lui inspirait.

Seulement, que se passerait-il s'il lui avouait son amour ? Ou peut-être devait-il se demander ce qui arriverait s'il n'agissait pas…

- 9 -

Le lendemain soir, Roslyn donnait le biberon au dernier chiot d'une portée de quatre quand Chandler entra dans la pièce.

— On dirait qu'il apprécie chaque goutte de son dîner, dit-il en se postant tout près d'elle pour regarder le petit beagle blanc et brun roux qu'elle tenait dans le creux de son bras.

— Il a l'air satisfait, effectivement. J'espère que je saurai aussi bien m'y prendre avec un bébé humain.

Il darda alors sur elle son regard azur.

— Ça, je n'en doute absolument pas.

C'était le premier moment de la journée où ils se retrouvaient en tête à tête et, comme toujours quand elle était près de lui, à humer son odeur et sentir la chaleur qui irradiait de lui, elle avait l'impression que ses jambes allaient se dérober.

Prenant une grande inspiration, elle baissa les yeux sur le chiot.

— Il a bientôt fini, dit-elle. Tu as autre chose à me confier ?

— Tous les chiots ont été nourris ?

Elle hocha la tête.

— Oui, c'est le dernier.

— Parfait ! Moi aussi, je viens de soigner mon dernier patient canin, donc on peut partir. Cybil et

Violet vont passer la nuit ici, et elles se relaieront pour nourrir les chiots.

— Elles vont être épuisées ! Le biberon est toutes les deux heures.

— Elles ont l'habitude et elles sont bien rétribuées pour les horaires de nuit. La maîtresse des chiots viendra les récupérer demain après-midi. Après, ce sera à elle de veiller sur eux.

— Très bien. Dans ce cas, je vais chercher mes affaires au vestiaire.

— Attends une seconde, je voudrais te demander quelque chose.

Elle tourna les yeux vers lui, étonnée par l'expression indécise qui flottait sur son visage. Cela ne lui ressemblait guère.

— Il y a un problème, Chandler ?

— Un problème ? Non, pas du tout.

Il lui lança un regard en coin, puis secoua la tête.

— Bon, je crois que j'ai perdu l'habitude, mais ce que je voudrais te proposer, c'est de venir dîner avec moi en ville. Juste nous deux.

Elle en resta d'abord bouche bée.

— Tu veux dire… juste toi et moi ? Un tête-à-tête ? parvint-elle enfin à bredouiller.

— On peut le formuler ainsi. Tu es partante ? Ou bien tu préfères rentrer au ranch pour te reposer ?

— Non, pas du tout. C'est juste que je n'ai pas d'habits de rechange.

— Moi non plus. Mais on s'en fiche, non ?

— Tu as raison, on s'en fiche ! répéta-t-elle avec un grand sourire.

Et elle se précipita vers le vestiaire pour au moins se recoiffer et se maquiller un peu. Elle se trouvait si pâle !

Elle rebouchait son rouge à lèvres quand Loretta entra dans la pièce et s'arrêta tout net.

— Tu es encore là ? Je te croyais partie.

— Non, je n'avais pas fini de nourrir les chiots. Dis-moi, est-ce que je suis assez présentable pour aller au restaurant ?

Loretta haussa un sourcil.

— Tu vas au restaurant ?

— Chandler m'a invitée, dit-elle en rougissant, incapable de masquer son excitation.

— Chandler ? répéta Loretta, les yeux écarquillés. Je ne m'étais pas rendu compte que tu appelais le patron par son prénom.

Elle venait donc de se trahir doublement. Ici, tout le monde l'appelait Doc. Mais elle habitait dans son ranch, et il n'était pas réellement son patron, du moins n'était-ce pas ainsi qu'elle pensait à lui.

— Je ne vois pas en quoi c'est répréhensible, répliqua-t-elle. Ce n'est pas un surnom, que je sache.

— Et donc, il t'invite à dîner en tête à tête ?

— Ça en a tout l'air.

— Pas d'inquiétude. C'est un homme sérieux. Pas comme Holt, son frère.

— Tu connais Holt ?

Loretta se mit à rire.

— Quelle femme dans le comté de Yavapai et au-delà ne connaît pas Holt Hollister ?

Elle avait entendu parler de ses escapades, mais comme il n'avait jamais amené de femme au ranch, elle se demandait si cette réputation n'était pas seulement une rumeur.

— En tout cas, pour répondre à ta question, tu es présentable. À part cette tache, au bas de ta blouse.

— Où ? Je ne vois rien.

— Forcément, ton ventre te la cache. Ne t'inquiète pas, j'ai quelque chose qui devrait faire l'affaire dans mon casier.

— Enfin, Loretta, tu n'y penses pas ! Je suis enceinte. Je ne pourrai pas entrer dans une de tes tuniques.

— Attends de voir ! Elle est bien trop féminine pour moi. C'est ma mère qui me l'a offerte, sa façon à elle de me dire que je devrais être plus élégante. Je l'ai apportée pour pouvoir l'échanger au magasin et puis j'ai oublié. Maintenant, c'est trop tard.

Et Loretta sortit de son casier une chemise fluide et vaporeuse, qu'elle brandit devant Roslyn.

Celle-ci poussa un petit cri de plaisir en découvrant la blouse en soie très évasée, d'un bleu électrique.

— Elle est ravissante ! s'écria-t-elle. Tu es certaine que cela ne te gêne pas que je la porte ?

— Dépêche-toi. Ne fais pas attendre Doc !

Chandler s'efforçait de rester concentré sur sa conduite, mais il ne cessait de lancer des regards en coin à Roslyn. En un clin d'œil, elle s'était transformée en une véritable princesse. Et cela ne tenait pas uniquement à la tunique que Loretta lui avait prêtée. Elle semblait resplendir de l'intérieur. À quoi était-ce dû ? L'amour ? Quoi que ce soit, il était preneur.

— Tu as envie d'une cuisine particulière, ce soir ?

Wickenburg n'a pas des tonnes de restaurants, mais certains sont très bons.

— Je te laisse décider, c'est ta ville.

— Très bien. Dans ce cas, j'ai une petite idée. Nous y serons dans cinq minutes.

— Il y a du monde en ville, ce soir, déclara-t-elle, surprise.

— C'est parce que nous sommes vendredi. Les gens sortent, le week-end.

— Ah bon ? Je n'avais pas remarqué que tu sortais, le week-end.

— Autrefois, si. J'accompagnais surtout mes frères pour les surveiller au casino.

Elle se mit à rire.

— Et maintenant ? Tu ne sors plus du tout ?

— Depuis la mort de mon père, nous avons tous un peu changé, je crois. Nous nous sommes recentrés sur le ranch. Quand mon père était en vie, il était notre roc, maintenant nous savons que nous ne pouvons compter que sur nous. De nous tous, c'est Blake qui a été le plus ébranlé, car il vivait en même temps une rupture amoureuse difficile. Joe a quant à lui été obsédé pendant longtemps par l'assassin qu'il voulait à tout prix retrouver. Pour ce qui est de Holt, il a collectionné encore plus de femmes et bu plus de whisky.

— Et toi, Chandler ? demanda-t-elle avec douceur.

Il se passa la main sur le visage.

— Ces six dernières années, je me suis efforcé de ne pas trop penser à ma vie. Mais depuis que tu es arrivée, je commence à me rendre compte qu'il y a autre chose dans l'existence que le ranch et mes patients.

Il lui saisit alors la main et ajouta :

— Je sais que je me répète, mais je suis très heureux que tu te sois garée sur le parking de la clinique, le premier soir de ton arrivée dans la région.

À cet instant, elle lui adressa un sourire qui lui réchauffa le cœur.

— Moi aussi, répondit-elle dans un murmure.

Roslyn était totalement sous le charme du restaurant de style hacienda que Chandler avait choisi, éloigné du tumultueux centre-ville. Il était entouré de bougainvilliers aux fleurs d'un jaune or ; des bouquets de piments rouges en train de sécher pendaient le long des arcades du porche, rappelant la couleur des tuiles, tandis que les murs étaient bleu turquoise.

À l'intérieur, le décor était tout aussi pittoresque ; ils prirent place dans un angle un peu en retrait. Les tables étaient recouvertes de nappes blanches et orange, et ornées d'un bouquet de calendulas. Elle ne cessait d'admirer l'endroit tout en dégustant ses avocats farcis au poulet grillé.

— C'est si beau, Chandler. Merci pour l'invitation. C'est délicieux, mais surtout ne le répète pas à Reeva. Hier, elle s'est vraiment surpassée pour le dîner. J'ignorai que Joe, Vivian et leurs familles seraient présents, mais j'ai été ravie de les rencontrer.

Il lui sourit.

— Je suis certaine que Petit Joe t'a séduite, non ?

— Oui, il est absolument adorable. Si mon enfant est une fille, comme tu le prédis, j'espère qu'elle sera aussi vive que Hannah. Nick et elle forment un duo uni, n'est-ce pas ?

Sans doute Roslyn ne s'en rendait-elle pas compte,

mais elle était complètement intégrée à la famille. Seulement, demeurerait-elle parmi eux ? Elle avait déjà quitté son père et son Texas natal : comment Chandler pouvait-il penser qu'il serait capable de la retenir à Three Rivers ?

Assez ! Était-il vraiment utile de gâcher la soirée avec des questions auxquelles il n'avait pas de réponse ?

— Absolument, répondit-il.

— Selon Katherine, cela vient du fait que ni l'un ni l'autre n'ont de père.

— Tout à fait. Le premier mari de Kat est décédé dans un accident et l'ex de Vivian a renoncé à son rôle. Mais heureusement, Blake est un bon père pour Nick et Sawyer se montre lui aussi formidable avec Hannah.

Elle poussa un petit soupir et, pensive, baissa les yeux sur son dessert, un gâteau *tres leches*.

— Quand j'ai rompu mes fiançailles, je n'ai pas pensé au fait que mon bébé n'aurait pas de père, mais maintenant que l'accouchement se rapproche, je commence à me sentir coupable.

— Ros, l'homme que tu m'as décrit vous aurait rendus tous les deux malheureux, le bébé et toi. Tu as pris la bonne décision, lui assura-t-il en lui saisissant la main.

Elle cligna des yeux pour chasser ses larmes.

— Tu as raison, bien sûr, mais cela n'en reste pas moins une erreur de ma part. Je n'aurais jamais dû chercher à tout prix à contenter mon père, mais suivre au contraire la voix de mon cœur.

— Tu veux dire que tu étais amoureuse d'un autre homme et que celui-ci déplaisait à ton père ? demanda Chandler d'un ton légèrement essoufflé.

Elle secoua la tête.

— Non… Avant Erich, j'avais rencontré quelques hommes, mais comme je les savais trop « ordinaires » pour mon père, je ne leur ai pas donné leur chance.

Et lui, comment le considérait-elle ? Comme un médiocre véto de campagne ? Ou bien les Hollister étaient-ils trop fortunés à son goût ? Il n'était pas certain qu'elle apprécie d'être la fille d'un homme richissime.

— Je suis certain que tu retomberas vite amoureuse et que tu donneras un père à ton enfant.

Malgré lui, il se raidit en prononçant ces paroles : imaginer Roslyn dans les bras d'un autre homme le rendait tout simplement malade.

Repoussant son dessert, elle but une gorgée de café.

— La discussion tourne toujours autour de moi, Chandler. Qu'en est-il de toi ?

— Oh ! moi…, reprit-il d'un ton nonchalant. Ma vie est déjà réglée. Il n'y a pas grand-chose à en dire.

Elle secoua doucement la tête.

— Ça, je ne le crois pas. Je ne te vois pas du tout rester célibataire toute ta vie, et qui plus est sans enfant.

Il s'éclaircit la gorge. Elle lui offrait l'occasion rêvée d'être enfin honnête avec lui-même : tout au fond de lui, il aurait souhaité connaître l'amour, comme ses frères qu'il voyait si heureux auprès de leurs femmes et enfants.

— Il est vrai que tel était mon but, autrefois : me marier et fonder une famille. À l'école vétérinaire, j'ai failli demander une femme en mariage, mais cela n'a finalement pas marché. J'étais trop accaparé par mes études. Puis j'ai rencontré une autre femme, qui était infirmière et travaillait elle aussi énormément. J'ai cru qu'on pourrait se comprendre, mais au moment où je m'apprêtais à lui acheter une bague de fiançailles, elle m'a appelé pour me dire qu'il fallait qu'on parle, tous les deux…

Il fit une pause avant de poursuivre :

— La phrase typique que l'on emploie quand on veut laisser tomber quelqu'un.

— Pourquoi ? Elle avait rencontré un autre homme ?

— Non, elle m'a au moins épargné cette humiliation. Seulement, elle n'avait pas très envie de vivre au ranch. Cela l'aurait obligée à effectuer cinquante kilomètres par jour pour aller travailler. Et puis c'était une citadine, elle n'aimait pas particulièrement les animaux. Il n'y avait donc rien d'intéressant pour elle à Three Rivers.

— Si, toi, répondit-elle en lui étreignant la main.

Si la salle n'avait pas été bondée, il se serait approché d'elle pour l'embrasser.

— De toute évidence, je ne lui suffisais pas. Je crois qu'elle ne m'aimait pas réellement.

Roslyn poussa un soupir puis se pencha vers lui pour murmurer :

— Félicite-toi de ne pas avoir commis l'erreur de t'unir à l'une ou l'autre ! Mais le temps a passé et je pense que…

Elle fit soudain la grimace et retira sa main pour la plaquer sur ses reins.

— Qu'y a-t-il ? Tu ne te sens pas bien ?

— En fait, j'ai des élancements dans le bas du dos depuis cet après-midi. Je pensais que c'était parce que j'étais restée trop longtemps debout, mais je dois avouer que la douleur ne cesse d'empirer.

— Je vais régler. C'est le bébé qui arrive, trancha-t-il.

— Le bébé ? s'exclama-t-elle en ouvrant si rond la

bouche qu'il dut se retenir de rire. Mais ce n'est pas pour demain ! Je suis allée chez l'obstétricienne il y a deux jours !

— Elle ne t'a pas dit qu'il était possible que tu accouches sous peu ?

Elle se mordit la lèvre.

— Si, mais…

Au lieu de terminer sa phrase, elle poussa un gémissement, en plaçant cette fois ses deux mains dans le bas de son dos.

Chandler appela vivement le serveur, lui expliqua rapidement la situation et le régla en lui laissant un gros pourboire. Après quoi, il enlaça la taille de Roslyn pour l'aider à regagner le pick-up.

Une fois en route pour l'hôpital, elle lui adressa un faible sourire et déclara :

— Je suis vraiment désolée d'abréger cette soirée, Chandler. Je n'en avais jamais passé une aussi bonne avec un homme.

Ces paroles lui allèrent droit au cœur, tout comme les efforts qu'elle fournissait pour sourire, en dépit de ses contractions ! Soudain, il eut la sensation d'étouffer, submergé par l'intensité des sentiments qu'il éprouvait pour elle.

— Pour moi aussi, c'était la plus belle soirée de ma vie avec une femme, dit-il d'une voix râpeuse. On recommencera, Roslyn. Une fois que le bébé sera là et que tu seras de nouveau sur pied. Promis ?

— Promis, répondit-elle en se serrant le ventre.

- 10 -

— Reeva, je n'arrive pas à joindre maman, déclara Chandler au téléphone peu avant d'arriver à l'hôpital. Elle avait promis qu'elle serait là pour l'accouchement de Roslyn, pour l'aider mais…

— Tu es auprès d'elle, non ?

— Oui, seulement…

— Écoute, Maureen est encore avec les ouvriers du côté de Prescott, elle ne rentrera pas avant minuit. Vous êtes à l'hôpital ?

— On y arrive. Et comme maman devait…

— Chandler, enfin ! C'est toi qui vas soutenir Roslyn. Tu ne t'en sens pas capable ? s'écria-t-elle sur un ton remonté.

— Si, je vais essayer… Mais appelle quand même maman pour la mettre au courant.

— Naturellement. Je vais aussi informer Blake et Kat.

— Merci, Reeva.

Quand il gara le pick-up devant les urgences, les contractions avaient redoublé. Il prit Roslyn dans ses bras et la porta jusqu'aux portes coulissantes ; une infirmière s'avança immédiatement avec un fauteuil roulant.

— Le travail a commencé, on dirait, dit cette dernière.

— En effet, répondit-il.

Et il déposa doucement Roslyn dans le fauteuil.

L'infirmière en saisit les poignées et fila dans le couloir.

Il ne lui resta plus qu'à lui emboîter le pas, tandis qu'elle ne cessait de poser des questions à Roslyn sur sa santé. Il se réjouissait qu'elle ait pris la situation en main… jusqu'à ce qu'elle s'arrête au bureau des admissions.

— Que faites-vous ? s'écria-t-il, bouillonnant d'impatience. Ce n'est pas du tout le moment. Roslyn va accoucher. Elle a besoin de soins, pas de questions !

— Désolé, monsieur… euh, je ne crois pas que vous vous soyez présenté, répliqua l'infirmière avec le plus grand calme.

— Hollister, madame Reed, répondit-il en lisant le nom sur son badge avant de préciser : Dr Chandler Hollister.

— Eh bien, puisque vous êtes médecin, vous devez connaître les formalités à remplir pour l'admission de votre femme à l'hôpital. A-t-elle sa carte…

— C'est bon, Chandler, parvint à dire Roslyn. Lors de ma dernière visite, j'ai rempli un dossier de pré-admission avec Kat. Tout est réglé.

Après que celle-ci eut fourni sa date de naissance et son numéro de sécurité sociale, la réceptionniste confirma que tout était en ordre. L'infirmière se tourna alors vers Chandler, un sourire suffisant aux lèvres.

— On dirait que votre femme maîtrise mieux la situation que vous. Maintenant, vous allez nous suivre jusqu'au hall où nos chemins se sépareront. Vous irez gentiment patienter dans la salle d'attente pendant que nous nous occuperons de votre femme.

— Il ne peut pas venir avec moi ? s'écria Roslyn d'un ton affolé.

— Pas pour l'instant, répondit l'infirmière. Il viendra plus tard, quand on vous aura installée en salle de travail.

Elle lui jeta un regard éperdu.

— Tu ne t'en vas pas, n'est-ce pas ?

— Rien ne pourrait me faire sortir d'ici, pas même des chevaux sauvages, déclara-t-il.

— Ah, voilà comment un mari doit parler à son épouse ! renchérit l'infirmière d'un ton ravi.

— C'est-à-dire que… ce n'est pas mon mari, dit soudain Roslyn d'une petite voix.

Face à cet aveu, l'infirmière transperça Chandler du regard.

— J'aurais dû m'en douter, décréta-t-elle.

— Écoutez, je suis le père de l'enfant, rétorqua-t-il sur une impulsion, et je veux être présent à la naissance.

— Mais certainement, Dr Hollister, concéda-t-elle d'un ton froid. On vous préviendra dès que votre présence sera autorisée.

Sans doute, elle ne comprenait pas qu'un Hollister ait un enfant en dehors des liens du mariage, puisque cette famille jouissait d'une réputation respectable dans la région.

Soulagé, il déposa un baiser sur la joue de Roslyn.

— À tout de suite, ma chérie, lui souffla-t-il.

Puis, la regardant s'éloigner, poussée par l'infirmière, il se sentit de tout cœur avec elle.

Cinq heures plus tard, Roslyn donna naissance à une adorable petite fille. Épuisée et excitée à la fois, elle sentit des larmes rouler sur ses joues quand tout redevint calme dans la salle de travail et qu'on posa le bébé sur elle.

— Comme tu es belle, mon amour, dit-elle. Comme tu es belle !

Et elle baisa le front humide de son enfant avant de lancer un regard à Chandler qui se tenait à côté du lit, d'où il n'avait pas bougé depuis le début.

Lui souriant à travers ses larmes, elle ajouta :

— Approche-toi, Chandler, pour mieux la voir.

Il se pencha alors au-dessus de la barre du lit et effleura les fins cheveux du bébé : de toute évidence, il était profondément ému.

— Elle a les yeux si plissés que je ne vois pas leur couleur, enchaîna-t-elle. Et toi ?

— J'ai entendu dire que tous les bébés avaient les yeux bleus.

— Je doute que ce soit vrai, mais les siens sont peut-être bleus… comme les tiens, ajouta-t-elle d'un air espiègle.

Il lui adressa un sourire penaud.

— J'espère que tu ne m'en veux pas d'avoir dit à l'infirmière que j'étais le père. J'ai pensé que cela nous faciliterait les choses.

— Bien sûr que non ! Au contraire…

Elle avait ressenti une telle émotion que, en y repensant, elle en était encore bouleversée.

À cet instant, leurs regards se croisèrent et elle crut qu'il allait l'embrasser, mais les voix des infirmières tout autour leur rappelèrent qu'ils n'étaient pas seuls.

— Elle est incroyablement belle, reprit-il en reportant son attention sur le bébé. Comme sa maman. Tu vois, je t'avais bien dit que ce serait une fille.

Et son sourire malicieux la remplit d'un indicible bonheur.

— C'est vrai, je ne douterai plus jamais de tes diagnostics.

Il se mit à rire puis lui donna un baiser sur le front. Alors, de sa main libre, elle le retint un instant.

— Merci, Chandler… Merci d'avoir été là. De…

Elle déglutit péniblement avant de poursuivre :

— De te soucier de moi… et du bébé.

— Tu n'as pas à me remercier, Ros, dit-il en repoussant une mèche de son front. C'est exactement là que je voulais être. Mais je n'imaginais pas que le bébé arriverait lors de notre premier rendez-vous.

— Moi non plus ! C'est un rendez-vous que je n'oublierai jamais. Pour mille raisons.

Avant même l'arrivée du bébé, elle sentait Chandler de plus en plus proche ; maintenant qu'il lui avait tenu la main pendant cinq heures, qu'il avait essuyé la sueur sur son front et murmuré de douces paroles d'encouragement, elle possédait une certitude : celle de l'aimer sans réserve.

Et elle préférait ne pas penser aux conséquences.

Pour l'instant, elle était la femme la plus heureuse du monde et goûtait au bonheur de tenir entre ses bras son bébé juste né et en bonne santé. Si Chandler ne partageait pas forcément l'amour qu'elle avait pour lui, elle comptait assez à ses yeux pour qu'il ait assisté à son accouchement.

Avant le lever du jour, Chandler finit par dormir deux ou trois heures sur un canapé, dans la salle d'attente. Quand la lumière du soleil le réveilla, il alla s'asperger le visage d'eau fraîche puis se précipita dans la boutique de cadeaux pour acheter un énorme bouquet. Après quoi, il prit l'ascenseur et regagna la chambre privée de Roslyn.

Il toqua légèrement à la porte, puis entra. Roslyn était assise sur le lit, le bébé dans les bras. Un linge fin lui couvrait le haut du corps et il devina qu'elle l'allaitait.

— Tu préfères que j'attende à l'extérieur ?

Elle s'était brossé les cheveux, fait une queue-de-cheval, et avait mis un peu de rouge sur ses lèvres. Comment avait-elle pu trouver l'énergie de se faire belle ? Et surtout, comment pouvait-elle être si radieuse après l'épreuve de l'accouchement ?

— Reste, c'est bon. Elles sont pour moi ? demanda-t-elle en jetant un coup d'œil aux fleurs.

— Tout à fait ! Félicitations, jeune maman !

Il déposa le bouquet, tenu dans une poche d'eau, dans le vase posé sur la table de nuit.

— Merci, dit-elle. Ces marguerites et ces roses vont parfaitement bien ensemble. Elles sont magnifiques.

— Comme toi, renchérit-il en l'embrassant sur le front. Comment te sens-tu ?

— Aussi curieux que cela puisse paraître, en très grande forme, dit-elle avec un sourire radieux. J'ai envie de chanter et de hurler de joie.

Son bonheur devait être contagieux car, à ces mots, il eut l'impression qu'un soleil se levait en lui.

— Je te comprends, tu as donné le jour à une vraie petite merveille.

Il fut tenté d'en dire davantage, de lui avouer qu'elle et son enfant représentaient tout pour lui, mais il se retint. N'était-il pas préférable que chacun se repose, après tous ces événements, avant d'envisager l'avenir ?

S'éclaircissant la voix, il reprit :

— Eh bien, tu as choisi son prénom ?

— Oui ! Enfin, si tu es d'accord, bien sûr.

Il lui lança un regard confus.

— Pourquoi aurais-tu besoin de mon approbation ?

Passant la main sous le linge, elle se reboutonna puis dévoila le visage du nouveau-né. Son cœur déborda instantanément d'amour devant la petite fille.

— En fait, j'aimerais l'appeler Evelyn Kay.

— Evelyn ? Mais c'est le prénom de ma mère…

— C'est pour cela que j'espère que ni elle ni personne dans la famille ne s'y opposera.

— S'y opposer ? Mais tu plaisantes. Maman va être aux anges. Au cas où tu ne l'aurais pas encore remarqué, elle t'aime comme une fille. Mais comment sais-tu qu'elle s'appelle ainsi ? Tout le monde l'appelle par son deuxième prénom, Maureen.

— C'est Reeva qui me l'a appris alors que nous discutions de prénoms, un jour que je l'aidais dans la cuisine. Et Kay est le deuxième prénom de ma mère. Elle portera donc le nom de deux femmes merveilleuses.

— Evelyn Kay sonne merveilleusement bien ! s'exclama-t-il.

Nul doute qu'accolé au nom de Hollister, ce prénom aurait été encore plus merveilleux ! Mais c'était une autre affaire, qui requérait un engagement auquel ni l'un ni l'autre n'était peut-être prêt. Désireux de chasser cette pensée, il regarda sa montre :

— Bon, je dois filer, les filles ont déjà ouvert la clinique. Ma présence est requise là-bas.

Hochant la tête, elle lui sourit :

— Tu peux annoncer à tout le monde l'arrivée d'Evelyn. Et au cas où tu ne t'en souviendrais pas, elle pèse trois kilos cent et mesure quarante-neuf centimètres.

— Et elle est très belle, comme sa mère, compléta-t-il

avec un clin d'œil à l'appui. Tu peux compter sur moi pour diffuser la nouvelle.

Alors qu'il allait s'en aller, elle lui saisit la main.

— Tu as besoin que je t'apporte quelque chose, avant de partir ? questionna-t-il en haussant un sourcil.

— Non. Je… Je voulais juste te dire que… Eh bien, grâce à toi, la naissance d'Evelyn a été parfaite. Je ne l'oublierai jamais, Chandler.

Était-ce le début des adieux ? Non, il ne le permettrait pas ! Se penchant sur elle, il pressa les lèvres sur les siennes.

Deux semaines plus tard, Chandler frappa à la porte du bureau de sa mère et entra sans attendre sa réponse.

Elle était au téléphone. Dès qu'elle le vit, elle lui fit signe de s'asseoir puis termina sa conversation.

— Je sais, oui. Je fais de mon mieux. Ce n'est pas une chose que…

Elle s'interrompit et il distingua nettement un mélange de tristesse et de frustration sur ses traits.

— OK, je vais essayer de ne pas trop y penser. Non. Ne fais pas ça. Je te rappellerai demain soir.

Là-dessus elle raccrocha puis le regarda.

— Désolée, fiston. Tu voulais me parler ?

Incapable de retenir sa curiosité, il demanda :

— Tu parlais avec Vivian ou Camille ?

Elle baissa les yeux sur son sous-main.

— Non, juste une personne avec qui j'envisage d'échanger du bétail. Rien d'important.

Bien que l'idée lui soit insupportable, il ne put s'empêcher de penser qu'elle ne lui disait pas la vérité. Ce qui était insensé ! Sa mère ne mentait jamais, sauf quand elle voulait épargner une peine de cœur à quelqu'un.

Préférant ne pas insister, il reprit :

— Je vois. Tu as une minute à me consacrer ?

— Naturellement ! Quelque chose ne va pas ?

Il alla droit au but.

— Oui, quelque chose ne va pas du tout. Je sors de la chambre de Roslyn qui vient de m'apprendre qu'elle a loué un appartement en ville et va déménager en milieu de semaine.

Maureen s'adossa à son fauteuil et croisa les mains.

— Oui, je suis au courant.

— Et je ne doute pas que tu désapprouves. Il faut qu'elle reste ici, où Reeva, Jazelle et Kat peuvent la seconder avec le bébé.

— Lui as-tu dit ?

— Bien sûr, et beaucoup d'autres choses encore. Elle n'a absolument aucune raison d'emménager dans un appartement alors que nous sommes tous très heureux de l'avoir parmi nous.

— Je lui ai dit aussi, Chandler, mais je doute qu'elle revienne sur sa décision. Et maintenant que j'ai eu le temps d'y réfléchir, je crois que c'est mieux pour elle et le bébé.

Il bondit de sa chaise et se mit à faire les cent pas dans le bureau.

— Comment peux-tu dire une chose pareille, maman ? J'ai bien vu combien tu tiens à Roslyn et au bébé. Tu ne peux tout de même pas souhaiter qu'elles s'en aillent.

Sa mère fronça les sourcils.

— Je n'ai certainement pas dit cela. Juste que c'était sans doute le mieux pour elles deux.

— C'est pareil : elles ne seront plus à la maison.

— De toute évidence, cela te contrarie.

Il traversa la pièce et se rassit.

— Naturellement ! Elle ne peut pas rester seule.

— De nombreuses mères élèvent leurs bébés seules. Et Roslyn sait se débrouiller. Je dois dire que je suis très fière d'elle. On dirait que la maternité n'a pas de secret pour elle, qu'elle a déjà eu deux ou trois enfants. D'ailleurs, si elle a besoin de la moindre aide, il lui suffit de téléphoner à l'un d'entre nous. Ce n'est pas comme si elle s'installait dans un autre État.

C'était pourtant le premier pas qui la rapprochait de la Californie, pensa-t-il. Celui que, justement, il ne voulait pas qu'elle franchisse.

— Ça ne me plaît pas !

— Oui, je m'en doute. Nous avons tous vu que tu es… très attaché à elle. Il est donc logique que tu veuilles qu'elle reste au ranch. Près de toi.

— Mes sentiments pour elle sont-ils si manifestes ? s'enquit-il, troublé.

— Plutôt, oui, répondit Maureen avec un grand sourire.

Il soupira. Il était vrai que, depuis le retour de Roslyn et Evelyn de l'hôpital, il s'était efforcé de revenir plus tôt de la clinique pour passer davantage de temps avec elles. Chaque jour qui passait, il avait l'impression d'être de plus en plus amoureux des deux.

— Dans ce cas, autant l'admettre : je suis complètement fou d'elle et d'Evelyn. Mais je ne sais pas où cela va nous mener…

— Pour commencer, tu devrais lui avouer tes sentiments. L'as-tu fait ?

Il se passa fébrilement la main dans les cheveux.

— Pas tout à fait. Je voulais lui laisser le temps de s'habituer au fait d'être mère. Et puis, pour tout t'avouer, j'ai peur qu'elle me repousse.

Maureen émit un rire sceptique.

— Là, franchement, je ne vois pas comment ce serait possible. Il est évident qu'elle te considère comme la plus belle invention depuis la découverte du feu. Mais je pense qu'elle a des doutes sur toi.

Abasourdi, il regarda fixement sa mère.

— De quoi parles-tu, au juste ? Je me suis toujours conduit en homme responsable.

— Cela dépend ce qu'on entend par responsable. Bien sûr, ta famille peut compter sur toi, tout comme le ranch ou tes patients. Mais qu'en sera-t-il de Roslyn et d'Evelyn ?

— Enfin, je ne comprends pas le procès que tu essaies de me faire ! Je leur consacre tout mon temps libre.

— Pour l'instant. Mais Roslyn ignore si cela continuera. Un homme l'a déjà bouleversée, il n'est donc pas étonnant qu'elle se méfie. Tu dois respecter son envie d'être seule pour l'instant et lui laisser le temps d'aviser.

Il faillit rétorquer qu'il ne comprenait pas du tout pourquoi elle avait besoin d'indépendance, alors qu'il se réjouissait tant de prendre soin d'elle. Mais brusquement, il comprit qu'il n'était qu'un idiot : Roslyn ne venait-elle pas de fuir un homme qui ne pensait qu'à contrôler sa vie ? Il n'était pas question qu'il lui donne une nouvelle raison de se sauver.

— Tu as raison, maman, seulement, je m'inquiète…

Maureen contourna sa table de travail pour se planter devant lui.

— Tu t'inquiètes pour quoi ?

— Eh bien… Roslyn n'a toujours pas dit à son père qu'elle était ici. Je pensais qu'elle l'appellerait pour lui annoncer la naissance du bébé, mais non ! J'imagine quand même que cet homme serait soulagé d'apprendre qu'elle et l'enfant vont bien. Elle est très entêtée, à ce sujet.

— Tu lui en as déjà parlé ?

— Une fois, oui. Sans succès. Elle a éludé le sujet.

Maureen lui posa la main sur l'épaule.

— Chandler, tous les pères ne sont pas aussi aimants que le tien l'était. Ne l'oublie pas et respecte la volonté de Roslyn.

Il secoua la tête.

— Tu nous as toujours répété que l'amertume était comme un poison. Que la porter en soi rendait malade. Aurais-tu changé d'avis ?

Sa mère s'affala alors doucement dans le siège à côté du sien, puis se frotta les yeux. À cet instant, il se retint de la serrer très fort dans ses bras et de l'assurer que lui et tous ses frères et sœurs n'avaient pas oublié la perte qu'elle avait subie.

— Ah, Chandler ! Parfois, je n'en reviens pas moi-même de constater à quel point Joël me manque.

Laissant retomber ses mains, elle lui adressa un sourire fatigué.

— Depuis la mort de ton père, je m'efforce de ne pas être amère, mais parfois le ressentiment me saisit à l'improviste… et alors, je ne me sens pas particulièrement bienveillante… Tu as peut-être raison concernant Roslyn, il vaudrait peut-être mieux qu'elle éclaircisse la situation avec son père. Je ne sais pas… Mais j'ai une certitude : tu le regretteras, si tu ne la laisses pas agir à sa guise.

L'argument était implacable : Roslyn et Evelyn étaient devenues le centre de son monde, et il était hors de question de braquer la jeune femme contre lui. Il devait la convaincre qu'elle avait besoin de lui dans sa vie, autant que lui d'elle.

- 11 -

Quitter Three Rivers s'était apparenté à un véritable crève-cœur pour Roslyn, les Hollister étant devenus sa famille. Quant à Chandler… Eh bien, chaque fois qu'elle pensait à lui, un nœud d'émotion lui serrait la gorge et elle éprouvait le désir fou de le voir.

Aujourd'hui, deux semaines après son départ, elle se demandait encore si elle avait pris la bonne décision en louant un appartement en ville, au lieu de rester au ranch où elle était si bien entourée.

Seulement, dès le début, elle avait convenu avec Maureen qu'elle ne demeurerait pas chez elle très longtemps après la naissance de son bébé, juste le temps de récupérer. Le moment était donc venu pour elle de s'en aller, sans quoi elle aurait eu l'impression de profiter de cette famille si généreuse, même si Chandler lui avait quasiment fait une scène pour qu'elle reste.

Toutefois, cette querelle ne s'était pas passée comme elle l'espérait, en ce sens qu'il n'avait pas une fois prononcé le mot *amour*. Il ne lui avait même pas dit qu'il ne pouvait pas vivre sans elle et Evelyn, or il n'en aurait pas fallu davantage pour qu'elle renonce à déménager. Mais il n'avait pas fait allusion à un éventuel avenir ensemble, s'obstinant à répéter qu'elle devait rester au ranch où de nombreuses personnes pouvaient l'aider.

Poussant un soupir, elle constata qu'Evelyn s'était

endormie en tétant. Au rythme où elle grandissait, sa fille ne pourrait bientôt plus dormir dans le couffin où elle venait de la déposer. Elle avait tout de même un peu de temps devant elle avant de l'installer dans la chambre en face de la sienne.

L'appartement qu'elle avait loué se trouvait dans une vieille bâtisse qui avait du cachet, et elle chinait ici et là des meubles, des tapis et des objets de décoration afin de se constituer un intérieur douillet. La chambre d'Evelyn était lumineuse, meublée de blanc et ornée de rideaux en mousseline jaune.

Oui, Evelyn et elle étaient à présent dans leur petit cocon, se disait-elle en sortant du salon, comme elle l'avait décidé depuis le début, sauf qu'elles n'étaient pas à Redding, mais à Wickenburg, c'est-à-dire encore bien loin de leur destination finale. Mais cela viendrait plus tard.

Dans combien de temps au juste, Roslyn ? Quand Evelyn aura trois ou quatre mois ? Ou te faudra-t-il un an pour puiser en toi le courage de partir loin des Hollister – et plus précisément d'un Hollister ? L'affable vétérinaire aux cheveux de jais et aux yeux bleu azur dont le sourire te fait littéralement fondre. Il faut pourtant que tu l'oublies. Bien sûr, il apprécie ta compagnie, mais il ne s'engagera jamais dans une liaison sérieuse avec toi. Jamais il ne t'aimera.

S'efforçant de chasser cette petite voix moqueuse qui résonnait dans sa tête, elle se rendit dans la cuisine pour se préparer à manger. Elle n'avait pas d'appétit, mais elle devait penser à sa fille qui elle n'en manquait pas et tétait goulûment.

Elle regardait ce qu'elle avait en stock quand on sonna à sa porte.

Ce devait être Katherine. Elle se précipita pour ouvrir… et se retrouva nez à nez avec Chandler.

C'était la troisième fois qu'il lui rendait visite depuis son emménagement et chaque fois, sa simple vue lui mettait du baume au cœur. Même s'il ne l'aimait pas et qu'il était incapable de s'engager, elle avait envie de passer autant de temps que possible en sa compagnie. C'était sans doute une folie de sa part, mais elle n'y pouvait rien.

Ouvrant la porte en grand, elle lui adressa un sourire radieux.

— Tu veux bien accueillir un visiteur à l'improviste ? demanda-t-il.

Elle lui tendit la main pour l'entraîner à l'intérieur.

— Tu n'as pas besoin d'invitation pour venir chez moi, répondit-elle.

Il brandit un grand sac brun d'une main et un autre aux motifs enfantins de l'autre.

— J'ai apporté un cadeau à Evelyn. Et un dîner pour nous. J'espère que tu n'as pas encore pris ton repas.

Il lui tendit le petit sac et elle jeta un coup d'œil à l'intérieur : elle y vit une adorable robe à carreaux blancs et roses, avec un col en dentelle.

— Chandler, il était inutile d'apporter un nouveau cadeau à Evelyn. Sa chambre déborde déjà de toutes les peluches et jouets que tu lui as offerts.

— Les petites filles adorent les robes. Elle n'en aura jamais trop !

— Evelyn a un mois, lui rappela-t-elle. Elle ne sait pas ce qu'elle porte.

Chandler se mit à rire.

— C'est vrai, mais dans des années, quand elle verra des photos d'elle bébé, elle sera ravie.

— Quelle délicieuse odeur ! enchaîna-t-elle en se penchant cette fois sur l'autre sac. Cela ne pouvait pas mieux tomber car je ne savais vraiment pas quoi préparer. Installons-nous dans le salon !

— Entendu, mais pas avant que j'aie vu ma petite Evelyn. Elle dort ?

— Oui, je viens juste de la mettre dans son couffin, mais tu peux la contempler, cela ne la réveillera pas.

Il se dirigea alors vers la chambre, et elle remarqua qu'il portait un jean et une chemise anthracite, preuve qu'il avait dû se changer à la clinique avant de venir les voir. Ce soir, il était plus beau et attirant que jamais…

— Oh ! mais elle grandit à toute vitesse ! s'exclama-t-il à voix basse, penché sur le couffin.

— Tu n'exagères pas un peu ? Ta dernière visite remonte à trois jours.

— Je t'assure que j'ai l'impression qu'elle a grandi et forci. Dans peu de temps, elle va nous surprendre en enjambant toute seule le bord de son couffin.

Nous… Sans doute était-ce ridicule, mais ce simple pronom donnait à Roslyn l'espoir qu'il avait envie de construire un avenir avec Evelyn et elle.

— Non, dit-elle en riant. Il faudra encore attendre de longs mois.

— Qu'est-ce que tu en sais ? Ce sera peut-être une *superwoman*. Comme sa mère, ajouta-t-il en lui enlaçant la taille qui, soit dit en passant, redevenait chaque jour un peu plus normale.

Même s'il avait de plus en plus de gestes d'affection

envers elle depuis la naissance d'Evelyn, il s'arrêtait toujours avant qu'ils soient emportés par un feu incontrôlable. Était-ce parce qu'il la laissait récupérer de l'accouchement ou bien souhaitait-il maintenir une prudence distance entre eux ? En tout état de cause, chaque fois qu'il la prenait dans ses bras, elle sentait tout son corps s'enflammer.

— Quel effet cela fait-il d'être dans une maison occupée par deux *superwomen* ? lança-t-elle.

Il émit un petit rire sexy avant de se pencher… Elle sentit tout son être vibrer d'anticipation et posa les mains sur ses larges épaules…

Il lui donna un baiser ardent qui lui laissa le goût d'une promesse sur les lèvres, si bien qu'elle faillit l'embrasser à nouveau lorsqu'il releva la tête. Mais elle ne voulait pas lui forcer la main, aussi déclara-t-elle :

— Allons dîner avant que la délicieuse nourriture que tu as apportée refroidisse et qu'Evelyn se réveille.

Elle crut apercevoir un éclair de frustration dans ses prunelles bleues, mais au lieu d'épiloguer, il lui sourit et répondit :

— Tu as raison. Faisons en sorte que tu ne sois pas interrompue pendant le repas.

Quand Evelyn se réveilla, Chandler se leva d'un bond, même si Roslyn venait de finir son assiette.

— Ne bouge pas, je m'en occupe, dit-il, ravi à l'idée de prendre le bébé en pleurs dans ses bras pour le consoler.

— Il faudra certainement changer sa couche…

Il fit mine d'être offensé par l'insinuation.

— Roslyn, je sais gérer un chat qui feule toutes

griffes dehors, alors un adorable petit bébé ne m'effraie absolument pas.

Elle laissa fuser un rire.

— Désolée, j'avais oublié quelle était ta spécialité.

Après l'avoir sortie de son couffin, il emmena Evelyn dans la chambre qu'elle occuperait plus tard et où se trouvait la table à langer, entre un berceau et une commode assortie.

Il attachait les languettes de la couche propre quand il s'aperçut que Roslyn l'observait depuis le seuil. Il redoubla d'application en enfilant sa grenouillère à Evelyn, puis l'enveloppa dans une couverture claire, avant de la placer dans le creux de son bras gauche.

— Tu vois, c'est à peine si elle a poussé un léger gémissement, lui dit-il, tout fier de lui.

— Où as-tu appris à si bien t'occuper d'un bébé ? Et ne commence pas à me parler de chatons ou de chiots, cela n'a rien à voir !

— Pour être honnête, je me suis souvent occupé de Hannah, après l'accouchement de Vivian. Elle était terrifiée à l'idée de commettre une erreur.

— Ah bon ? Le soir où je l'ai rencontrée, au ranch, elle semblait rayonner de confiance en elle.

— Aujourd'hui, c'est effectivement le cas, mais il y a des années, quand son crétin d'ex-mari a fui le ranch sans la prévenir ni laisser le moindre mot, cela l'a beaucoup ébranlée. Elle ne se sentait plus capable de rien, et pas seulement en ce qui concernait Hannah. Holt, Joseph et moi l'avons beaucoup entourée et aidée, jusqu'à ce qu'elle se réveille et comprenne qu'elle n'était pas désarmée, juste divorcée.

— Hannah a treize ans maintenant, reprit Roslyn,

mais visiblement, tu n'as pas oublié comment changer une couche.

— C'est comme le vélo, répondit-il avec le sourire, cela ne s'oublie pas.

Elle éclata de rire.

— Allons prendre le café au salon, maintenant.

— Ce qui veut dire que je dois reposer Evelyn, soupira-t-il.

— On peut la caler sur un coussin à côté de toi, sur le canapé, suggéra-t-elle.

— Ce n'est pas comme la tenir dans les bras.

Elle roula des yeux.

— Tu vas finir par en faire une enfant trop gâtée !

Et alors, n'était-ce pas à cela que servaient les pères ?

Il se contrôla à temps pour ne pas prononcer cette phrase : il n'était pas le père d'Evelyn, il en avait seulement l'impression et tout en lui voulait l'être. Toutefois, tenir de tels propos à haute voix supposait de s'engager sérieusement : était-il prêt à exposer ainsi son cœur ?

S'éclaircissant la voix, il déclara :

— Evelyn ne sera pas une enfant trop gâtée, juste aimée et protégée.

Le petit corps tout chaud contre son torse lui procurait une sensation qu'il n'avait jamais éprouvée. Il lui donna un baiser sur le haut du crâne et comprit alors pourquoi ses frères étaient si heureux : Joe et Blake avaient tout ce qu'un homme pouvait désirer.

Une fois qu'ils eurent fini le dessert, Roslyn s'efforça de maîtriser la nostalgie qui l'avait envahie en entendant Chandler lui raconter tout ce qui s'était passé à la clinique et au ranch depuis sa dernière visite.

Il n'était pas question qu'elle lui montre que son déménagement en ville était une erreur. Pourtant, elle se sentait quelquefois si seule qu'elle se demandait si elle n'avait pas poussé un peu trop loin son désir d'indépendance. La vie au ranch, entourée des Hollister, avait-elle mis un frein à son envie d'autonomie ?

Allons, elle devait cesser de se mentir : ce qui la retenait ici, c'était Chandler. Or ce dernier n'envisageait pas du tout de faire passer leur relation à un stade supérieur.

— Evelyn s'est rendormie, dit-il en effleurant ses cheveux tout fins. Je devrais peut-être la remettre au lit.

Sa tendresse envers Evelyn était tout simplement désarmante. La façon dont il la berçait, lui fredonnait des chansons, lui parlait, remplissait Roslyn d'émotions douces-amères. Sa fille aurait-elle un jour un père qui l'aimerait autant que Chandler semblait le faire ?

Peu désireuse de s'attarder sur cette question, elle se leva de son fauteuil.

— Très bien, dit-elle. Porte-la dans son couffin, je vais ranger la cuisine pendant ce temps.

Quelques instants plus tard, alors qu'elle mettait la dernière assiette dans le lave-vaisselle, Chandler la rejoignit.

— Elle semble endormie, l'informa-t-il. Tu as besoin d'aide ?

— Non, j'ai fini.

Un silence gêné emplit soudain la pièce. S'appuyant contre le chambranle, il enfouit les mains dans les poches de son jean.

— Quelque chose ne va pas ? s'enquit-elle.

— Non, je me demandais juste ce que cela te fait, d'habiter ici, juste avec Evelyn.

Elle haussa les épaules et s'avança vers lui.

— Je t'ai déjà dit que ça me plaisait. L'appartement est cosy et fonctionnel, et suffisamment spacieux pour nous deux.

Il plissa les yeux tout en scrutant son visage.

— Ce n'est pas ce que je veux dire.

— Si tu me demandes si je me sens parfois un peu seule, je mentirais en te répondant par la négative. Après avoir vécu à Three Rivers et connu l'effervescence qui caractérise une grande famille, cet appartement me semble bien calme. Mais vivre ici est bon pour moi.

Du moins voulait-elle s'en convaincre !

— Tu en es certaine, Roslyn ? Dans ce cas, pourquoi ta voix tremble-t-elle et pourquoi ai-je l'impression que tu es au bord des larmes ?

Parce qu'elle se sentait complètement désarmée devant cet homme qu'elle aimait de tout son cœur et qui jamais ne lui rendrait cet amour.

— Pas du tout ! mentit-elle. C'est juste que je suis émue chaque fois que j'évoque Three Rivers. Je me suis beaucoup attachée au ranch quand j'y vivais.

Là, elle disait bien la vérité. Quoi qu'il arrive entre Chandler et elle, jamais elle n'oublierait le formidable clan Hollister et son magnifique ranch.

Il poussa un léger soupir avant de renchérir :

— J'espérais que c'était à moi que tu t'attacherais.

Elle ne s'attendait pas à une telle réplique.

— C'est aussi le cas, répondit-elle sans le regarder.

Se détachant du chambranle, il se rapprocha et elle sentit son cœur battre comme un fou.

— Difficile à croire, Roslyn. Je t'ai demandé de rester et tu as refusé.

Était-ce de la déception qu'elle lisait dans ses yeux ou juste de la frustration ?

Elle secoua la tête.

— Je t'ai déjà expliqué que j'avais besoin de vivre seule pendant quelque temps. Pourquoi reparles-tu de cela ce soir ? On a déjà décortiqué tous les aspects du sujet avant mon départ.

À cet instant, il plaqua les mains sur ses reins et l'attira contre lui.

— Non, on n'a rien réglé du tout. Enfin, pas complètement. Parce que, alors, je ne parvenais pas à… te dire ce que j'éprouve réellement.

— Je suis restée deux semaines après la naissance d'Evelyn, tu as eu de nombreuses occasions de me parler…

Il toussota avant de répondre, tout contre son oreille :

— C'est vrai, mais je ne l'ai pas fait… Je ne pouvais pas te montrer combien je te désirais, combien j'avais envie de te faire l'amour.

À ces mots, elle se sentit vaciller et s'agrippa d'instinct à sa chemise.

— Pourquoi ne pouvais-tu pas ? demanda-t-elle d'une voix lourde de désir, en se cambrant légèrement.

Il resserra son étreinte.

— Parce que tu venais d'accoucher. Je voulais te laisser le temps de te remettre.

Spontanément, elle noua les mains autour de son cou.

— Tu aurais dû me dire ce que tu ressentais pour moi, Chandler.

Enfouissant les mains dans ses cheveux, il plongea les yeux droit dans les siens. À peine quelques centimètres séparaient leurs lèvres, et elle sentit sa respiration se faire plus courte.

— Cela aurait-il changé quoi que ce soit ?

— Tout ! Le fait de savoir que, d'une certaine façon, j'étais importante pour toi aurait…

— Pas juste d'*une certaine façon*. Importante, point.

Il ne lui avait pas encore exactement avoué son amour, mais il en avait assez dit.

— Oh ! Chandler ! s'écria-t-elle.

Enserrant son visage entre ses mains, elle se mit à le couvrir de baisers sur les joues, le nez, le coin des lèvres… À cet instant, il captura les siennes et l'embrassa avec une telle fougue qu'elle en oublia tout…

— Je te désire tant ! chuchota-t-il en écartant sa bouche de la sienne.

— Viens ! dit-elle sur le même ton.

Et elle l'entraîna dans sa chambre.

— Mais la petite…

— Elle n'en saura jamais rien, répondit-elle avec un sourire espiègle. Mais si tu préfères, je vais la déplacer à l'autre bout de la pièce.

Quand elle revint, il la prit dans ses bras et la déposa au milieu du lit. Elle se mit à rire.

— Tu n'as pas l'impression que je suis un peu trop habillée ?

— Ne t'inquiète pas, chaque chose en son temps.

Le cœur battant, elle le regarda d'abord se déshabiller. Il garda seulement son caleçon noir… Son corps musclé était exactement comme elle l'avait imaginé et sa peau, aussi bronzée que dans ses fantasmes.

S'agenouillant au-dessus d'elle, il entreprit de la dévêtir puis, une fois son chemisier déboutonné, suivit du doigt le bord en dentelles de son soutien-gorge avant de prendre en coupe sa voluptueuse poitrine.

— Je ne te montre pas exactement le meilleur de moi-même, murmura-t-elle. J'ai encore quelques kilos à perdre.

— Chut… Tu es la plus belle femme de la terre, Roslyn, affirma-t-il en lui ôtant à présent son jean.

Elle en profita pour enlever complètement son chemisier, puis il s'allongea près d'elle, la prit dans ses bras et s'empara fiévreusement de sa bouche, tout en dégrafant son soutien-gorge… Il détacha alors les lèvres des siennes pour effleurer les pointes de ses seins et, au moment où elle crut qu'il allait en capturer une, ce fut vers sa bouche qu'il revint, la laissant sur le gril, frémissante de désir… Mais leurs langue se mirent bientôt à danser sur un rythme si intense que tout se mit à tournoyer également dans la pièce…

Bientôt, il fit rouler sa culotte sur ses cuisses et murmura :

— Tu es bien certaine, Ros ?

— Oui, sûre et certaine.

Elle ferma les yeux, entendit un bruit de papier froissé et, le temps de se demander où il avait pris le préservatif, elle le sentit en elle… Subitement, un concerto explosa dans sa tête, l'air lui manqua et elle sentit son monde chavirer…

D'instinct, elle s'agrippa à lui.

— Oh ! Chandler, Chandler…

— Oui, mon amour, oui…

Après lui, plus rien ne serait pareil, pensa-t-elle, et cette pensée lui fit presque venir les larmes aux yeux.

— Prends-moi, Chandler, prends-moi…

Il ne se fit pas prier longtemps et, en quelques coups de reins, l'emporta vers les cimes indicibles du plaisir…

De longues minutes plus tard, Chandler regardait les ombres danser sur les murs de la chambre, se demandant encore ce qui lui était arrivé. Faire l'amour avec Roslyn s'était apparenté à une incroyable tempête des sens qui l'avait laissé pantelant.

Dès le tout premier soir, il avait su que jamais il n'avait encore rencontré de femme comme elle, sans comprendre pourquoi elle éveillait de tels sentiments en lui. Cependant, en raison de sa grossesse, de son père, il s'était efforcé pendant de longues semaines de les étouffer, et de penser à elle comme à une personne qui requérait son aide. Mais cela n'avait pas fonctionné. Deux mois avaient passé et il ne pouvait plus nier qu'il l'aimait éperdument. Mais que leur réservait l'avenir ? Allait-elle rester auprès de lui, avec son adorable petite fille qu'il considérait déjà comme la sienne ? Bon sang, comment avait-il pu ouvrir les barrières autour de son cœur tout en ignorant ce que leur réservait l'avenir ?

Le doux contact des doigts de Roslyn dans son dos le ramena au présent et il roula sur le ventre pour approcher le visage tout près du sien.

— Tout va bien, Chandler ?

D'une main tremblante, il écarta les mèches qui barraient son visage d'ange et s'efforça de lui sourire.

— Oui, ma douce. Je reprends juste mon souffle… Et puis c'est moi qui devrais te poser cette question, tu ne crois pas ?

À cet instant, elle se cambra et, quand ses seins effleurèrent son torse, il sentit le désir renaître instantanément en lui. C'était complètement fou ! Jamais il ne pourrait se rassasier d'elle…

— Oh ! moi, je vais plus que bien… C'est juste que…

— Tu regrettes ? s'enquit-il, tout à coup affolé par l'incertitude qu'il lisait dans ses yeux.

— Non, absolument pas. Je voulais juste te dire que… je t'aime.

Il s'immobilisa, sous le choc, le cœur cognant à tout rompre.

— Tu m'aimes ? Roslyn, ce qui vient de se passer entre nous était fantastique…

— Mais tu n'es pas obligé de partager mes sentiments, le coupa-t-elle. Ni de te justifier.

Elle roula sur le dos et, les yeux rivés au plafond, poursuivit :

— Après la grave erreur que j'ai commise avec Erich, je préfère que l'on soit sincères l'un avec l'autre.

Il se redressa sur un coude.

— Que veux-tu dire ? Moi non plus, je ne veux rien te cacher. Et si tu avais gémi moins fort tout à l'heure, tu aurais entendu mon « je t'aime ».

Elle ouvrit de grands yeux étonnés.

— C'est vrai, Chandler ? Tu m'aimes ? Je…

Il attendit la suite, mais des larmes roulèrent sur ses joues à la place.

— Roslyn, pourquoi pleures-tu ? Que se passe-t-il ?

Elle tourna la tête d'un côté puis de l'autre sur l'oreiller avant de bredouiller :

— Parce que… J'ai peur que tout cela ne soit qu'un rêve. De me réveiller et de trouver la place vide dans le lit, à mes côtés.

Avait-elle si peu confiance en elle qu'elle ne voyait pas qu'il l'adorait ?

— Oh ! Ros, ma chérie, comment peux-tu avoir de telles pensées ? Je suis bien là, avec toi, et je n'ai pas l'intention de te quitter, ni de te laisser partir.

Mais ces paroles ne parvinrent pas à chasser le doute dans ses yeux noisette noyés de larmes.

— Tu as déjà une vie merveilleuse, Chandler. Une grande famille aimante. Un travail qui te passionne, des amis qui te sont dévoués. Tu n'as pas besoin de moi dans ta vie, ni d'Evelyn. D'autant que tu peux séduire toutes les femmes que tu veux.

Dans un grognement, il l'attira à lui.

— Quand bien même tu dirais vrai, une seule m'intéresse : toi.

— Je ne comprends pas pourquoi. Je suis une fugitive avec bien trop de bagages et de cicatrices. Mon père me dit toujours qu'il faut que je grandisse ou je ne garderai jamais un homme.

L'enlaçant étroitement, il répliqua :

— Je crois que ton père devrait régler ses propres problèmes avant d'édicter de telles sentences. Mais nous reparlerons de lui plus tard. Pour l'instant, je n'ai pas envie de gâcher le reste de la nuit à m'étendre sur ce sujet…

Elle lui sourit et il sentit son cœur se gonfler de bonheur.

— C'est vrai, je préfère que ce soit sur moi que tu t'étendes, reprit-elle dans un murmure.

Sans perdre une seconde, il obtempéra et l'embrassa, avec la sensation, pour la première fois de sa vie, de goûter à l'amour avec un grand A.

- 12 -

Le lendemain matin, quand Chandler arriva à la clinique, elle était déjà assaillie de monde et qui plus est, Cybil avait du retard à cause de la voiture de sa sœur, qui n'avait pas démarré et qu'elle avait dû conduire chez le mécanicien.

Il ne pensait pas avoir terminé toutes ses consultations à l'heure du déjeuner, et pourtant, le petit miracle eut lieu. Lorsqu'il annonça à Loretta qu'il allait déjeuner en ville et reviendrait pour 13 heures, elle ouvrit de grands yeux incrédules, mais n'émit aucun commentaire – pas plus qu'il ne lui livra la moindre information.

Quelques minutes plus tard, alors qu'il montait l'escalier qui menait à l'appartement de Roslyn, il entendit les cris furieux d'Evelyn. Au moment où la porte s'ouvrit, la petite fille s'était un peu calmée et ne hurlait plus que par intermittence.

Roslyn lui adressa le plus grand des sourires, de toute évidence pas le moins du monde perturbée par le chahut.

— Entre vite, Chandler, avant qu'Evelyn ameute tout le quartier !

Et elle lui saisit le bras pour qu'il franchisse le seuil.

— Elle doit avoir très faim pour crier aussi fort, dit-il une fois dans le hall d'entrée.

Roslyn secoua la tête.

— Je viens de l'allaiter. Non, elle est juste furieuse parce que je l'ai sortie du bain et habillée.

Chandler éclata de rire.

— Oh ! nous avons déjà affaire à une petite diva qui ne veut pas qu'on la dérange dans sa baignoire remplie de bulles !

Elle se mit à rire et se hissa sur la pointe des pieds pour recevoir un baiser. Au contact de sa bouche, les souvenirs de la nuit passée lui revinrent d'un coup, et au rose qui colora ses joues, il comprit qu'elle aussi se souvenait de leurs ébats insensés.

— Quelle bonne surprise ! dit-elle d'une voix sensuelle. Comment as-tu fait pour te libérer à l'heure du déjeuner, aujourd'hui ?

— Ce doit être la pleine lune : tous mes patients à quatre pattes étaient coopératifs, ce matin.

Glissant un bras sous le sien, elle proposa de lui préparer à manger, mais il déclina.

— Je dois être de retour à 13 heures et il faut que je te parle.

— Juste me parler ? reprit-elle en prenant un air faussement effarouché.

— Pour l'instant, oui, répondit-il avec un sourire avant d'ajouter sur un ton suggestif : Mais ce soir, ce sera peut-être différent.

— Je le prends comme une promesse, déclara-t-elle d'un ton enjoué. Assieds-toi, je t'en prie, je vais coucher Evelyn dans son couffin.

— Entendu, dit-il, regrettant de n'avoir le temps de l'accompagner dans la chambre pour profiter un peu plus du bébé.

Une fois assis, il tâta sa poche et fut soulagé de

constater que la petite boîte qu'il avait glissée à l'intérieur y était toujours…

— Miracle ! s'exclama Roslyn en rentrant dans le salon. Elle a fermé les yeux dès que je l'ai posée dans son couffin.

— Parfait. J'ai donc toute ton attention. Viens t'asseoir près de moi.

Elle obtempéra puis se tourna vers lui.

— Eh bien, de quoi s'agit-il ? Tu veux que je revienne à la clinique pour vous aider ?

— Euh… Evelyn n'a que deux mois et je sais que tu veux passer un peu de temps avec elle avant de la confier à une nourrice.

— J'adore travailler à la clinique, tu sais. Mais cela dépendra de toi, bien sûr !

— C'est justement ce dont je suis venu te parler. De ce que je souhaite. Pour toi, moi et Evelyn.

Elle entrouvrit la bouche, le regardant avec intensité.

— Que veux-tu au juste ? Me demander de revenir à Three Rivers avec Evelyn ?

— Exactement. Je te demande de revenir en tant que mon épouse.

— Ton épouse ? répéta-t-elle d'un ton ahuri.

— Oui, et je veux qu'Evelyn soit ma fille.

Sans transition, il sortit l'écrin de sa poche et l'ouvrit, sous le regard éberlué de Roslyn. Alors il ajouta dans la foulée :

— Roslyn DuBose, veux-tu m'épouser ?

Elle émit un son qui tenait à la fois du rire et du sanglot.

— Ce n'est pas parce qu'on a couché ensemble que tu dois te sentir obligé de…

— Obligé ? J'y pense depuis que l'on s'est rencontrés, le premier soir.

— Arrête, Chandler, sois sérieux.

— Je le suis ! Sincèrement… Tu sais, si la bague ne te plaît pas, tu peux en choisir une autre.

Elle regarda le diamant taille émeraude, flanqué de deux autres diamants ronds plus petits, et s'exclama :

— Il est d'une incroyable beauté, Chandler. Et la taille est parfaite. Mais tu es bien sûr de…

— Je t'aime, Roslyn. J'aime Evelyn. Rien ne me comblerait davantage que de partager votre vie.

— Oh ! Chandler, je t'aime tant ! Je le veux aussi.

Alors, nouant les mains autour de son cou, elle l'embrassa ; il lui rendit son baiser, et il lui sembla que le monde tournait soudain à merveille sur son axe.

Il finit par se détacher de ses lèvres et posa la joue contre la sienne.

— Je te promets de ralentir à la clinique, lui dit-il. On va être si heureux, ensemble ! Il faut qu'on fixe une date au plus vite. Enfin, je suis bien sûr conscient que l'organisation prend un certain temps et que…

— Rassure-toi, je ne veux pas d'une cérémonie en grande pompe ! Un mariage au ranch, avec ta famille, voilà qui ferait mon plus grand bonheur.

— Cela me semble parfait. Justement, en parlant de famille… Je veux vraiment que tu reprennes contact avec ton père pour lui annoncer la naissance d'Evelyn.

— Pardon ? se récria-t-elle.

Et son expression passa de la douceur à la révolte.

— Tu me demandes de contacter mon père ? Après tout ce que je t'ai raconté sur lui ? Je n'arrive pas à le croire, Chandler.

Là-dessus, elle se leva et commença à faire les cent pas dans le salon.

— Je ne vois pas en quoi ma demande est outrageuse, Roslyn. C'est tout de même sa petite-fille...

— Je ne suis pas inhumaine, Chandler, l'interrompit-elle. C'est mon père qui l'est, et il se fiche pas mal de mon bonheur. Ce serait introduire le serpent au paradis.

— Pour qui me prends-tu, Roslyn ? Crois-tu que je ne serai pas capable de te défendre ?

Elle le regarda, confuse.

— Non, bien sûr, là n'est pas la question. Mais...

— Il n'y a pas de « mais » qui tienne ! Je vais devenir ton mari, et tout cela m'affecte aussi. Tes problèmes sont également les miens, et je ne vois pas comment tu pourrais être complètement sereine sans te réconcilier avec ton père. Enfin, Roslyn, il ne sait même pas où tu es.

— C'est pour le mieux !

— Ça ne va pas pouvoir fonctionner comme ça !

— Entièrement d'accord avec toi ! renchérit-elle d'un ton plus dur. Je viens juste de me libérer de l'emprise d'un homme, ce n'est pas pour tomber sous celle d'un autre. Personne ne me dictera ma conduite !

Et dire que cette journée avait si bien commencé, pensa Chandler. Le ciel était d'un bleu vif, la brise aussi fraîche qu'une fleur printanière. Il adorait son métier et comptait demander officiellement à celle qu'il aimait depuis le premier jour de devenir sa femme...

Les contes de fées n'existent pas, Chandler, ne le sais-tu pas encore ? Et visiblement, l'amour que Roslyn prétend te porter n'est pas réel non plus.

Mû par une subite colère, il se leva.

— Je commence à croire que ton père a raison, Roslyn. Tu es immature, déclara-t-il. Bien trop pour moi, en tout cas.

Elle ouvrit la bouche pour rétorquer, mais il en avait assez entendu ! Sans lui laisser le temps de répondre, il se dirigea d'un pas furieux vers la porte.

— Tiens, reprends ça, je n'en veux pas ! s'écria-t-elle.

À cet instant, il sentit vaguement la bague lui heurter le dos puis l'entendit tomber par terre. Ce bruit métallique lui rappela le marteau d'un juge : leur histoire avait atteint sa conclusion, et ce n'était pas celle espérée.

— Je n'en veux pas non plus ! Ajoute-la à ta collection, répondit-il sans se retourner avant de se ruer hors de chez elle.

Roslyn se trouvait dans sa cuisine, affairée à ranger le contenu de ses placards dans de grands cartons, quand la sonnette retentit. Et si c'était Chandler ? Elle ne l'avait pas revu depuis sa demande en mariage, suivie de sa sortie mémorable, une semaine plus tôt… Non, impossible, ce serait bien la dernière personne qui viendrait sonner à sa porte !

À son grand soulagement, ce fut Katherine qu'elle découvrit sur le seuil.

— Kat ! Quelle bonne surprise ! s'écria-t-elle. Tu viens de sortir du travail ?

— Oui, et je voulais te faire un petit coucou avant de rentrer au ranch. Eh bien, comment va la petite Evelyn ?

— Elle dort. Tu peux aller la voir dans la chambre pendant que je nous prépare un café.

Quelques instants plus tard, alors que Roslyn versait

de l'eau dans sa machine à café, Katherine la rejoignit dans la cuisine, puis s'immobilisa tout net.

— Que se passe-t-il ici ? Tu n'envoies tout de même pas tout cela à une association caritative ?

— Non… En fait, je fais mes cartons.

— Ah bon ? Tu as trouvé un autre appartement qui te plaît davantage ?

Sans regarder celle qui était devenue aussi proche qu'une sœur durant son séjour au ranch, elle répondit :

— Non, je… je quitte Wickenburg. Je pense qu'il est temps pour moi de partir pour Redding et de m'installer dans la propriété de ma mère.

— Ça alors, je ne m'attendais pas à ce que tu partes ! Tout le monde t'aime beaucoup, ici. Et puis… Bon, je ne suis pas censée te le dire, mais Maureen est en train d'organiser une *baby shower* pour toi. Avec un peu de retard étant donné que le bébé est né avant la date prévue. Elle l'a prévue pour samedi prochain et elle voulait te faire la surprise.

Comment Maureen, qui n'avait pas un moment à elle, avait-elle trouvé le temps d'organiser une telle fête ? D'autant qu'elle ne la méritait absolument pas, encore moins depuis que tout était terminé entre Chandler et elle…

Incapable de contenir une seconde de plus toute l'angoisse qui l'étouffait, elle enfouit le visage dans ses mains pour cacher ses larmes.

— Oh ! Kat, c'est affreux, affreux !

La prenant par les épaules, Katherine la fit asseoir sur une chaise.

— Que s'est-il passé ? Raconte-moi.

Alors, entre deux lourds sanglots, elle lui décrivit

comment la demande en mariage s'était soldée par une dispute au sujet de son père.

— J'ai tout gâché, Kat, mais si je reprends contact avec mon père, ce sera la fin de tout pour moi... Chandler m'a placée dans une position où je suis perdante sur toute la ligne.

— Allez, le café est prêt, tu vas en boire une tasse et tu te sentiras mieux.

— Merci sincèrement de rester, même si tu sais maintenant à quel point j'ai dû blesser Chandler.

Elle secoua la tête en lui tendant sa tasse.

— Allons, que dis-tu là ? Je vois bien combien tout cela te torture, et franchement je suis abasourdie, car Chandler n'en a pas touché un mot à Blake ou Holt. Ils seraient déjà intervenus. Maureen n'est assurément pas au courant non plus. Elle planifie la fête comme si tout allait bien.

À ces mots, les larmes de Roslyn redoublèrent.

— C'est épouvantable, il faut que je la prévienne, mais je n'ai pas la force d'aller au ranch. Et puis elle va me haïr. Quant à Chandler, je ne peux pas l'affronter...

— Pour commencer, Maureen ne va pas te haïr. En revanche, je peux te certifier qu'elle sera très en colère si tu nous quittes sur une impulsion.

Roslyn sirota une ou deux gorgées de café, puis s'efforça de se donner une contenance.

— Je ne vois pas quel intérêt j'aurais à rester ici, commença-t-elle. Bien sûr, j'ai noué de fortes amitiés au ranch et à la clinique, mais si je ne pars pas, je ne pourrai pas oublier Chandler.

— Tu es certaine que c'est vraiment ce que tu veux ?

L'oublier ? Tu m'as dit tout à l'heure que tu l'aimais, en me racontant sa demande en mariage…

— Bien sûr que je l'aime ! Mais il ne me comprend pas, sinon il n'aurait pas insisté pour que je recontacte mon père.

Katherine lui adressa un petit sourire en lui tapotant gentiment la main.

— Sans doute ne te comprend-il pas complètement, mais je crois que c'est un peu réciproque.

— Que veux-tu dire ?

— Eh bien, Chandler est une bonne âme, si je puis m'exprimer ainsi. Il souhaite le bien-être et le bonheur de tous, animaux ou êtres humains. Il n'est absolument pas vindicatif ou malveillant. D'ailleurs, ses frères se plaignent qu'il est trop magnanime et lui reprochent de ne jamais se mettre en colère.

— Je peux t'assurer qu'avec moi, il n'a pas eu cet égard, dit-elle en repensant à sa fureur glaciale, quand il était sorti de chez elle.

— Il lui arrive de s'emporter, comme tout un chacun, mais de manière générale, il est soucieux des autres. Et je pense que la mort de son père l'a plus affecté que le reste de la fratrie.

— En quoi ? questionna-t-elle, surprise.

— Outre la ressemblance physique, il a la même personnalité que Joël et tout le monde, même Maureen, attend de lui qu'il se comporte comme son père.

— C'est trop exiger de lui, murmura-t-elle. Tout comme il en attendait trop de moi en voulant que je renoue avec le mien.

— Sans doute, mais je suis certaine qu'il voulait t'épargner de ressentir le même vide que lui, maintenant qu'il est orphelin de père. Il ne veut pas qu'il y ait d'ombres dans ta vie. Il est ainsi, il souhaite le meilleur pour ceux qu'il aime.

— Donc, tu es en train de m'expliquer que j'ai eu tort.

Katherine secoua la tête et prit sa tasse de café.

— Ce n'est pas à moi de te dire ce que tu dois faire, mais si tu aimes Chandler, tu ne devrais pas déménager.

— Justement ! Je l'aime trop pour l'entraîner dans une famille comme la mienne, qui n'en a jamais vraiment été une. Il mérite bien mieux, et notamment un beau-père qui l'acceptera avec plaisir au lieu de le rejeter.

— Oh ! Ros ! s'exclama Kat avec un petit rire désabusé. Si tu savais par quoi je suis passée avec mon père… Quand il a eu un AVC, je me suis longtemps demandé si je devais ou non m'occuper de lui, étant donné la vie affreuse que ma mère, mon frère et moi avions eue à cause de lui. En dépit de mes réticences, je suis revenue à Wickenburg et me suis installée chez lui avec Nick.

— Et comment cela s'est-il passé ?

— Il a survécu deux ans dans la plus grande dépendance, et je ne pensais pas que sa mort me dévasterait à ce point. J'ai fini par surmonter sa disparition, mais je continue à regretter toutes ces années où je n'ai eu aucun contact avec lui. J'ai compris qu'en l'aidant, je me suis rendu service à moi-même.

De nouvelles larmes roulèrent sur les joues de Roslyn.

— Je ne suis pas certaine d'être capable de secourir mon père et de l'amener à changer, mais sans doute n'est-il jamais trop tard pour essayer.

L'expression de Katherine s'éclaira d'un coup.

— Non, il n'est jamais trop tard.

Puis elle se leva, posa un carton sur le comptoir et commença à le vider.

— Que fais-tu ? demanda Roslyn d'un air ahuri.

— Je défais les cartons. Remettons rapidement tout cela en place avant qu'Evelyn se réveille.

Deux jours plus tard, la clinique avait fermé ses portes depuis un certain temps, mais Chandler et Trey travaillaient toujours dans l'écurie.

— On dirait que sa patte est en voie de guérison, non, Doc ?

Chandler examina à son tour la patte arrière du taureau.

— S'il n'a pas de fièvre cette nuit, je le renverrai demain à son propriétaire, déclara-t-il. Tu lui as fait une injection d'antibiotiques ?

— Oui, mais il a l'air nerveux, tu ne trouves pas ?

— Il a juste faim. Donnons-lui de la luzerne…

Alors que l'animal se nourrissait, il reprit :

— Si on se changeait pour aller faire un tour au Fandango ? Un vendredi soir, il y aura de l'ambiance, tu ne crois pas ?

Trey en laissa tomber le tuyau d'arrosage avec lequel il nettoyait ses boots.

— Doc, tout va bien ?

Réprimant une grimace, Chandler souleva son chapeau et se passa la main dans les cheveux. S'il allait bien ? Il avait l'impression d'avoir été piétiné par un troupeau entier, mais il avait besoin d'une soupape pour arrêter de broyer du noir.

— Oui, ça va, répondit-il alors que tous deux regagnaient la clinique. Pourquoi me regardes-tu comme si j'étais devenu fou ? Ça nous fera du bien de boire un verre ou deux et de danser un peu, non ?

— Euh… En fait, je ne crois pas que ce soit une bonne idée d'aller au Fandango. Je ne sais pas pourquoi, mais je finis toujours par me bagarrer, là-bas. Et puis, franchement, je ne te vois pas du tout dans ce bar dansant. De plus, Roslyn ne sera pas très contente d'apprendre que tu y traînes, et elle m'en voudra de t'y avoir entraîné, car c'est ce qu'elle pensera, forcément.

En entendant le nom de Roslyn, il sentit sa poitrine se serrer violemment. Deux semaines s'étaient écoulées depuis qu'il avait quitté précipitamment son appartement, et il ne parvenait pas à l'oublier – ni elle ni l'adorable petite Evelyn. Il n'arrivait pas non plus à se remettre du traumatisme, tout comme il était incapable de se projeter dans un avenir qui s'apparentait désormais à un puits noir et vide.

— En quoi cela regarde-t-il Roslyn ? maugréa-t-il.

Trey parut de nouveau surpris.

— Eh bien, en tout ! Je pensais que tu étais fou d'elle.

Cette fois, ce fut Chandler qui laissa échapper le dossier du taureau qu'il tenait à la main. Il s'écroula sur le divan où il avait délicatement déposé Roslyn, le soir où elle s'était évanouie dans sa Jaguar. Ce premier soir qu'il n'oublierait jamais, comme tous les autres passés en sa compagnie, des souvenirs qui lui rappelaient à quel point il avait été idiot.

— Écoute, je n'ai pas très envie de parler d'elle. Elle va déménager.

L'expression de déception qu'il lut à ce moment-là sur le visage de Trey lui donna un nouveau coup au cœur.

— Quoi ? Mais elle nous a assuré qu'elle reviendrait

travailler à la clinique quand le bébé serait un peu plus grand. Tu lui as dit que tu ne voulais pas la reprendre ?

— Non, pas du tout. Nous… Enfin, chacun de nous va suivre la voie qui est la sienne.

— Ah bon ? Moi qui croyais qu'entre vous, c'était pour la vie…

— Trey, rien ne dure jamais, tu ne le sais pas encore, à ton âge ? répondit-il d'un ton cynique. Surtout quand il s'agit des femmes.

— Raison de plus pour qu'on n'aille pas au Fandango…

— Bon sang, n'y a-t-il personne ici ?

Trey et lui sursautèrent et tournèrent la tête.

Joseph se tenait derrière la porte vitrée, dans son uniforme de shérif adjoint. Était-ce la fin ou le début de son service ? se demanda Chandler.

— Que se passe-t-il ? s'enquit-il de la voix la plus enjouée qu'il put. Tu viens nous arrêter pour mauvaise conduite ?

Joseph éclata de rire.

— Pas vraiment.

— Allez, entre.

— Non, j'ai très peu de temps, venez plutôt voir.

Il les entraîna alors vers son pick-up, d'où il sortit un chiot aux taches noires et blanches.

— C'est bien ce que je pense ? commença Chandler.

Son frère hocha la tête.

— Où l'as-tu trouvé ?

— Sur le bord de la route. Quelqu'un l'a abandonné, c'est certain, il n'a pas de collier. Et comme je sais que mon frère ne refuse jamais un animal errant…

Chandler prit la boule de poils que lui tendait son frère et la confia aussitôt à Trey.

— Tu sais quoi en faire, n'est-ce pas ? Il y a un box au fond du chenil. Tu peux l'installer là-bas.

— OK, Doc. Je vais m'occuper de ce petit gars.

Une fois que son assistant se fut éloigné, il demanda à Joseph :

— Alors, comment vont Tessa et Petit Joe ?

— Ils se portent à merveille. Ne le répète à personne pour l'instant, mais nous pensons qu'un deuxième bébé est en route. Je regrette tant que papa et la mère de Tessa ne soient plus là !

Chandler s'efforça de sourire.

— Formidable ! Maman sera ravie quand vous lui apprendrez la nouvelle.

— Je dois y aller, frangin, annonça alors Joseph en remontant dans son pick-up. Occupe-toi bien du chiot. Quand Evelyn commencera à marcher, elle aura une peluche vivante comme compagnon de jeu !

Levant la main pour dire au revoir, Joseph repartit et Chandler le regarda s'éloigner dans l'obscurité, pensif…

Leur père et la mère de Tessa étaient partis, personne n'y pouvait rien, mais celui de Roslyn était toujours en vie… Néanmoins, c'était à elle de décider de sa relation avec son père, pas à lui. Il avait eu tort de la pousser à renouer avec lui, d'autant que ces deux dernières semaines sans elle et Evelyn avaient représenté un cauchemar absolu. Ce qui comptait, c'était l'amour qu'il lui portait, non celui qu'elle éprouvait ou non pour DuBose père. Qu'est-ce qui lui avait pris ? Il aurait dû lui jurer amour et soutien en toutes circonstances au lieu de l'inciter à une réconciliation qu'elle refusait de toutes ses forces.

S'il retournait la voir et reconnaissait qu'il avait été

stupide et eu tort, lui pardonnerait-elle ? Lui donnerait-elle une nouvelle chance ? Il l'ignorait, mais s'il n'essayait pas, il ne le saurait jamais, et il laisserait passer sa chance de connaître le vrai bonheur.

- 13 -

Le lendemain matin, quand Chandler eut fini de soigner les chèvres avec Trey, il passa à la clinique pour changer de vêtements et se rendit sans attendre chez Roslyn. Qu'elle ne fut pas son soulagement en voyant sa Jaguar sur le parking ! *Elle n'avait pas fui.* Mais à qui appartenait le SUV noir garé à côté ? À en juger à sa plaque d'immatriculation, il s'agissait d'un véhicule de location. Une visite du Texas, peut-être ?

Son père ?

Qu'importait ! Il se fichait d'interrompre une éventuelle conversation. Tout ce qu'il voulait, c'était revoir la femme qu'il aimait ! Il ne repartirait pas sans avoir discuté avec elle et lui avoir fait comprendre qu'il ne pouvait imaginer une vie sans elle.

Bondissant hors du pick-up, il s'apprêtait à sonner quand il remarqua que la porte était entrouverte, ce qui était parfaitement inhabituel. Bon sang, mais que se passait-il ?

Il toqua contre l'encadrement de la porte pour attirer l'attention de Roslyn… Face à l'absence de réaction, il estima que les bonnes manières n'étaient plus de mise et entra précipitamment… Mais une fois dans le hall, il perçut la voix d'un homme, une voix glaciale qui le fit s'arrêter.

— As-tu la moindre idée de la situation dans

laquelle tu m'as mis, Roslyn ? Mesures-tu la honte qui est désormais attachée au nom DuBose à cause de ton comportement irresponsable ?

À brûle-pourpoint, il eut envie de se montrer et de plaquer l'homme au sol. Mais il se retint, comprenant que Roslyn détenait enfin l'occasion de s'expliquer avec son père.

— Je suis désolée que tu perçoives la situation sous cet angle, papa. Je t'ai appelé en espérant que, depuis mon départ, le temps avait fait son travail, que tu te serais adouci, que tu serais content de me revoir et de faire la connaissance de ta petite-fille. De toute évidence, je nourrissais de trop grands espoirs.

— M'adoucir ? Tu crois vraiment que c'est ainsi que l'on réussit, Roslyn, par la douceur ? Et tu voudrais de surcroît me faire passer pour le méchant, dans cette affaire ?

Le ton de DuBose vira au sarcasme quand il poursuivit :

— Alors que c'est moi qui ai dû justifier auprès de mes amis et collègues la disparition de ma fille ? Quelle impudence ! Je te préviens : quand on sera de retour à Fort Worth, tu feras exactement ce que je te dis. Ni plus ni moins.

Chandler avança d'un pas, dans l'intention de révéler sa présence, lorsque Roslyn prit la parole. Au prix d'un gros effort, il décida d'attendre.

— Je crois que nous ne nous sommes pas compris, papa. Je t'ai invité chez moi parce que je pensais que mon père avait le droit de voir sa petite-fille. Mais je n'ai nulle intention de revenir à Fort Worth ni de vivre à nouveau sous ton toit.

DuBose émit un rire méprisant.

— Que comptes-tu faire, au juste ? Utiliser l'argent que ta mère t'a légué pour t'acheter une maison ? Tu peux compter sur moi pour trouver un vice de procédure qui t'en empêchera !

— Si tu as besoin d'exercer ta toute-puissance aux dépens de la sécurité financière de ta petite-fille, vas-y, ne te gêne surtout pas ! répondit-elle avec dureté. Ma vie est ici maintenant, avec l'homme que j'aime et que je vais épouser. C'est tout ce qui compte pour moi.

À ces mots, Chandler sentit une joie pure l'inonder…

— Te marier ? Et avec qui ? Un col bleu au grand cœur et au compte en banque vide ? Je crois vraiment que…

C'en était assez ! Chandler entra dans le salon et se retrouva face à l'homme qui avait forcé Roslyn à fuir le Texas et l'avait menée directement dans ses bras.

Poussant une exclamation de surprise, elle s'avança vers lui.

— Chandler ! Je… je ne t'ai pas entendu sonner.

L'enlaçant par la taille, il répondit :

— La porte était entrouverte et, comme personne ne répondait quand j'ai frappé, je suis entré dans le hall.

— Donc, tu as entendu notre échange ? demanda-t-elle d'un ton incertain.

— Assez pour comprendre, lui assura-t-il d'une voix douce en espérant qu'elle pouvait lire dans ses yeux tout l'amour qu'il ressentait pour elle.

Puis il tourna son attention vers son père :

— Je suis le Dr Chandler Hollister, poursuivit-il. Et oui, je porte bien des chemises bleues, en général en denim, comme celle d'aujourd'hui, car ce sont les plus résistantes.

Subitement mal à l'aise, Martin DuBose s'éclaircit la voix.

— Dois-je en conclure que vous êtes le fiancé de ma fille, Dr Hollister ?

Roslyn lui saisit alors la main et, quand il vit briller à son doigt le diamant qu'il lui avait offert, il sut qu'elle lui avait déjà pardonné.

— Tout à fait.

— Chandler est vétérinaire, précisa-t-elle avec fierté. Lui et sa famille possèdent l'un des plus grands ranchs de l'État d'Arizona. Cela dit, ce n'est pas pour cette raison que je l'épouse, mais parce que c'est l'homme le plus affable et honorable que je connaisse. Et que je l'aime de tout mon cœur.

Son père parut abasourdi par cette déclaration. Leur tournant le dos, il alla se planter devant la fenêtre, à l'autre bout de la pièce.

— Je vois, finit-il par dire. Tu n'as plus besoin de moi.

Roslyn lança un regard incrédule à Chandler avant de répondre :

— J'ai besoin d'un père qui soit capable de m'aimer avec mes imperfections.

Quand ce dernier pivota sur ses talons, il comprit qu'elle finirait par avoir le père qu'elle méritait, même si cela devait encore prendre des mois, voire des années. Au moins, il y avait une chance pour que la réconciliation advienne.

À cet instant, Evelyn poussa un cri strident, brisant le silence gênant qui s'était abattu entre eux. Regardant Roslyn, il lui sourit.

— Je vais m'occuper de notre fille, dit-il. Ainsi ton père et toi pourrez parler tranquillement.

Épilogue

Roslyn jeta un coup d'œil dans le berceau, puis traversa la chambre pour venir se glisser près de Chandler, sous les draps.

— Notre fille s'est endormie avant même que j'aie enfilé mon pyjama, déclara-t-elle.

Puis, poussant un soupir de contentement, elle éteignit la lampe de chevet et posa la tête sur l'épaule de son mari.

— Je n'arrive pas à croire que le calme soit revenu au ranch, murmura-t-il.

Elle émit un petit rire.

— C'était une fête d'Halloween vraiment réussie. Et Evelyn a fait de son mieux pour être à la hauteur des jumeaux et de Petit Joe.

Âgée de six mois, elle était devenue un bébé joyeux avec de grands yeux marron, des fossettes et une chevelure châtain clair toute bouclée. Chandler l'adorait et parlait déjà de lui donner un frère ou une sœur.

— Dans peu de temps, elle marchera elle aussi et elle mènera la vie dure aux grands, prédit-il. Mais Hannah et Nick ont été les plus astucieux en s'éclipsant à l'étage avec un sachet de bonbons pour regarder *Les Munster*.

— Leur complicité fait chaud au cœur, renchérit-elle. C'est merveilleux que Vivian et Sawyer attendent enfin un bébé pour le printemps. Avec Tessa qui va accoucher d'un jour à l'autre, nous allons avoir encore de nombreuses choses à fêter pour Halloween.

— Oui, d'autant que toi et moi…

— Sommes plus heureux que je ne l'aurais jamais cru possible, termina-t-elle.

Elle avait épousé Chandler cinq mois auparavant, vivait à présent à Three Rivers et possédait tout ce dont elle avait toujours rêvé : un merveilleux époux et une grande famille unie. Chandler avait un peu allégé sa charge de travail en embauchant un second assistant, et en déléguant plus de tâches importantes à Trey. Roslyn avait en outre récemment repris son travail à mi-temps à la clinique.

Quant à son père, après avoir un peu renâclé, il avait finalement assisté à leur mariage. La cérémonie, aussi simple que merveilleuse, avait eu lieu sur la pelouse du ranch. Depuis, il était revenu deux fois à Three Rivers et, si tout était loin d'être réglé entre eux, leur relation s'améliorait.

Elle sentit soudain les doigts de Chandler sur son visage qu'il fit gentiment pivoter vers lui. Le clair de lune éclaira alors son petit sourire provocateur et il reprit là où elle l'avait interrompu :

— D'autant que toi et moi allons aussi bientôt agrandir notre petite famille.

Elle soupira.

— Petite ? J'ai l'impression que tu veux toute une tribu, oui !

Il se contenta de la contempler d'un air pensif.

— Pourquoi tu ne réponds pas ? insista-t-elle. Tu me crois incapable de gérer plus d'un enfant ?

— Absolument pas, même avec une seule main tu

pourrais en gérer six… Non, je pensais juste à maman et à tous ces nouveaux petits-enfants autour d'elle… Elle s'en réjouit, bien sûr, mais j'ai l'impression qu'elle nous cache quelque chose. En fait, j'en suis quasiment certain.

À cet instant, elle se redressa sur un coude.

— Je ne te l'ai pas dit, car je ne voulais pas t'inquiéter inutilement, mais l'autre jour je suis entrée dans son bureau pour lui transmettre un message de Reeva, et je l'ai trouvée en larmes.

— Ah bon ? Maman pleurait ? Au téléphone ?

— Non, elle ne faisait rien, elle se tenait devant la fenêtre. Cela ne lui ressemble absolument pas ! Quand je lui ai demandé ce qu'elle avait, elle m'a répondu que c'était juste un coup de blues… Tu es certain qu'aucun de vous n'a mentionné devant elle les indices trouvés ? Le bout de tissu et la boucle du ceinturon ?

Il secoua la tête.

— Non, impossible. Nous n'en avons pas soufflé mot et Joe les a mis à l'abri chez lui. Je crois que quelque chose d'autre la tracasse.

— Comme quoi ?

Quelques secondes s'écoulèrent en silence, puis il répondit :

— Un homme. Je ne sais pas s'il s'agit d'oncle Gil ou d'un autre, mais je pense qu'elle est amoureuse et ne veut pas que l'on sache qu'elle a finalement surmonté le décès de papa.

Elle réfléchit un instant.

— Eh bien, si tel est le cas, il n'y a pas de quoi s'inquiéter, mon chéri ! Regarde comme l'amour nous a transformés.

Poussant un petit grognement, il l'attira étroitement contre lui.

— C'est vrai ! Je souris désormais en permanence, moi qui étais réputé pour ma mine sombre.

— Tu sais quoi ? Je pense que toi aussi, tu mérites des petites chatteries, pour cette nuit d'Halloween.

Éclatant de rire, il la fit rouler sur le dos.

— Entièrement d'accord avec toi ! répondit-il.

LaQUETTE

Un bébé avec son rival

PASSIONS

HARLEQUIN

Titre original :
ONE NIGHT EXPECTATIONS

- 1 -

— C'est tout réfléchi.

Amara Ange Devereaux-Rodriguez accueillit le verdict avec amertume. Depuis le début de leur visioconférence, son grand-père s'exprimait avec sa désinvolture coutumière. En homme d'affaires détaché et froid, capable de négocier des contrats faramineux sans interrompre la lecture de son journal quotidien. Son flegme le rendait imbattable. Quand l'avocat de la partie adverse commençait à percer ses intentions, l'affaire était déjà conclue et gravée dans le marbre.

— Tu ne peux pas me faire ça, grand-père.

Elle s'efforçait au calme, mais ses mâchoires serrées traduisaient sa colère et son indignation.

— J'ai tant donné au cabinet ! Tu ne peux pas me couper l'herbe sous le pied.

Impassible, il referma le document ouvert sur son bureau, retira ses lunettes, s'appuya au dossier en cuir de son fauteuil et parut enfin s'intéresser au visage de la jeune femme affiché sur son écran.

— Je ne peux pas ?

Il haussa nonchalamment un sourcil.

— En tant qu'actionnaire majoritaire de Devereaux Inc. et en tant que patron, je peux faire ce que je veux. Ce n'est pas parce que je me suis absenté du bureau pour rester au chevet de ton oncle que je ne suis plus aux manettes. Ma décision est arrêtée. Je ne prendrai pas ma retraite avant la conclusion du dossier Falcon.

Elle croisa les bras sur sa poitrine pour tenter de contenir la colère qui bouillait en elle.

— Tu étais sur le point de te retirer pour me confier les rênes de l'étude et voilà que, tout à coup, tu me mets sur la touche. Pourquoi, grand-père ? Pourquoi ce soudain changement de cap ? Je ne comprends vraiment pas ta décision. Elle est injuste. Au cours des trois dernières années, aucun de nos collaborateurs n'a gagné autant de procès que moi. Aucun n'a rapporté autant d'argent.

Le vieux renard n'était pas un modèle de patience. Il n'admettait pas la contradiction. À la manière dont il se penchait au-dessus de son écran, elle craignit de passer un mauvais quart d'heure.

— L'argent ! Tu n'as que ce mot à la bouche. Tu es une jeune femme brillante et déterminée, mais tu dois apprendre que la fin ne justifie pas toujours les moyens.

— Mes méthodes n'ont rien de condamnables, grand-père. Tu les as toujours approuvées. Je ne vois pas où est le problème, aujourd'hui.

— Le problème…

Il s'interrompit et se redressa sur son siège, laissant entrevoir la veste du costume bleu marine Brooks Brothers qu'il adorait porter. La fierté qui brillait toujours dans ses yeux noirs était teintée d'une tristesse inhabituelle qui troublait Amara, même si elle s'efforçait de ne pas y accorder d'importance.

— Le problème, reprit-il, c'est ta voracité. Ton agressivité. Ton obsession pour les gains financiers. L'argent, c'est bien, mais ce n'est pas tout. Et le fait que tu l'ignores encore ne cesse de m'inquiéter. Que fais-tu de notre réputation ? Aux yeux du monde, nous apparaissons comme des requins sanguinaires, uniquement intéressés par les profits que nous pourrons tirer des permis de construire accordés par la mairie de New York. Des affairistes sans cœur.

Amara laissa échapper un soupir. Que venait faire le cœur dans la gestion d'un cabinet d'avocats ? Espérait-il rémunérer ses collaborateurs avec de bons sentiments ?

— Notre projet est rentable. Où est le mal ? Nous ne volons personne.

Il leva les yeux pour implorer le ciel.

— Décidément, tu ne comprends rien. Le projet immobilier se situe en plein milieu de la circonscription de Lennox Carlisle. Si tu avais pris la peine de te renseigner sur ce conseiller municipal, tu saurais qu'il a dans le collimateur des études comme la nôtre. Il nous rend responsables de la gentrification d'une partie de la ville. Il nous accuse de déloger les habitants historiques de ces quartiers. Il en a fait le cheval de bataille de sa prochaine campagne électorale. Pourquoi crois-tu qu'un promoteur comme Falcon ait fait appel à nos services pour décrocher le marché ? Ses résidences de luxe sont dans le viseur du conseiller.

La jeune femme se racla nerveusement la gorge. Sans doute avait-elle un peu trop négligé la dimension politique de l'affaire.

— Cet homme ne sera pas un obstacle, grand-père. Nous saurons gagner sa confiance.

— Détrompe-toi, ma petite-fille ! Il est plutôt du genre inflexible. Il ne cédera jamais les permis de construire à un cabinet représenté par une femme trop gourmande. Tes exigences feront échouer les négociations. Je te retire le dossier.

— Tu n'aurais jamais agi ainsi avec ma mère. Si elle exerçait encore au sein de notre équipe…

— Si elle exerçait encore, je n'aurais pas à lui faire entendre raison. Nous étions sur la même longueur d'onde, tous les deux. Son départ a été un coup dur pour Devereaux Inc. Si je ne la voyais pas si heureuse dans sa nouvelle vie, je la supplierais de revenir. Elle savait allier le cœur et les affaires. Son éthique professionnelle était irréprochable. Je ne peux pas en dire autant de toi.

La déception du vieil homme paraissait telle qu'elle jugea inutile de tenter de se défendre. Il avait placé sa fille Janet sur un piédestal sur lequel elle-même ne parviendrait jamais à se hisser. Amara avait hérité du cerveau de sa mère, mais sa grâce lui faisait défaut. Ce refrain, elle l'avait entendu tant de fois qu'elle préféra mettre un terme à la conversation.

— Grand-père, je vais devoir te laisser. Martha prépare un mauvais coup, j'en suis sûre. Je la soupçonne de vouloir perturber l'élection de Trey à la tête du conseil d'administration de l'entreprise d'oncle Ace. Il faut que j'appelle Jeremiah à la rescousse.

Ce n'était pas une simple tactique de diversion. L'entreprise que son grand-oncle avait transformée en un puissant holding avait chuté en Bourse lorsqu'il avait annoncé sa maladie. Son fils adoptif, Jeremiah Benton, se battait comme un beau diable pour empêcher Martha, la sœur d'Ace, d'organiser un coup d'État au sein du conseil d'administration. L'intention de Martha était clairement de voler le poste de P-DG. Il fallait à tout prix l'en empêcher.

Amara inspira lentement avant d'oser exprimer une nouvelle fois son désaccord.

— Un jour viendra où tu regretteras ta décision.

Elle n'avait pas haussé le ton. Son éducation le lui interdisait. Mais, sans laisser au vieil homme le temps de lui répondre, elle avait mis fin à l'appel.

— Disparaissez de ma vue tous autant que vous êtes ! Vous êtes la honte de cette entreprise.

La salle de conférences se vida de tous ses participants, laissant Amara seule pour affronter la colère de sa grand-tante. Les membres du conseil s'étaient prononcés en sa défaveur. Trey et Jeremiah avaient été désignés pour partager la présidence du consortium.

— Tante Martha, commença prudemment la jeune femme, je comprends ta déception. Mais si tu prenais le temps de mieux connaître Trey, tu lui accorderais toute ta confiance. Crois-moi, la compagnie est entre de bonnes mains et notre famille, à l'abri des mauvaises surprises.

Martha se leva lentement, ses longs doigts étincelant de diamants écartés sur le bois de la table.

— Ah, tu crois ça ?

Sa voix soudain étrangement calme paraissait jaillie d'outre-tombe.

— Tendre Amara. Comme tu peux être naïve ! Tu ne vois donc pas de quelle misogynie toutes les femmes de notre famille sont victimes ?

— Voyons, ma tante, le conseil vient tout juste d'élire une femme.

— Trey est une marionnette utilisée par mon frère pour perpétuer une direction désuète et totalement rétrograde. Les vrais entrepreneurs, les novateurs comme nous sont toujours mis à l'écart.

Amara essaya vainement de donner un sens à ces paroles.

— Je dois avouer que l'aggravation soudaine de la maladie d'Ace m'a totalement démoralisée. Je suis fatiguée et je ne comprends pas la raison de ta colère.

Martha laissa échapper un soupir de dépit et glissa nonchalamment sa pochette sous son bras.

— Amara, tu es intelligente, déterminée, et tellement différente de ces vieux grigous… Tu ne vois donc pas que tes ambitions seront toujours tuées dans l'œuf par cette bande de béni-oui-oui incapables de contrer la volonté de deux patriarches omnipotents ? Seule ta mère trouvait grâce à leurs yeux. Et pour cause. Jamais elle ne s'opposait à leur volonté supérieure.

Elle s'approcha, caressa tendrement la joue de sa nièce et lui offrit un doux sourire.

— Cela ne te dérange pas de vivre dans l'ombre de ta mère ? De savoir que jamais ils ne t'accorderont la confiance que tu mérites ?

Amara préféra garder le silence. Elle partageait les griefs de sa tante, mais jugeait dangereux de l'avouer.

— Ma chérie, reprit Martha, tu dois te battre pour obtenir ton dû. Sans quoi, tu te retrouveras dans la même position que moi. Méprisée, vilipendée, rejetée.

— Nous sommes très différentes, glissa timidement Amara.

Son interlocutrice secoua énergiquement la tête.

— Nous n'appartenons pas à la même génération, mais le sort qui nous est réservé est absolument identique. Si tu n'y prends pas garde, tu consacreras tes plus belles années à la prospérité de la famille, et tu n'en tireras personnellement aucun bénéfice.

— Je pense que tu exagères un peu, ma tante.

Martha haussa un sourcil et la toisa avec la supériorité que lui conférait son grand âge. Puis elle déposa un baiser sur sa joue et sortit de la salle en laissant derrière elle une jeune femme songeuse et préoccupée. Même si elle refusait de l'admettre, Amara voyait mieux que personne les similitudes entre leurs positions. Mais son caractère était à l'opposé de celui de sa tante, et elle rejetait toute forme d'amertume et de rancune à l'égard de ceux qui détenaient aujourd'hui le pouvoir.

— Un amaretto sour, s'il te plaît, Ian, et ton meilleur assortiment de bretzels.

Le barman de The Vault la salua chaleureusement tandis qu'elle rangeait son téléphone dans le casier qui lui était réservé, avant de se hisser sur l'un des tabourets alignés devant le bar. Le club garantissait à ses clients riches et souvent célèbres la plus grande discrétion. Les portables et ordinateurs y étant formellement interdits, aucune photo ne sortait de ses quatre murs pour aller se répandre sur les réseaux sociaux. Certains de ne pas compromettre leur réputation, les membres pouvaient s'y détendre en toute quiétude en dégustant les généreux cocktails de l'établissement. Ils pouvaient aussi travailler en paix dans les bureaux aménagés tout spécialement pour eux.

— Rude journée ?

Ian ne croyait pas si bien dire.

— Quand ton patron te refuse une promotion parce

qu'il te considère trop vorace et trop agressive, alors oui, tu passes une rude journée.

— Bon sang, ils t'ont encore servi le refrain de la femme noire agressive ? Pauvre Amara ! On dirait que tu mérites un double amaretto.

Il secoua la tête en remplissant son verre à ras bord. Soulagée de jouir enfin d'un moment de solitude, la jeune femme plongea le regard dans son bol de bretzels et soupira. Née d'une mère afro-américaine et d'un père cubain, elle avait depuis longtemps appris à se moquer des stéréotypes dont elle était l'objet. Sauf quand les attaques émanaient de sa propre famille.

Elle n'avait jamais voulu travailler ailleurs que chez Devereaux Inc. Pourquoi l'aurait-elle fait ? Diplômée de la plus grande université de droit de New York, elle avait naturellement intégré le cabinet dirigé par son grand-père. Au cours de ses trois années d'exercice, elle avait plaidé avec succès d'innombrables affaires. Rien ne pouvait justifier le camouflet qu'elle avait essuyé aujourd'hui.

— Réduite à trouver refuge dans l'alcool, bougonna-t-elle à voix haute. Dans un des clubs les plus snobs de Manhattan !

— Je connais des décors moins agréables.

Une voix douce et profonde l'avait tirée de cette séance bien inutile d'auto-apitoiement.

— Et moins propices aux rencontres.

Elle avait sur le bout de la langue une réplique bien sentie pour rembarrer l'importun, quand un regard porté sur son visage la convainquit de garder le silence. L'homme avait la peau dorée et des yeux noisette débordant de malice. Une barbe de quelques jours soulignait ses mâchoires. Ses lèvres étaient épaisses et charnues. Elle fut immédiatement captivée par son charme et très curieuse de connaître son identité. Ses traits lui étaient étrangement familiers.

Il lui tendit la main avec un large sourire.

— Je m'appelle Len, dit-il.

Voyant qu'elle ne répondait ni à son geste ni à ses paroles, il laissa retomber son bras et inclina la tête pour s'excuser.

— Je suis désolé. Je ne voulais pas vous déranger. Je vais vous laisser boire votre verre tranquillement.

Comme elle osait enfin affronter son regard, une certitude la frappa. Il s'agissait de Lennox Carlisle, le conseiller municipal à l'origine de ses maux. Elle le fixa un instant, curieuse de savoir s'il la reconnaissait à son tour, mais il n'en fut rien.

— Vous ne me dérangez pas, dit-elle. Cette journée a été éprouvante. Je ne voulais pas me montrer impolie.

— Oh ! ce n'est rien. Vous avez tout à fait le droit de vouloir rester seule.

Il tapota le zinc du comptoir pour attirer l'attention du barman.

— Ian, tu inscriras les consommations de Madame sur ma note.

— Ce n'est pas nécessaire.

Il haussa les épaules.

— En effet, mais si je peux contribuer à alléger un tant soit peu votre humeur… Passez une bonne soirée !

Il lui sourit une dernière fois, avant de s'éloigner en direction des bureaux. Troublée, Amara regarda sa silhouette disparaître dans le couloir. Après les paroles blessantes de son grand-père, la gentillesse de cet homme lui apparaissait comme une douce caresse. Tout espoir n'était pas perdu. Il y avait ici-bas des hommes bons, aux manières charmantes et attentionnées. Elle regretta de l'avoir laissé partir.

- 2 -

— Hé ! Len, tu ne voudrais pas redescendre un peu sur terre ?

La voix de Carter tira Lennox de ses pensées. Son ami l'attendait, assis sur le bord du bureau.

— Désolé, j'avais la tête ailleurs.

— Dans ton prochain discours, j'en suis sûr. Il n'y a pas que le travail dans la vie. Arrête de penser à ta campagne et accepte de te détendre un peu ! À ce rythme-là, tu ne tiendras pas jusqu'aux élections.

Lennox se laissa tomber sur le canapé installé près de la fenêtre et il étendit ses bras sur le dossier.

— Je suis préoccupé, c'est vrai. Mais rien à voir avec le travail.

Devant l'étonnement de son ami, il soupira et ferma les yeux. L'amitié entre les deux hommes remontait à leurs années de lycée. Ils s'étaient rencontrés lorsque les parents portoricains de Carter avaient quitté le Bronx pour emménager à Brooklyn. Lennox avait en lui une confiance absolue.

— Je suis tombé sur cette femme installée au bar…

— Quelqu'un que tu connais ?

Il secoua la tête.

— C'est la première fois que je la vois ici.

— Pas étonnant. Tes visites au club se font rares.

Lennox sourit.

— Ce n'est pas en écumant les bars que je deviendrai maire de New York.

— Cet endroit n'est pas un bar comme les autres, rétorqua Carter avec une pointe d'indignation. Je l'ai conçu comme un refuge pour les gens comme toi. Tu passes ton temps avec des politiciens plus menteurs que des arracheurs de dents. Mes clients sont triés sur le volet. Ici, tu peux te détendre sans craindre de voir ta photo affichée à la une des tabloïds.

Rien n'était plus vrai. Si Lennox en avait eu le loisir, il aurait fréquenté plus souvent l'établissement de son ami.

— Alors, cette femme ? Qu'est-ce qu'elle a de si particulier ?

— Eh bien, je ne sais pas…

— Apparemment, elle t'a fait de l'effet !

Comme Lennox ne répondait pas, Carter le considéra d'un air moqueur.

— On dirait une poule qui a trouvé un couteau. Si elle te plaît, qu'est-ce que tu attends pour lui offrir un verre ?

— Dit l'homme qui n'a pas approché une femme depuis…

Un nuage de tristesse enveloppa le visage de son interlocuteur et Lennox regretta instantanément ses paroles.

— Désolé, Cart. Je ne voulais pas…

L'intéressé prit une profonde inspiration.

— Ne t'excuse pas, Len ! Tu as raison. Je suis bien mal placé pour donner ce genre de conseils. Voilà quatre ans que Mich est partie et je n'ai toujours pas trouvé le courage de recommencer à vivre.

— Tu as fait ce que tu as pu. L'accident de Michelle

t'a laissé seul avec une enfant d'un an. Bien des hommes auraient été incapables de surmonter cette épreuve. Tu as élevé ta petite Nevaeh d'une manière exemplaire. Comment va-t-elle, à propos ?

— Plutôt bien, je crois, mais elle ne cesse de se plaindre auprès de ma mère. Je travaille trop à son goût. Elle voudrait que j'accorde plus d'importance à ma vie privée et elle ne manque pas une occasion de me montrer sur les magazines les femmes et les hommes avec qui je devrais sortir.

Lennox se mit à rire de bon cœur. Sa filleule était très éveillée pour son âge. Au détour d'une conversation, elle avait appris la bisexualité de son père. Très à l'aise, ce dernier lui avait expliqué en termes choisis qu'il était à la fois attiré par les hommes et par les femmes. L'enfant l'avait accepté sans histoires. La pédagogie de Carter n'avait pas son égale. Jamais il ne fuyait ses responsabilités parentales.

— Si Nevaeh était là, reprit Carter, elle te prendrait par la main et te conduirait directement vers la belle étrangère que tu as croisée en arrivant.

Lennox secoua énergiquement la tête.

— Très peu pour moi, Cart. Ma campagne commence tout juste à décoller. Je n'ai pas le temps de m'impliquer dans une relation.

— Qui parle de s'impliquer ? Une aventure par-ci par-là ne peut pas faire de mal.

— Je n'ai pas le temps pour ça, non plus.

Carter soupira.

— Comme tu voudras. Maintenant, je dois te laisser. Ian a mis au point quelques nouveaux cocktails. Il veut me les faire goûter avant de les inscrire sur la carte.

— À plus tard, Cart. Tu me fais porter une bière quand tu as un moment ?

Son ami hocha la tête et quitta le bureau. Resté seul, Lennox profita du silence de la pièce. Une campagne électorale n'était que bruit et fureur. Il devait profiter des rares moments de calme qui lui étaient offerts pour se ressourcer. Et rassembler ses idées. Réfléchir au moyen le plus sûr de développer à grande échelle la politique qu'il avait appliquée à sa circonscription. Protéger les habitants modestes du centre de New York des appétits trop aiguisés des aménageurs. La bataille était rude.

Ne te plains pas, Lennox ! Personne ne t'y oblige.

Personne, sauf le politicien véreux qui siégeait actuellement à la mairie. Sous son mandat, les quartiers de Brooklyn s'étaient embourgeoisés bien trop vite pour épargner les plus fragiles.

Les premiers élancements d'une migraine commencèrent à lui vriller les tempes. Il abaissa les paupières et tenta d'apaiser sa respiration.

Tu ne travailles pas, ce soir. Calme-toi !

D'ici aux élections, il n'aurait guère de loisirs. Autant profiter au mieux de ses rares moments de liberté ! Très vite, le visage de la femme au teint métissé se dessina devant ses yeux clos. Sa position sur le tabouret du bar lui avait permis d'entrevoir des hanches généreuses, des cuisses nerveuses et puissantes. Ses chevilles fines surmontant de hauts talons noirs complétaient un tableau très sexy. Mais c'était la flamme presque sauvage qui couvait dans son regard qui l'avait le plus intrigué. Il y avait dans son attitude un défi qu'il aurait eu plaisir à relever.

Le moment était pourtant mal choisi. Sa vie privée

serait examinée à la loupe pendant les prochains mois. Son directeur de campagne ne cessait de le lui rappeler.

— Méfie-toi ! disait John. Ne fais rien de stupide ! Oublie les femmes pour un temps, et l'élection est dans ta poche.

Un léger coup frappé à la porte s'immisça dans sa conscience. Carter ne l'avait pas oublié. Une bière bien fraîche était exactement ce dont il avait besoin. Il se leva d'un bond et ouvrit grand le battant.

— Merci, Cart. J'avais justement l'intention…

Ses lèvres se figèrent quand il reconnut la femme qui se tenait devant lui.

— Vous aviez justement l'intention de faire quoi ?

Il laissa errer le regard sur sa silhouette sans chercher à cacher son admiration.

— Permettez-moi de vous retourner la question ! Que faites-vous ici ? Vous êtes perdue ?

Elle secoua nonchalamment la tête.

— Non, je ne suis pas perdue. Ian est débordé. Je lui ai proposé un coup de main. J'ignorais que la bière vous était destinée. J'avoue que c'est plutôt une bonne surprise.

Il se racla la gorge tandis que les conseils de Carter lui revenaient à l'esprit.

— Vous semblez de très bonne humeur, maintenant.

— Un étranger s'est montré gentil avec moi. Cela a suffi à me rendre le sourire.

Elle se dressait fièrement devant lui mais, malgré la hauteur de ses escarpins, le haut de son crâne lui arrivait tout juste au menton.

— Vous voulez entrer et me tenir compagnie ?

— Je ne veux pas vous déranger.

— Vous ne me dérangez pas.

Il s'écarta pour la laisser entrer et resta près de la porte tandis qu'elle s'installait sur le canapé.

Ce n'est pas malin, Lennox. Tu ne connais rien de cette femme.

Cela ne l'empêcha pas de s'asseoir à ses côtés et d'accepter la bouteille qu'elle lui tendait.

— J'ai dit à Ian de ne pas la verser dans un verre de peur qu'elle s'évente.

Bien pensé, songea-t-il. Elle n'était pas dénuée de sens pratique.

Il décapsula la bouteille et but une longue gorgée de bière. Avait-il soif ? Sans doute. Mais il avait surtout besoin de détourner le regard des longues jambes qu'elle venait de croiser devant lui. Il lui tendit la main.

— Merci, chère madame.

— Appelez-moi Ange ! répondit-elle en glissant les doigts dans les siens.

— C'est un joli prénom. Eh bien, Ange, c'est un plaisir de faire votre connaissance.

Son sourire et l'éclair de feu qui scintillait dans son regard ajoutaient à la tension palpable qui emplissait l'atmosphère.

— Je ne vous ennuierai pas plus longtemps, dit-elle en se levant. Vous êtes sans doute ici pour goûter à un moment de tranquillité.

Comme elle se dirigeait vers la porte, il lui emboîta le pas, en la suivant sans doute d'un peu plus près que de raison.

— Je suis ici pour fuir la foule, mais votre compagnie ne me dérange pas.

Comme elle croisait les bras devant elle, sa poitrine

généreuse se souleva. Une fois de plus, il détourna pudiquement les yeux.

— Je ne suis pas sûre de comprendre ce que vous voulez. Vous me demandez de rester, mais vous fuyez mon regard.

Lennox hésita un instant. Pouvait-il se permettre de jouer franc jeu avec elle ?

— Ne soyez pas timide, Len ! Ce que vous direz ne franchira pas les murs de cette pièce.

Il aimait la hardiesse de son caractère.

— Vous devriez partir avant que je sois tenté de vérifier si nous éprouvons la même attirance, vous et moi.

Là, il avait dit la vérité. Et si elle avait eu un brin de jugeote, elle se serait empressée de quitter la pièce. Au lieu de cela, elle réduisit encore la distance qui les séparait.

— Ange, êtes-vous bien sûre de savoir ce que vous faites ?

Elle plissa les yeux et ses lèvres charnues s'étirèrent en un sourire très sensuel.

— Est-ce que Len est le diminutif de Leonard ?

La question quelque peu déplacée lui donnait l'occasion de s'éloigner d'elle, mais il n'en fit rien.

— C'est le diminutif de Lennox.

— Bien. Je m'en voudrais d'écorcher votre nom si nous… eh bien, si nous apprenons à nous connaître un peu mieux.

Le corps entier de Lennox se raidit.

— Ange, répéta-t-il d'une voix rauque. Êtes-vous sûre de savoir ce que vous faites ?

— Je ne suis plus une enfant. Je sais toujours ce que je fais. Vous paraissez plus hésitant.

Piqué au vif, il passa un bras autour de sa taille et l'étreignit avec force. Puis il marqua une pause pour voir si elle tentait de lui résister. Sans surprise, elle se pressa un peu plus contre lui.

— Je suis tentée, moi aussi, de… comment avez-vous dit ? De vérifier si nous éprouvons la même attirance, vous et moi.

Il gémit en approchant la bouche à quelques centimètres de ses lèvres.

— Je dois être franc avec vous, Ange. Il n'y a pas de place en ce moment dans ma vie pour autre chose qu'une simple aventure.

— Message reçu, Lennox. Je ne cherche pas davantage, moi non plus. Un moment de détente après une journée exécrable. C'est exactement ce qu'il me faut.

Il s'éloigna un instant pour verrouiller la serrure de la porte. Puis il scruta longuement les traits de la jeune femme pour s'assurer de n'y déceler aucun malaise. Comme pour le rassurer, elle s'appuya contre le bureau dans une position très lascive.

— Encore hésitant, Lennox ?

— Bon sang, pas le moins du monde !

Quand il plaqua la bouche contre la sienne, un feu ardent se répandit dans ses veines. Alors qu'il sentait ses doigts glisser autour de la peau sensible de son cou, son corps entier fut dévoré de désir. Très vite, elle passa la main sous les revers de sa veste, pour la faire glisser de ses épaules et le long de ses bras. Dès lors, leurs mouvements s'accélérèrent dans une sorte de frénésie incontrôlable. Pendant qu'il remontait sa jupe pour se glisser entre ses jambes, elle dénouait sa cravate et déboutonnait sa chemise. Les doigts tremblants, il dégrafa son corsage et se perdit dans la contemplation des seins pulpeux rehaussés par les bonnets de son soutien-gorge en dentelle noire. Cependant, elle défaisait la boucle de sa ceinture pour passer la main à l'intérieur de son pantalon et caresser son sexe. L'excitation physique avait comme par magie effacé les tensions de la journée difficile qu'ils avaient tous deux traversée. Les yeux clos, Lennox gémissait sous la chaleur de ses attouchements, jusqu'au moment où il écarta doucement sa main.

— C'est délicieux, dit-il. Mais si tu continues, je n'aurai plus grand-chose à t'offrir.

Amara hocha la tête, tira sa jupe un peu plus haut sur ses hanches et enroula les jambes autour de sa taille.

— Alors, passons aux choses sérieuses !

Sans la quitter des yeux, il guida ses doigts sur la peau lisse de son ventre, jusqu'au moment où son pouce atteignit l'intérieur de ses cuisses. Soudain rattrapé par un éclair de conscience, il passa un doigt sous son menton et le souleva pour l'obliger à le regarder.

— Aucun regret, tu es sûre ?

Elle prit la main qu'il avait approchée de son sexe et la plaqua sur sa peau.

— Aucun.

Il écarta le triangle de dentelle noire qui la recouvrait, découvrant sous l'étoffe une douce chaleur. À l'instant où l'extrémité de ses doigts entra en contact avec sa chair, ils exhalèrent ensemble un profond gémissement. Il poursuivit sa lente exploration, écartant ses lèvres brûlantes avant de s'introduire à l'intérieur de sa vulve. Elle répondit à son geste en pivotant ses hanches et elle enroula les bras autour de son cou, s'accrochant à lui tout en se frottant fébrilement contre sa main. Jamais il n'avait tenu entre ses bras une femme aussi assoiffée de désir et aussi déterminée à l'assouvir. S'appliquant à la satisfaire, il passa le pouce sur son clitoris en accélérant les mouvements de ses doigts toujours enfouis en elle. La regarder approcher de l'orgasme augmenta son excitation. Et quand elle atteignit le sommet de la jouissance, il banda tous ses muscles pour retenir sa propre libération.

Quand, lentement, elle reprit contact avec la réalité, il s'écarta pour sortir un préservatif de son portefeuille. Sans perdre de temps, il recouvrit son sexe et avança entre ses cuisses. D'une main, il agrippa sa hanche et de l'autre, il caressa ses seins, tout en jouant avec ses mamelons. Les paupières closes, il la pénétra, et aussitôt elle accorda ses mouvements au rythme de son va-et-vient. Quand il plongeait profondément en elle, elle se plaquait avec force contre lui. Quand il accélérait ses poussées, elle suivait sa cadence. Et quand il se retirait lentement pour refréner son plaisir, elle imitait sa retenue. Peu importait l'allure, peu importait l'intensité, l'entente était parfaite. Chacun prenait et donnait à son tour, cherchant à exaucer sans limites les attentes de l'autre.

Le climax de leur union fut atteint au moment où la jeune femme succombait à un nouvel orgasme. Assuré de l'avoir satisfaite, Lennox accepta enfin de se libérer. Son corps entier fut secoué de tremblements. Épuisé, il reprit son souffle et peina à rassembler suffisamment d'énergie pour s'éloigner. Son plaisir était teinté d'un constat terrifiant. Deux inconnus faisant l'amour pour la première fois ne connaissaient jamais pareille volupté. S'ils s'entendaient si bien à leur première rencontre, quels sommets pourraient-ils atteindre quand ils auraient appris à se connaître ? Leurs étreintes pourraient très vite devenir addictives et lui faire perdre la tête. À quelques semaines des élections, il ne pouvait s'autoriser pareille folie.

Comme il abaissait le regard pour retirer sa protection, un cri d'effroi jaillit de ses lèvres.

— Qu'est-ce qui ne va pas ? demanda Amara.

La panique de Lennox semblait se refléter dans l'éclat de ses yeux bruns. Il avala péniblement sa salive avant de trouver le courage de lui répondre.

— Le préservatif s'est déchiré.

- 3 -

— Lennox, tu m’entends ?

La voix insistante de son directeur de campagne pénétra enfin ses pensées.

— Len ?

John Christos était d’origine grecque. Des yeux bleus presque transparents éclairaient son visage encadré de cheveux noirs. Agacé par le silence de son interlocuteur, il arpentait le bureau de long en large.

— Je suis désolé, John. J’ai un souci.

— Un souci ? Avec quoi ?

Oh ! presque rien ! Je crains juste d’avoir mis enceinte une parfaite inconnue.

Cherchant à fuir le regard inquisiteur de son collaborateur et ami, il fit prestement pivoter son fauteuil en direction de la fenêtre.

— Un problème qui ne regarde que moi. Remettons-nous au travail !

Un mélange d’inquiétude et de compassion se peignit sur les traits de John.

— Je sais que ces dernières semaines ont été éprouvantes. Les réunions, les débats, les conférences de presse, les déplacements, parallèlement à tes obligations de conseiller municipal, c’est beaucoup. Mais tes efforts sont largement récompensés. Douze points d’avance dans les sondages. Si tu continues sur ta lancée, tu as d'ores et déjà remporté la primaire.

La respiration de Lennox s'apaisa. John disait vrai. Si sa campagne se poursuivait ainsi, il deviendrait très probablement le prochain maire de New York. Une évidence qui rendait son écart de conduite d'autant plus regrettable.

— Tu vas gagner, Len. Je ne soutiens jamais les causes perdues, tu le sais mieux que personne. Si j'ai accepté de mener ta campagne, c'est parce que j'étais sûr de miser sur le bon cheval.

Lennox lui sourit avec gratitude. Il mesurait la chance qu'il avait de l'avoir à ses côtés. Il savait aussi qu'il était dangereux de le laisser dans l'ignorance. Si cette malheureuse histoire arrivait à la connaissance du public, mieux valait que son équipe y fût préparée.

— Je sais que je peux l'emporter, répondit-il. Enfin… si je suis encore en mesure de me présenter.

John s'immobilisa.

— Que s'est-il passé ?

— Il y a environ un mois, j'ai rencontré une femme chez Carter.

Le directeur de campagne prit une profonde inspiration.

— Quelque chose me dit que je ne vais pas aimer la suite.

— Tu es malin, John. Bien plus malin que moi.

— S'il te plaît, rassure-moi ! Dis-moi au moins que c'était un rapport consenti et qu'il ne s'agit pas d'une de tes employées !

Ses paroles lui valurent un regard noir.

— Tu me crois vraiment assez dégoûtant et assez stupide pour prendre ce genre de risques ?

— Ce que je crois n'a pas d'importance. La seule chose qui compte, c'est le ressenti de cette femme. Je vais le dire autrement. A-t-elle la moindre raison de te poursuivre pour harcèlement ?

Tout indigné qu'il était, Lennox devait bien admettre que son ami avait raison.

— Nous avons… Elle était parfaitement consentante.

— Où est le problème, alors ?

— Le préservatif. Il s'est déchiré.

Le front plissé de John se détendit un peu, et sa sévérité céda le pas à l'empathie.

— Je vois. Tu t'inquiètes pour ta santé et pour une éventuelle grossesse.

Lennox massa le battement lancinant de ses tempes.

— Mes analyses de sang sont rassurantes. Cela dit, mon médecin m'a prescrit un nouveau contrôle dans trois mois pour être tout à fait sûr des résultats.

— Et la grossesse ?

— Cette femme était une parfaite inconnue, John. Elle a disparu dans la nature. Je lui ai laissé mes coordonnées pour qu'elle puisse me contacter en cas de problème.

— L'a-t-elle fait ?

Il secoua négativement la tête.

— Et toi, tu l'as appelée ?

— Je n'ai même pas son numéro de téléphone. J'ignore qui elle est et où elle vit. Je ne l'ai rencontrée qu'une fois, dans le club de Carter.

John passa la main dans ses boucles brunes avant de recommencer à faire les cent pas. La marche l'aidait à mieux se concentrer.

— Ce club exige une adhésion, si je ne m'abuse. Il faut montrer patte blanche pour y entrer.

Lennox approuva d'un signe de tête.

— C'est exact. Mais les fichiers de l'établissement sont confidentiels. Je n'ai pas envie de mettre Carter dans l'embarras pour régler mes problèmes personnels.

— Alors, à moins que cette étrangère ne t'appelle pour t'annoncer qu'elle est enceinte…

— Je n'ai aucun moyen de le savoir.

Le directeur de campagne se garda de tout commentaire mais son visage était suffisamment éloquent. *Tu t'es fichu dans un beau pétrin*, pouvait-on lire sur ses traits.

— Stephan ?

Amara venait de garer son coupé devant le manoir Devereaux lorsque la sonnerie de son téléphone retentit dans l'habitacle. Elle s'installa confortablement dans son siège avant de répondre à son cousin préféré. Depuis l'aggravation de l'état de santé du patriarche, il l'appelait chaque semaine pour prendre des nouvelles.

— Ace ne va pas bien du tout, Steph.

Elle perçut un soupir douloureux à l'autre bout du fil.

— Je lui ai promis d'être à New York la semaine prochaine pour le mariage de Trey et Jeremiah. Tu penses que je devrais rentrer plus tôt ?

— Le plus tôt sera le mieux. Ton père est un combattant, mais je ne sais pas combien de temps il pourra encore lutter contre cette horrible maladie.

La ligne resta silencieuse pendant si longtemps qu'elle dut vérifier son écran pour s'assurer que la conversation n'avait pas été coupée.

— Steph, tu es toujours là ?

— Oui, je suis là, répondit-il d'un ton distrait. Je suis en train de prendre quelques dispositions.

— Tu veux que je t'envoie le jet familial ?

Elle l'entendit taper sur les touches de son ordinateur et froisser quelques feuilles de papier.

— Non, ce n'est pas la peine. J'ai un vol dans moins de deux heures. Il atterrit à New York à minuit.

Elle ne put s'empêcher de sourire, malgré la gravité de la situation. De tous ses cousins, Stephan était celui qui ressemblait le plus à son oncle. Fort, déterminé, capable de prendre sans trembler des décisions en temps de crise. Si tel avait été son désir, Ace l'aurait choisi pour être son bras droit.

— Je suis contente que tu reviennes, Steph. Ces derniers jours ont été mouvementés. La famille est en crise. Ta présence me fera le plus grand bien.

Amara ne pouvait être plus sincère. Ajoutée aux tensions familiales, son aventure insensée avec Lennox Carlisle avait mis son univers sens dessus dessous. Elle l'avait su dès l'instant où elle l'avait rejoint dans le bureau du club de Carter. Pourquoi avait-elle agi de manière aussi inconsidérée ? La réponse était simple. L'inflexibilité de son grand-père, la façon dont il l'avait rabaissée en la comparant une fois de plus à sa mère l'avaient anéantie. Dans les bras de Lennox, elle s'était vengée de l'affront que le vieil homme lui avait infligé. Dieu merci, son éviction du dossier Falcon lui avait épargné toute nouvelle rencontre avec le conseiller.

Stephan était à mille lieues de ses préoccupations.

— Tu veux parler de l'élection de Trey et de Jeremiah, j'imagine. J'ai cru comprendre qu'elle ne faisait pas l'unanimité.

— Ta mère est dans tous ses états. À ses yeux, ils ne sont que des marionnettes et elle conteste leur légitimité. Elle voit leur désignation comme un vaste complot destiné à la mettre sur la touche.

Amara s'inquiétait du comportement de sa tante. Elle savait que Martha ne reculerait devant rien pour mettre en échec le mandat des nouveaux P-DG.

— La mort de Randall et ton départ de New York l'ont anéantie, ajouta-t-elle. Sa douleur l'aveugle et elle en veut injustement à Ace qu'elle rend responsable de tous ses maux. Il faut réconcilier ces deux-là avant qu'il soit trop tard. Toi seul peux leur faire entendre raison.

La disparition du frère aîné de Stephan avait été un coup dur pour toute la famille. Martha était restée inconsolable après la perte de son fils.

— Je viens à New York pour voir Ace et assister au mariage de mes cousins. Les délires de ma mère devront attendre un peu. Je te rappellerai à mon arrivée.

— J'ai hâte de te retrouver, Steph. Bon voyage.

Elle glissa son téléphone dans son sac à main et descendit de voiture. Comme elle s'approchait des longues colonnes blanches dressées devant l'entrée principale du manoir Devereaux, un doux sentiment d'appartenance lui réchauffa le cœur. Enfant, elle avait joué de longues heures dans le parc avec ses cousins. Adolescente, elle s'était nourrie des conversations de son grand-père et de son grand-oncle qui, au fil des ans, avaient transformé une modeste étude familiale en l'un des cabinets d'avocats les plus influents de New York. Le souvenir des moments précieux passés auprès de ces deux sages l'avait accompagnée à chaque instant de sa vie, l'aidant à se frayer un chemin et à se faire un nom dans le monde des affaires.

Aujourd'hui pourtant, l'inquiétude l'emportait sur l'assurance d'appartenir à un clan tout-puissant. La maladie d'Ace ébranlait les fondations de l'empire Devereaux et personne ne semblait capable de dominer la situation. Elle redressa les épaules et gravit avec courage les marches du perron. Elle devait se montrer forte. Pour elle, et surtout pour son oncle. Maîtrisant avec peine les tremblements de ses mains, elle souleva l'antique heurtoir de bronze.

Quelques secondes plus tard, le sourire bienveillant d'une jeune femme tout habillée de blanc l'invitait à entrer.

— Miss Devereaux ! Votre oncle me parlait encore de vous à l'instant.

Amara serra chaleureusement Alicia dans ses bras. L'infirmière était au service de son oncle depuis quelques mois seulement, mais tous la considéraient comme un membre de la famille.

— Est-il suffisamment en forme pour recevoir des visites ?

— Hélas, non ! Il ne veut voir personne. À part vous, bien entendu. Vous pouvez monter dans sa chambre. Il vous attend depuis ce matin.

Amara lui sourit tristement et s'engagea dans le grand escalier. Arrivée à l'étage, elle reprit son souffle, frappa doucement à la porte et pénétra dans la chambre de son oncle. Le spectacle de la frêle silhouette qui reposait dans son immense lit à baldaquin lui serra le cœur. Sans l'étincelle de joie qui aussitôt illumina le regard du vieil homme, elle aurait éclaté en sanglots.

— *Tío !* s'exclama-t-elle avec une gaieté qu'elle était loin d'éprouver. *Te extrañe !*

Pour lui apprendre l'espagnol, son père afro-cubain lui avait parlé exclusivement dans sa langue maternelle lorsqu'elle était enfant. Prêt à tout pour encourager les efforts de sa petite-nièce, Ace s'était lui aussi lancé dans l'apprentissage.

— Tu es venue me voir hier, *cariña*. Comment pourrais-je déjà te manquer ?

Elle s'assit sur le bord de son lit et déposa un baiser sur son front. Comme il la serrait dans ses bras, la sensation de ses os décharnés sous son pyjama de flanelle l'attrista profondément. Ses jours étaient comptés. Où trouvait-il la force de lui prodiguer encore tant d'affection ?

— Je ne peux pas me passer de toi, dit-elle dans un sourire.

Il leva ses longues mains vers son visage et lui caressa les joues de ses pouces flétris par les années.

— Ce n'est pas pour rien que tu es ma petite-nièce préférée.

Elle secoua la tête, sachant très bien qu'il adressait le compliment à tous les membres de la famille.

— Il vaudrait mieux que Lyric n'en sache rien. Elle est persuadée d'être ta favorite.

Il se laissa retomber contre ses oreillers.

— C'est ma nièce préférée. Et toi, ma petite-nièce préférée. C'est toute la différence. De toute façon, j'aime tous mes bébés. Rien ne me rend plus heureux que de vous voir tous les quatre.

Amara voulut chasser la soudaine mélancolie qui assombrissait ses traits.

— Il rentre, dit-elle. Aujourd'hui même.

Le vieil homme sut aussitôt à qui elle faisait allusion. Une joie mêlée d'impatience scintilla dans ses yeux.

— Il te l'a dit ? Tu es sûre ?

Elle acquiesça d'un signe de tête.

— Son avion doit atterrir à New York autour de minuit. Il serait venu plus tôt si tu ne lui avais pas expressément demandé de rester à Paris.

Ace lui prit la main et la posa contre sa poitrine.

— Je préférais le savoir loin d'ici. Le manoir renferme pour lui trop de souvenirs douloureux. Je ne voulais pas infliger cette épreuve à mon garçon pour le seul plaisir de le serrer dans mes bras une dernière fois.

Ses paroles firent monter aux yeux d'Amara les larmes qu'elle réprimait depuis son arrivée.

— Ne dis pas de bêtises, *tío mío* ! Tu mérites tous nos efforts et tous nos sacrifices. Tu es ce que nous avons de plus cher. Nous ne pouvons rien te refuser. *Lo entiendes* ?

Il se redressa pour lui caresser les cheveux comme il le faisait quand elle était encore petite fille.

— *Sí, sobrina*, murmura-t-il doucement. *Lo entiendo.* J'avais promis à Alva de vous aimer et de toujours vous protéger. Vous me le rendez bien aujourd'hui. Le mariage de Trey et de Jeremiah fait de moi le plus heureux des hommes. Le rapprochement de Lyric et de Josiah me rassure. La pauvre était si malheureuse depuis la mort de Randall… Maintenant, il ne reste plus que deux célibataires. Stephan et toi.

Amara soupira. Il ne se passait pas un jour sans que son oncle abordât le sujet délicat de sa vie privée.

— Oncle Ace, je t'en prie, fit-elle dans un froncement de sourcils.

Il secoua la tête.

— Je sais que tu n'as besoin de personne pour te débrouiller dans la vie. Tu es une femme forte, et sans doute la plus belle créature que j'aie eu la chance de rencontrer.

Elle ne put réprimer un sourire. La maladie n'avait en rien affecté son caractère. C'était un flatteur-né.

— Je voudrais que tu aies quelqu'un pour t'aimer, pour te soutenir, pour te protéger. Qui va le faire quand je ne serai plus là ? Tu es une personne indépendante, je le sais, mais s'il te plaît, promets-moi de ne pas refuser l'amour quand il se présentera !

Amara abaissa les paupières pour rassembler ses forces. Elle n'aimait pas le tour que prenait la conversation.

— Ne t'inquiète pas pour moi, oncle Ace ! Je suis très bien ainsi. De toute façon, mon travail est si exigeant que je n'ai guère le temps de penser à autre chose.

Comprenant qu'il l'avait plongée dans l'embarras, il accepta de changer de sujet.

— Puisque tu parles de travail, David m'a encore appelé cet après-midi.

Elle secoua la tête.

— Oncle Ace…

— Laisse-moi finir, *cariña* ! Mon frère a eu tort de refuser ta promotion. Je le lui ai dit. Personne au cabinet n'a travaillé autant que toi. Tu mérites de lui succéder.

La jeune femme serra les mâchoires pour ne pas faire subir au vieil homme la frustration qu'elle avait éprouvée.

— Grand-père a pris sa décision. Manifestement, il n'a pas confiance en moi.

— Je n'en suis pas si sûr. Je pense surtout qu'il se

méfie de ta jeunesse et de ta fougue. Il a la mémoire courte. Il ne se rappelle pas avec quelle intrépidité il traitait les affaires autrefois. Donne-lui un peu de temps, ma chérie ! Il finira par reconnaître ses torts.

Elle leva vers lui un regard plein de reconnaissance.

— Je suis venue ici pour te réconforter, et c'est toi qui me redonnes de l'espoir.

— Il est de mon devoir de veiller sur vous. Je le ferai jusqu'à mon dernier souffle.

Elle prit ses mains entre les siennes et les embrassa tendrement.

— Je t'aime, mon oncle.

— Tu ne m'aimeras jamais autant que je t'aime, *cariña*.

- 4 -

— Amara ?

La jeune femme leva les yeux pour trouver son grand-père debout dans l'embrasure de la porte de son bureau.

— Tu veux bien m'accorder un moment ? J'ai quelque chose à te dire.

Le ton grave, presque solennel, éveilla aussitôt son appréhension. Elle se redressa sur sa chaise.

— Rassure-moi ! L'état d'oncle Ace ne s'est pas aggravé ?

Le visage du vieil homme se détendit et il se précipita à ses côtés pour lui prendre la main.

— Non, ma chérie. Ace est toujours avec nous. Je suis désolé si je t'ai inquiétée.

Elle reprit son souffle avec soulagement. Tous savaient que les jours du patriarche étaient comptés, mais aucun n'était préparé à son départ. Amara redoutait plus que tout l'instant où elle apprendrait la terrible nouvelle.

— Que se passe-t-il, grand-père ?

Elle l'invita d'un geste à prendre place en face d'elle.

— Le jour où j'ai appris la maladie de ton oncle, j'ai brusquement pris conscience de la fragilité de nos vies. Je n'ai plus beaucoup de temps à partager avec mon frère et je tiens à profiter de chaque minute que le ciel voudra bien lui accorder. J'ai besoin de toi, Amara. Je regrette d'avoir été aussi sévère avec toi, l'autre jour. Je me suis laissé emporter.

— Tu as changé d'opinion à mon sujet ?

Il rit doucement et secoua la tête.

— Non. Je trouve toujours ton comportement beaucoup trop agressif. Mais je sais aussi que tu es une avocate hors pair et que tu connais le cabinet comme ta poche. Ta nature un peu trop impétueuse n'est pas une raison suffisante pour t'éloigner d'une position que tu as largement méritée. Tu seras entourée d'une équipe solide et tu es assez intelligente pour écouter les conseils de sagesse de ton entourage.

Le cœur de la jeune femme se mit à battre un peu plus vite mais, craignant d'être déçue, elle étouffa prudemment l'espoir que les paroles de son interlocuteur avaient fait naître en elle.

— Que veux-tu dire, exactement ?

Il prit une profonde inspiration avant de lui répondre.

— J'ai décidé de prendre un congé sabbatique pour passer plus de temps au chevet de mon frère. Tout bien réfléchi, tu es la mieux placée pour assurer l'intérim.

Amara s'efforça de contenir son excitation. Bondir de joie au milieu de la pièce aurait été déplacé.

— Merci, grand-père. Tu seras fier de moi, je te le promets.

Le sourire du vieil homme n'altéra pas le doute qui subsistait encore sur ses traits.

— Je l'espère. En attendant, il faut que je t'informe des derniers développements du dossier Falcon. Rejoins-moi dans mon bureau en fin d'après-midi et prépare-toi à une confrontation avec le conseiller Carlisle, demain matin !

Le corps d'Amara s'affaissa sur son siège tandis que

des images cuisantes de sa première rencontre avec Lennox remontaient à sa mémoire.

— Tout va bien, ma chérie ?

L'inquiétude de son grand-père endigua aussitôt le flot de souvenirs. La sagesse aurait voulu qu'elle lui dise la vérité, mais son regard sévère et ses principes inflexibles le lui interdisaient. Elle avait travaillé si dur pour obtenir sa promotion qu'elle refusait de voir ses efforts compromis par une inconduite passagère.

Elle avait passé quatre semaines à s'inquiéter d'une possible grossesse. L'arrivée de ses règles, quoique plus légères et plus courtes que d'habitude, l'avait enfin soulagée.

— Je… oui, tout va bien. Je vais demander à mon assistante d'annuler mes derniers rendez-vous de la journée.

Elle lui sourit avec gratitude.

— Merci, grand-père.

Il s'approcha et déposa un tendre baiser sur son front avant de quitter la pièce. Heureuse et terriblement angoissée, Amara s'efforça de repousser la peur qui lui nouait l'estomac. Elle ne pouvait pas se laisser submerger. Pas maintenant. Elle devait garder la tête froide pour se concentrer sur la tâche immense qui l'attendait. Personne, pas même Lennox Carlisle, ne l'empêcherait d'assumer ses nouvelles responsabilités et de protéger au mieux les intérêts de Devereaux Inc. Elle croisa les bras sur son bureau et y posa un instant son front brûlant. Elle avait beau prétendre le contraire, son écart de conduite arrivait au plus mauvais moment.

Un coup énergique frappé à sa porte la fit soudain

sursauter. Elle cligna des yeux pour reprendre contact avec la réalité.

— Alors, cousine, tu viens d'obtenir la promotion du siècle et tu somnoles sur ton bureau ?

La voix familière de Stephan lui fit l'effet d'une douce caresse.

— Il ne s'agit que d'un remplacement, souligna-t-elle humblement.

Elle se leva pour étreindre chaleureusement son visiteur.

— Je suis tellement heureuse de te revoir ! Quel dommage que tu rentres à New York dans des circonstances aussi tristes !

Ils restèrent un long moment serrés l'un contre l'autre, comme deux rescapés s'accrochant désespérément à leur bouée de sauvetage.

— Tu as vu Ace depuis ton arrivée ?

— Je suis allé directement au manoir depuis l'aéroport. J'ai l'intention de m'y installer pendant toute la durée de mon séjour. Je suis resté trop longtemps éloigné de mon oncle. Je veux profiter du peu de temps que nous pouvons passer ensemble.

Amara plongea le regard dans les yeux sombres de Stephan. Le pauvre avait perdu son frère, deux ans auparavant, et voilà qu'il s'apprêtait à voir partir un de ses oncles les plus chers.

— J'imagine que ta visite l'a rendu fou de joie.

— Il dormait quand je suis arrivé. J'ai avalé un sandwich dans la cuisine et j'ai passé la nuit à son chevet. Le fauteuil n'était pas très confortable, mais le bonheur que j'ai vu dans ses yeux à son réveil m'a fait oublier mes courbatures et mon mal de dos.

Elle s'écarta et prit ses deux mains dans les siennes.

— Tu me manques tellement, et j'aimerais tant que tu rentres définitivement à New York !

— Ce n'est malheureusement pas d'actualité. Mais j'ai bien l'intention de profiter de mon séjour pour passer du temps avec toi. Pour commencer, j'avais envie de déjeuner avec toi. À moins que tu ne sois trop fatiguée pour sortir de ton bureau.

Amara tenta en vain d'étouffer un bâillement.

— Il est vrai que je ne suis pas au mieux de ma forme. Je dors bien, pourtant. Je suppose que c'est le stress de la préparation de cet accord avec Falcon.

Il écarta son argument d'un geste de la main.

— Depuis quand es-tu stressée à l'idée de conclure un contrat ? Tu es la meilleure d'entre nous et tu obtiens toujours ce que tu veux. Je me rappelle comme si c'était hier le plaidoyer que tu as improvisé pour convaincre oncle Ace de nous conduire jusqu'au nouveau glacier de Manhattan. Tu as transformé la sortie en un projet éducatif visant à démontrer par des arguments scientifiques que la cerise noire était infiniment meilleure que la fraise.

— Une théorie que je défends encore aujourd'hui.

Il éclata de rire.

— Le dossier Falcon sera pour toi un jeu d'enfant. Arrête de t'inquiéter et emmène-moi au restaurant, comme je le fais quand tu me rends visite à Paris. Aie pitié de moi ! Le mauvais sandwich d'hier soir m'est resté sur l'estomac.

— Pauvre bébé, roucoula-t-elle. Allons manger un vrai repas ! Je te donnerai toutes les nouvelles de la famille et tu me parleras de tes beaux amants parisiens.

Elle avait besoin de se laisser distraire par les histoires toujours savoureuses que lui racontait son cousin avant d'affronter le chaos qu'elle avait créé en s'oubliant dans les bras de Lennox Carlisle. Sa bonne humeur retrouvée, elle prit le bras de Stephan et le conduisit vers la sortie.

- 5 -

Assise sur la banquette arrière de la Mercedes du cabinet Devereaux, Amara tapotait nerveusement le cuir blanc de son accoudoir tandis que le chauffeur s'engageait sur le pont de Brooklyn. Peu après, ils se noyaient dans le flot abondant de la circulation de Manhattan, longeaient l'hôtel de ville et atteignaient enfin leur destination à Broadway.

Elle se redressa sur son siège, attrapa sa mallette et serra l'épaule du chauffeur.

— Inutile de descendre, Parker. Je peux me débrouiller seule.

Un éclair de désapprobation traversa le regard de l'intéressé. Très attaché au protocole de la société qu'il servait depuis des décennies, il condamnait les manières désinvoltes d'une jeune femme qu'il avait vue naître et détestait par-dessus tout la voir ouvrir elle-même sa portière et sauter sans façon sur le trottoir. Amara le savait, mais elle était trop agitée pour respecter le cérémonial et attendre patiemment que le vieil employé descende de voiture pour s'acquitter des formalités d'usage. Elle voulait profiter des quelques instants de tranquillité qui lui restaient avant d'affronter Lennox Carlisle.

Tout en s'approchant de l'entrée du building qui abritait les bureaux du conseil municipal, elle lissa avec application les plis imaginaires du bustier de sa combinaison noire. Un blazer blanc à large col et des mocassins noir et blanc complétaient sa tenue très soignée de dirigeante d'entreprise. Assez chic pour être remarquée. Assez sobre pour ne pas tomber dans la caricature. Ses vêtements étaient son armure. La première image qu'elle offrait à ses interlocuteurs. Celle d'une femme puissante et déterminée.

Un rapide coup d'œil à son reflet dans les portes vitrées suffit à la rassurer sur son apparence. Malheureusement, au fond d'elle-même, elle se sentait plus vulnérable qu'une jeune stagiaire sur le point de rencontrer son patron. La panoplie impeccable ne suffirait pas. D'autant que l'homme qu'elle se préparait à affronter l'avait vue dans la plus totale nudité. Enfin, à moitié nue, plus exactement. Elle gardait de leur étreinte un souvenir très précis. Jamais elle n'avait connu de rapport sexuel plus brûlant et plus désinhibé.

Elle secoua la tête et, s'efforçant au calme, redressa les épaules avant de pénétrer dans le hall. Le bureau du conseiller se situait au dixième étage. L'ascenseur la projeta un peu trop vite à son goût dans les niveaux supérieurs. Les portes étaient à peine ouvertes que déjà un jeune homme d'origine asiatique venait à sa rencontre.

— Bonjour et bienvenue dans les bureaux du conseiller Carlisle ! Je suis Thomas, son assistant. En quoi puis-je vous aider ?

— Bonjour, répondit-elle en lui rendant son sourire. Amara Devereaux-Rodriguez. Monsieur Carlisle aurait-il un instant à m'accorder ?

Il hocha poliment la tête et la dirigea vers la salle d'attente.

— Veuillez vous asseoir, mademoiselle ! Je vais informer le conseiller de votre présence.

Amara s'installa et posa nerveusement sa mallette sur le sol en tentant d'imaginer quelle serait la réaction de Lennox quand il la verrait apparaître dans son bureau. Le retour de Thomas ne se fit pas attendre.

— Je crains que le conseiller ne soit pas en mesure de vous recevoir aujourd'hui. Le mieux serait sans doute de fixer un rendez-vous à une date ultérieure.

Son air faussement contrit ne découragea pas la jeune femme. Elle inclina la tête sur le côté et le dévisagea avec aplomb.

— Je ne suis pas pressée, dit-elle. Je patienterai le temps qu'il faudra.

Sur ces mots, elle sortit son ordinateur de sa mallette, le posa sur ses genoux et ouvrit un dossier, bien décidée à s'installer durablement. Consciente de la présence de l'assistant à ses côtés, elle finit par relever la tête pour lui adresser un sourire espiègle et on ne peut plus éloquent. Comprenant qu'elle ne se laisserait pas éconduire facilement, il disparut à nouveau.

— Monsieur, fit Thomas en pénétrant dans le bureau de son patron. Votre visiteuse refuse de partir. Elle a pris ses quartiers dans la salle d'attente comme si elle avait l'intention d'y passer la journée.

Lennox poussa un gémissement en se renversant sur sa chaise. Il voyait les dossiers s'accumuler sur sa table et ne parvenait pas à se concentrer sur son travail. Le visage et le corps d'Ange occupaient toutes ses pensées. Sans parler du maudit préservatif qui n'avait pas tenu ses promesses. Il lança un regard noir à son collaborateur.

— Elle peut bien s'installer jusqu'à la nuit des temps,

je m'en fiche. Si ça l'amuse, elle n'a qu'à attendre. Elle finira bien par se décourager.

Il reporta son attention sur son écran, obligeant le pauvre jeune homme à regagner la réception. Il savait ce que lui voulait la représentante de Devereaux et n'avait pas l'intention de céder à sa requête. Le cabinet d'avocats était de mèche avec le promoteur. Lui vivant, le projet immobilier de Falcon ne verrait pas le jour. Il était hors de question de laisser ces requins chasser les habitants de Brooklyn vers la périphérie de la ville. Les prix de vente et les loyers qu'ils pratiquaient étaient absolument révoltants.

Chassant de son esprit toute pensée inopportune, Lennox parvint enfin à s'immerger dans son travail. Quand son estomac commença à crier famine, il leva les yeux vers la baie vitrée et vit le crépuscule s'installer. Il n'avait rien avalé depuis le petit déjeuner. Il sonna son assistant pour lui demander de commander un plateau-repas. Comme il le faisait si souvent, Thomas avait devancé ses désirs. Il pénétra dans le bureau avec les bras chargés d'un grand carton et de deux sachets en papier.

— C'est une pizza de chez Artichoke ?

Son estomac grondait à la pensée de son mets préféré. Lorsque Thomas hocha la tête avec un sourire, il gémit de bonheur.

— Voilà pourquoi je ne pourrai jamais me passer de tes services ! Tu sais toujours anticiper mes désirs. Merci, Thomas.

— Ne me remerciez pas ! répondit l'assistant. Remerciez plutôt la représentante de Devereaux ! Quand elle a compris que nous avions l'habitude de travailler tard, elle a passé une commande pour tout l'étage.

Lennox s'empara du carton à pizza, trop affamé pour se soucier de la manière dont il était arrivé jusqu'à son bureau. Il mordit avec gourmandise dans la pâte croustillante recouverte d'artichauts et de fromage.

— Au moins, tu lui as dit ce qu'il fallait commander.

Thomas secoua la tête.

— Non, elle s'est débrouillée seule. Apparemment, elle a fait des recherches sur vous.

Il désigna les deux sacs que Lennox avait mis de côté. Le conseiller ouvrit le premier pour y découvrir deux canettes de Dr Pepper, ses sodas préférés. Dans le second, il trouva des petits pains à l'ail. Impressionné, il haussa les sourcils. Jusqu'où ces avocats étaient-ils prêts à aller pour obtenir un entretien ?

— Dites-lui qu'elle m'accorde un petit quart d'heure pour reprendre des forces ! Je la recevrai ensuite.

Thomas semblait amusé par la partie d'échecs à laquelle se livraient son patron et la belle demoiselle. Soulagé, il s'empressa de la rejoindre pour lui annoncer la nouvelle.

Resté seul, Lennox se régala de ce repas improvisé, ponctuant sa dégustation de longs roucoulements de satisfaction.

— J'espère que tu m'en as gardé un morceau ?

Surpris au beau milieu de sa dégustation, il leva les yeux et manqua de s'étouffer. Une fois sa quinte de toux apaisée, il se redressa pour accueillir sa visiteuse.

— Ange ?

Elle lui sourit d'un air triomphant et s'approcha pour lui tendre la main.

— Amara Ange Devereaux-Rodriguez, négociatrice en chef pour Devereaux Incorporated. Contente de te revoir, Lennox.

- 6 -

Le visage dur de Lennox la figea sur place. Elle ne s'était pas attendue à un accueil chaleureux de sa part, mais la colère froide qui irradiait son regard la surprit.

— Amara Ange Devereaux. Tu veux dire…

— Oui, c'est bien moi. Maintenant, si nous en avons fini avec les présentations, concentrons-nous sur les affaires !

Il se leva et appuya les deux mains sur son bureau. Son corps entier était tendu comme un arc.

— Les affaires ? Tu oses te présenter devant moi pour parler affaires après m'avoir menti sur ton identité ?

— Lennox, dit-elle fermement en essayant de reprendre le contrôle de la situation, si tu voulais bien te calmer…

— Me calmer ?

Il contourna sa table de travail et s'approcha d'un air menaçant.

— Dis-moi que tu ignorais qui j'étais le soir où nous nous sommes rencontrés ! Je suis en droit de penser que tu m'as tendu un piège.

Il fouillait son visage à la recherche d'une trace de culpabilité ou de remords, mais il ne voyait dans son regard de braise que l'expression de son indocilité. Cette détermination, cette volonté farouche qui, ajoutées à son puissant pouvoir de séduction, l'avaient conduit à la folie qu'il regrettait encore aujourd'hui. Elle se tenait droite devant lui, indifférente à sa fureur et à ses reproches.

— Eh bien, tu vas me répondre ? Ton silence commence à ressembler à un aveu.

— Ce n'est pas aussi simple.

Un rire moqueur jaillit de sa gorge.

— J'ai hâte d'entendre tes explications. Auras-tu au moins le courage d'assumer ta conduite ?

Elle haussa les sourcils.

— *Ma* conduite ? Si mes souvenirs sont bons, c'est toi qui m'as abordée ce soir-là.

Il secoua lentement la tête sans la lâcher des yeux.

— C'est trop facile. Peu importe qui de nous deux a fait le premier pas. Ce qui compte, c'est ce que tu as fait en sachant parfaitement qui j'étais.

Une légère fissure dans son masque de fer l'attendrit un instant. Il regretta la dureté de ses accusations et fut sur le point de la réconforter. Puis son indignation reprit le dessus. C'était lui, la victime. Il avait droit à des éclaircissements, peut-être même à des excuses.

Amara prit une profonde inspiration et porta la main au chignon sévère qui retenait ses cheveux. Comparée au spectacle des boucles brunes éparpillées sur ses épaules nues, cette coiffure bien trop sage avait quelque chose d'horripilant.

— Je savais qui tu étais.

Son aveu avait une tonalité désinvolte et factuelle qui l'apaisait et l'agaçait à la fois. Lennox Carlisle, le juriste, aimait les faits. Mais l'homme en lui, celui avec qui elle avait partagé la plus grande intimité, s'indignait de l'entendre évoquer leur rencontre avec si peu d'émotion.

— Je sortais d'une journée difficile. Mon patron

m'avait refusé la promotion que j'espérais. Une fois de plus, il avait condamné mes méthodes et refusé de reconnaître mes mérites. Ce qui est difficile à avaler de la part d'un patron l'est d'autant plus de la part d'un grand-père. Surtout quand il ne cesse de vous comparer à un modèle que, d'après lui, vous n'atteindrez jamais. Celui de ma mère. J'étais dévastée. Alors, quand tu m'as offert ta gentillesse, j'ai eu envie de te connaître un peu mieux.

Elle marqua une pause avant de conclure.

— Alors oui, j'ai honte de l'admettre, mais j'ai volontairement ignoré le conflit d'intérêts.

Il ressentit sa confession comme une gifle. Découvrir qu'elle n'avait trouvé en lui qu'une consolation passagère n'était ni agréable ni flatteur.

— Comment oses-tu te présenter devant moi aujourd'hui, comme si de rien n'était ? Il n'y a pas suffisamment d'avocats dans ton cabinet pour te remplacer ?

Elle tendit la main vers le bureau comme si elle y cherchait un appui. Était-ce une tentative de diversion ou l'expression d'un malaise véritable ?

— Tu te sens bien ?

Comme elle fermait les yeux et désignait une chaise à côté d'elle, il approcha le siège et l'invita à s'asseoir.

— Un enfant qui voit le jour dans une famille comme la mienne, reprit-elle d'une voix sans timbre, a son avenir tout tracé. Mon grand-père et ma mère dirigeaient le service juridique jusqu'au jour où elle a décidé de mettre un terme à sa carrière pour élever ses enfants. Il ne s'en est jamais remis et a tenté mille fois de la faire revenir. Il comptait sur elle pour prendre sa succession à la tête du cabinet. Aujourd'hui, tous les regards sont braqués sur moi, mais il hésite à me confier les rênes.

Lennox avait beau essayer de se concentrer sur ses paroles, il n'avait en tête que le souvenir de son corps brûlant plaqué contre le sien. *Ressaisis-toi, Len ! Ton avenir est en jeu.* À mille lieues de ses préoccupations, Amara poursuivait son récit.

— Un événement bien triste l'a obligé à revoir sa décision. Son frère est en train de mourir d'un cancer. Il a décidé que sa place était à son chevet et a abandonné pour un temps la direction du cabinet. Contraint par les circonstances, il m'a nommée chef du service juridique par intérim. Je ne pouvais pas refuser le poste. Je ne pouvais pas fuir mes responsabilités au motif que j'avais couché avec le conseiller municipal chargé de délivrer les permis de construire dont nous avons besoin.

Lennox ne reconnaissait pas dans la jeune femme désemparée qui tentait de se justifier la personne audacieuse qu'il avait rencontrée.

— Pourquoi ton grand-père méprise-t-il à ce point tes qualités professionnelles ? Tu as perdu beaucoup d'affaires depuis le début de ta carrière ?

Elle secoua la tête.

— Non, j'ai remporté la plupart de mes procès. Mais il me trouve trop agressive. Si j'étais un homme, il louerait ma force de caractère. Si j'étais ma mère, il admirerait mon courage. Mais comme je ne suis ni l'un ni l'autre, il continue à désapprouver mes méthodes.

Elle se pencha en avant et plaça une main sur la sienne.

— Lennox, je suis désolée de t'avoir mis dans cette situation. Je n'ai jamais eu l'intention de te nuire. Mais nous devons aller de l'avant, maintenant.

Le regard de Lennox, un instant bienveillant, se teinta à nouveau de méfiance.

— Cela dépend d'une chose, Ange.

— De quoi ? demanda-t-elle.

Il se racla la gorge avant de lui poser la question qui le préoccupait depuis des semaines.

— Est-ce que tu portes mon enfant ?

La bouche sèche, elle tenta de retirer sa main, mais il s'en saisit pour la serrer avec force.

— Je ne suis pas enceinte, murmura-t-elle après un temps.

Au lieu du soulagement qu'elle s'attendait à trouver dans ses yeux, elle lut sur son visage l'expression d'une tristesse qui la déconcerta. Se pouvait-il qu'il fût déçu ?

— Tu es sûre ? Tu as fait un test ?

Elle secoua la tête.

— Non, ce n'était pas nécessaire. Mon cycle n'a pas été interrompu.

Il relâcha sa main et retourna s'asseoir dans son fauteuil.

— La situation est plutôt embarrassante, Ange.

L'entendre prononcer le prénom qu'il avait utilisé dans l'intimité de leur rencontre faisait courir des frissons dans le creux de la nuque d'Amara.

— J'en suis parfaitement consciente, Len.

— Non, je ne crois pas. Ce n'est pas seulement une question de morale. Je suis en pleine campagne électorale. Si cette aventure venait à sortir dans la presse, je pourrais faire une croix sur la mairie.

Elle acquiesça avec regret. La presse était friande de ce genre d'histoires. Porté à la connaissance du public, l'incident était de nature à anéantir sa carrière.

— C'était une erreur, j'en conviens. Mais aucun de nous ne devrait en subir les conséquences. Si nous nous appliquons à rester sur un terrain purement professionnel, nous sortirons de cette impasse.

Il l'observa longuement avant d'oser lui répondre.

— Tu es vraiment capable d'oublier tout ce que nous avons partagé ?

L'évocation de leurs étreintes mettait en feu le corps d'Amara. Non, elle ne pouvait effacer de sa mémoire des moments aussi délicieux.

— Avons-nous le choix ? demanda-t-elle. Si nous concentrons nos efforts sur le travail, personne ne jettera le moindre doute sur la nature de notre relation. Nous devons trouver un accord sur le dossier Falcon. Personnellement, j'y suis prête.

Lennox prit le temps de la réflexion.

— Le problème, c'est que nous ne voulons pas la même chose. Ton cabinet défend les intérêts de Falcon. Un promoteur qui n'hésitera pas à chasser les vieux habitants de Brooklyn pour construire des immeubles de luxe. Il n'en est pas question. Tant que je serai décisionnaire en la matière, cela n'arrivera pas.

— Tu veux dire que tu refuses ma proposition avant même de l'avoir étudiée ?

— Je l'ai étudiée. Une démonstration brillante, je dois dire. Mais je ne la valide pas. La rénovation des anciens bâtiments est essentielle au bon développement du quartier, mais elle doit s'effectuer dans le respect de sa population. Ce que tu proposes avec ton équipe aboutirait à une gentrification du cœur de la ville. Si tu veux obtenir ces permis de construire, tu devras modifier ta proposition en tenant compte de mes attentes.

Amara soupira avec impatience.

— Tu coupes les cheveux en quatre, Lennox. Je ne vois pas de différence entre nos deux projets.

— Accorde-moi quelques heures, demain, et je te montrerai la différence !

Pour se donner le temps de la réflexion, elle prit une assiette en carton, se servit une part de pizza et mordit avec appétit dans la pâte croustillante. Puis elle souleva sa mallette et hocha la tête en signe d'assentiment.

— Je peux me libérer à midi.

Comme elle se dirigeait vers la porte, le son de sa voix grave l'arrêta.

— Tu ne m'as pas donné ton adresse. Je ne sais pas où venir te chercher.

— J'ai toujours ton numéro. Je te donnerai les indications par texto. À demain, conseiller !

— Au fait ! cria-t-il pour la retenir. Habille-toi confortablement ! Tu pourrais ruiner tes jolis escarpins dans la boue du chantier.

Elle le regarda par-dessus son épaule et dut resserrer sa prise sur la poignée de porte pour se protéger du sourire trop charmeur dont il la gratifiait. Cet homme avait un pouvoir de séduction irrésistible.

— Pas de soucis, conseiller. Je serai prête à midi.

Elle quitta le bureau à regret, consciente du regard appuyé qui s'attardait sur sa silhouette. S'ils voulaient tous les deux préserver leur carrière, ils avaient tout intérêt à garder leurs distances. *Quel dommage !* songea-t-elle en regagnant l'ascenseur. Elle aurait mieux aimé un cadre plus intime qu'un chantier de construction pour leur prochain tête-à-tête.

- 7 -

Amara se tenait devant son miroir, se trémoussant d'un côté puis de l'autre, portant un regard toujours insatisfait sur son apparence. Non, décidément non, cette toilette ne semblait pas plus adaptée que les précédentes à l'inspection d'un chantier de construction. Son dressing, aussi vaste qu'une salle de séjour, regorgeait de vêtements de créateurs, de robes de soirée et de tailleurs distingués. Elle avait trouvé désobligeante la remarque de Lennox sur ses jolis escarpins. Sans doute la jugeait-il trop snob pour se montrer dans une tenue ordinaire.

Après d'innombrables essayages, elle opta finalement pour un jean à taille haute et un twinset confortable. Elle remonta ses cheveux en queue-de-cheval et orna ses oreilles de fines boucles en argent.

— On ne peut pas faire plus décontracté, fit-elle en s'adressant au miroir. J'espère que cela rencontrera votre approbation, conseiller.

Pourquoi se souciait-elle ainsi de son jugement ? Le carillon de sa porte d'entrée ne lui laissa pas le temps de répondre à sa propre question. Elle mit son sac en bandoulière, y glissa son portefeuille et son brillant à lèvres et se dirigea vers l'entrée.

— Bonjour, Lennox ! Quelle ponctualité !

Il la scruta de haut en bas et s'arrêta sur ses chaussures.

— Incroyable ! Nous voilà assortis ! Je ne pensais pas qu'une femme de la haute société oserait porter des Stan Smith.

— Tout le monde a une paire de baskets dans son placard, répondit-elle un peu sèchement.

Elle le rejoignait sur le perron pour refermer la porte quand il brandit devant lui les deux grands sacs en papier brun qu'il avait apportés.

— J'ai acheté un brunch, dit-il avec un sourire. Une visite de chantier est toujours dévoreuse d'énergie. Nous avons besoin de prendre des forces. Tu veux bien qu'on mange ici avant de partir ?

— Pourquoi pas ?

À la fois surprise et enchantée de son initiative, elle le précéda dans le vestibule en direction de la cuisine. Parfaitement à son aise, Lennox déballa sur la table le contenu de ses sacs. Amara n'avait pas vraiment faim, mais au moment où elle ouvrit l'emballage de son sandwich, l'arôme divin des œufs brouillés et du bacon lui ouvrit l'appétit.

— Tout cela a l'air délicieux ! Merci, Len.

— Rien de tel qu'un bon brunch en milieu de journée !

Ils mordirent dans le pain beurré avec la gourmandise et la joie de deux enfants attablés devant un délicieux goûter.

— Un bon café, maintenant ? proposa-t-il quand ils furent rassasiés.

Elle accepta le gobelet qu'il lui tendait, mais l'odeur du liquide la fit soudain reculer.

— Tu n'en veux pas ? Il y a de la crème et du sucre, si tu veux.

Elle reposa le gobelet et secoua la tête.

— Non, je le prends noir d'habitude, mais je n'en ai pas très envie aujourd'hui.

Puis, ouvrant la porte du réfrigérateur :

— Je vais prendre un jus de pomme.

— Comme tu voudras.

Peu après, ils quittaient l'appartement de la jeune femme et s'installaient à bord du SUV de Lennon. Après un bref trajet, ils descendirent de voiture.

— Alors, qu'est-ce que tu vois ici ?

Elle le regarda avec surprise en cherchant à comprendre le sens de sa question. Ils se trouvaient au coin des avenues Gates et Clinton, au niveau de la résidence Devereaux. Un quartier qu'elle connaissait mieux que sa poche pour y avoir passé toute son enfance.

— Je vois le manoir de ma famille. Certainement le plus beau bâtiment des environs. Mais un peu plus loin, j'aperçois des immeubles en partie délabrés. De véritables taudis. Le projet de réhabilitation Falcon apportera à cet endroit une nouvelle dynamique.

Il hésita avant de lui répondre. Manifestement, il ne partageait pas son enthousiasme.

— J'imagine que tu ne vois pas la même chose, soupira Amara.

Il balaya du regard le décor alentour.

— En effet, je vois quelque chose de bien différent. Je vois les grandes cours qui servent de terrains de jeu aux enfants. Je vois des bancs où les vieux se retrouvent pour bavarder des heures entières. Je vois des commerces de proximité où le prix des denrées reste encore abordable. Les maisons d'architectes et les boutiques de luxe prévues par le projet Falcon afficheront des prix bien trop élevés pour les habitants du quartier.

Elle fut touchée par l'émotion qu'elle percevait dans sa voix, sans pour autant comprendre le véritable enjeu que comportait le plan de réhabilitation du quartier.

— Là où tu vois des résidences somptueuses, poursuivit Lennon, je vois des loyers plus élevés et des prix de vente astronomiques. Ces gens modestes vivent ici depuis des générations. Je ne laisserai pas des aménageurs sans scrupules les chasser d'un quartier qu'ils ont contribué à construire et à développer.

Plus ils s'enfonçaient dans les rues étroites, plus ses arguments perdaient de leur poids aux yeux de la jeune femme. La vétusté et l'insalubrité des immeubles faisaient peine à voir. Comment pouvait-on s'opposer à un projet de rénovation devenu aussi vital ? Il était urgent de proposer aux habitants des conditions de vie plus décentes. Comme ils arpentaient les sentiers boueux d'une zone de démolition, elle tenta de lui exposer son point de vue.

— Notre intention n'est pas de nuire à Clinton Hill. Bien au contraire. Le projet que nous défendons rapportera au quartier des millions de dollars. Il offrira de nouvelles chances à l'ensemble de la population.

Un silence chargé d'incompréhension les accompagna jusqu'à la fin de leur déambulation. Lennox était perdu dans ses pensées et Amara trouvait injuste la méfiance qu'il exprimait à son égard. Elle n'aimait pas passer pour une affreuse capitaliste prête à tout pour défendre les intérêts d'un promoteur avide de profits, aux dépens des citoyens honnêtes de la ville.

En fin d'après-midi, ils étaient de retour devant l'immeuble de la jeune femme. Lennox descendit de voiture pour l'escorter jusqu'à sa porte. Comme il s'apprêtait à prendre congé, le malaise qui s'était installé entre eux se teinta d'un inconfort plus intime.

— Ange…

La manie qu'il avait d'utiliser son deuxième prénom la surprenait immanquablement. Seule sa grand-mère l'avait appelée ainsi lorsqu'elle était enfant.

— Je suis certain que tu te soucies tout autant que moi de l'avenir de Clinton Hill. Malheureusement, j'ai bien peur que ton origine sociale et le confort dans lequel tu as toujours vécu te rendent aveugle à la réalité du quotidien des gens plus modestes.

Elle leva vers lui un regard indigné.

— Ce n'est pas un péché de naître dans une classe privilégiée.

Il secoua la tête avec un sourire indulgent.

— Ne me fais pas dire ce que je n'ai pas dit ! Nous sommes tous les deux issus de milieux très différents. Il nous est impossible de voir les choses de la même façon. J'espère pourtant que nous sommes suffisamment intelligents pour nous comprendre.

Elle leva une main pour l'arrêter.

— Lennox, la mission dont je suis chargée est très simple. Je dois obtenir ces permis de construire pour permettre aux prometteurs de se mettre au travail. Un chantier aussi vaste ne se met pas en place du jour au lendemain. Il y a urgence. Pour autant, je ne dévierai pas de mon objectif.

— Je suis sûr que nous pouvons trouver un terrain d'entente. Les meilleurs contrats sont faits de nombreux compromis. Ce n'est pas à une brillante avocate que je vais l'apprendre. Je te propose de reprendre l'ensemble du projet et d'en discuter point par point.

Elle n'avait d'autre choix que d'accepter. Lui seul pouvait délivrer les autorisations dont elle avait besoin.

— Très bien, soupira-t-elle. Je vais reprendre mon étude et te soumettre une nouvelle proposition.

Il descendit sur le trottoir et se retourna avant de s'éloigner.

— Je suis sûr que nous parviendrons à un accord. À bientôt, Ange !

Elle resta immobile sur le pas de sa porte tandis que le SUV du conseiller disparaissait à l'extrémité de la rue. La balle était dans son camp. Il lui fallait trouver des arguments pour convaincre Falcon d'accepter quelques concessions. La partie était loin d'être gagnée.

- 8 -

— Mais qui va là ? N'est-ce pas mon fils préféré ?

Lennox sourit aux paroles de bienvenue de sa mère. Della Carlisle accueillait toujours ainsi l'arrivée de ses enfants dans l'appartement familial. Depuis la mort de son mari, elle ne vivait que pour leurs visites. Il la trouva dans la cuisine, occupée à préparer le repas. Attendri, il la rejoignit près de la cuisinière et l'embrassa tendrement sur la joue.

— Comment va la femme de ma vie, aujourd'hui ?

— Beaucoup mieux, maintenant que son petit garçon est auprès d'elle.

Il secoua la tête avec indulgence.

— Ton petit garçon ? Tu sais que j'approche de la quarantaine ?

— Ça n'a aucune importance. Tu seras toujours le petit garçon que la sage-femme a placé dans mes bras il y a tant d'années.

Il se pencha au-dessus de la poêle à frire avec gourmandise.

— Qu'est-ce que tu as préparé de bon ?

— Une truite aux amandes.

— Il y a bien longtemps que tu n'en avais pas cuisiné.

Cela changeait des spaghettis et des omelettes qu'elle lui servait habituellement. Affamé, il s'installa à table, puis attendit patiemment qu'elle eût récité le bénédicité avant de lever sa fourchette. La première bouchée le mit aux anges. Il ferma les yeux pour mieux l'apprécier.

— Maman, quelle bonne idée ! C'est vraiment délicieux.

— Contente de te faire plaisir. L'inspiration m'est venue pendant la nuit.

— Pendant la nuit ?

Il reporta son attention sur son assiette et pressa un peu de citron sur sa truite.

— J'ai rêvé que je pêchais un poisson d'or.

Un grain de riz se mit en travers de son larynx. Il devint écarlate et manqua de s'étrangler.

— Tu vas bien, Len ? demanda Della alors qu'il toussait comme un beau diable.

Non, il n'allait pas bien du tout. Il connaissait trop bien la symbolique attachée au rêve de sa mère.

— Tu sais ce que cela signifie, n'est-ce pas, mon chéri ? Une pêche miraculeuse annonce l'arrivée d'un bébé dans la famille. Alors, tu n'as rien à me dire ?

Sa toux s'apaisa suffisamment pour lui permettre de répondre.

— Absolument rien. Tu devrais plutôt demander à ma sœur.

Elle fronça les sourcils.

— J'ai déjà demandé à ta sœur. Ce n'est pas elle.

— Eh bien, ce n'est pas moi non plus.

Il remplit son verre d'eau et but quelques gorgées en tentant de se ressaisir.

— Layla et Mina ont décidé d'attendre encore un peu avant d'agrandir leur famille. Alors, je ne vois que toi.

Ange lui avait assuré qu'elle n'était pas enceinte. Le rêve de sa mère ne pouvait être prémonitoire. Comment ignorer pourtant qu'elle avait prédit sans faillir toutes les grossesses de ses nièces et de ses petites-nièces ?

— Maman, ce n'est pas possible. Je ne vois personne en ce moment.

— L'un de vous deux doit mentir. Mes rêves ne me trompent jamais.

La truite dont il pensait se régaler commençait à lui peser sur l'estomac. Il porta son assiette jusqu'à l'évier et ouvrit le robinet pour la rincer pendant que sa mère achevait son repas. Soudain pressé de partir, il prétexta un rendez-vous urgent, prit congé rapidement, dévala l'escalier et sauta dans sa voiture. Fébrile, il sortit son téléphone de sa poche et composa le numéro d'Amara. Quand la jeune femme décrocha enfin, un bref soulagement apaisa les tremblements de ses doigts.

— Bonjour, Lennox. Ravie de t'entendre…

— Ange, j'ai besoin de te voir immédiatement. Tu es chez toi ?

— Oui.

— Ne bouge pas ! Je serai là dans moins d'une demi-heure.

— Que se passe-t-il ?

Il raccrocha sans prendre le temps de répondre et enfonça la pédale d'accélérateur. Les paroles de sa mère tournaient en boucle dans son esprit et il priait le ciel de chasser le mauvais présage qui planait au-dessus de lui.

Des coups précipités frappés à sa porte annoncèrent à Amara l'arrivée de son visiteur. Elle se hâta de lui ouvrir.

— Entre, je t'en prie !

Sans même la saluer, il se dirigea vers le salon.

— Lennox, tu me fais peur. Qu'est-ce qui ne va pas ?

Il passa nerveusement une main dans ses cheveux sans cesser de faire les cent pas dans la pièce.

— Lennox, s'il te plaît !

Son regard paniqué s'arrêta enfin sur le visage de la jeune femme.

— J'ai des raisons de penser que tu es enceinte. Tu dois absolument faire un test pour le confirmer.

Elle mit quelques secondes à revenir de sa surprise.

— Lennox, je t'ai déjà dit que je n'étais pas enceinte et que tu n'avais pas à t'inquiéter.

— Le problème, c'est que ma mère a fait un rêve prémonitoire. Un rêve de pêche miraculeuse. Elle ne se trompe jamais.

Amara écarquilla les yeux.

— Tu es sérieux ? Tu viens jusque chez moi pour me raconter des histoires de bonne femme ?

Elle réprima un éclat de rire.

— Je te l'ai dit, je ne suis pas enceinte. Et le rêve de ta mère n'y changera rien.

— Tu ne comprends pas, Ange. Ses prémonitions se sont toujours vérifiées. Ma sœur ne voulant pas d'enfant pour l'instant, il ne reste que moi. Et puisque tu es la seule femme que j'ai fréquentée récemment, il n'y a plus aucun doute.

Se pouvait-il qu'un homme aussi rationnel et prudent pût prêter foi à de pareilles sornettes ?

— Nous devons aller acheter un test tout de suite.

Elle secoua la tête.

— Lennox, tu es candidat à la mairie de New York et moi, j'appartiens à l'une des familles les plus en vue de la ville. Nous ne pouvons pas entrer dans une pharmacie pour faire un tel achat sans risquer de faire immédiatement les choux gras de la presse.

— Tu as une autre solution ?

Elle lui prit la main et l'invita à s'asseoir sur le canapé.

— Je vais le commander en ligne, ce sera beaucoup plus discret. De toute façon, il n'y a pas d'urgence. Nous n'avons pas à nous inquiéter.

— Tu es bien sûre de toi ! Imagine un instant que le résultat soit positif ! Que ferons-nous alors ?

Elle était bien incapable de lui répondre. Il était clair qu'une grossesse aurait de lourdes conséquences sur leur carrière et sur leur vie privée. Dieu du ciel, pourquoi s'était-elle mise dans une telle situation ?

- 9 -

Le facteur est passé. Nous serons bientôt fixés.

Lennon avait attendu des nouvelles avec angoisse. Il s'apprêtait à répondre au texto d'Amara quand un nouveau message s'afficha sur l'écran de son portable.

Tu veux être présent au moment du verdict ?

Il fut surpris par son invitation. La manière dont il avait fait irruption la veille dans l'appartement de la jeune femme lui faisait un peu honte aujourd'hui. Manifestement, elle ne lui en tenait pas rigueur.

Si tu veux de moi, je serai là.

La réponse ne se fit pas attendre.

Je serai chez moi à partir de 18 heures. Je n'aurai pas le temps de m'occuper du dîner. Tu veux bien apporter quelque chose à manger ?

Pas de problème. Fish and chips ou sushi au poisson cru ?

La touche d'humour fut accueillie par le clin d'œil d'un smiley.

Nous éviterons le poisson, si tu veux bien !

Comme tu voudras ! À ce soir !

Amara reposa son téléphone et réfléchit à leur conversation de la veille. La crédulité de Lennox l'avait surprise.

Elle connaissait la légende de la pêche miraculeuse depuis l'enfance. Le mythe était très répandu dans la communauté afro-américaine. Elle ignorait cependant qu'il avait cours dans la bonne société new-yorkaise. L'idée que la prémonition puisse devenir réalité ne cessait pourtant de l'inquiéter. Son esprit rationnel repoussait la superstition avec force mais elle ne parvenait à rester insouciante.

Jusqu'à ce jour, elle n'avait guère songé à la maternité. Le projet s'accordait mal avec ses ambitions professionnelles. Au moment où elle obtenait enfin la promotion dont elle avait tant rêvé, l'arrivée d'un enfant serait particulièrement mal venue. Elle voyait d'ici la réaction de son grand-père quand elle lui annoncerait son état. Il serait inflexible. Il n'accepterait jamais de voir une mère célibataire prendre la direction du cabinet Devereaux et la priverait aussitôt des responsabilités qu'il lui avait confiées.

Quatre semaines s'étaient écoulées depuis sa rencontre avec Lennox. Hormis le dégoût que lui inspirait l'odeur du café, elle n'éprouvait aucun des symptômes généralement attribués à la grossesse. Aucune nausée, aucune fringale, et surtout un cycle parfaitement régulier. Un souvenir de ses cours de sciences naturelles lui était cependant revenu à l'esprit quelques jours auparavant. L'exposé très détaillé de sa professeure sur la maternité et particulièrement l'évocation du *saignement d'implantation* pouvant intervenir au début de la gestation.

Le trouble était assez fréquent. Les mots de l'enseignante revinrent à sa mémoire avec la plus grande précision. *Une hémorragie bénigne intervenant lors de la nidation, au moment où l'ovule fécondé se fixe à la paroi utérine. Un incident que les femmes ont coutume de confondre avec la venue de leurs règles.*

Non, c'était impossible.

Ce jour-là, Amara eut la plus grande difficulté à se concentrer sur son travail. Elle consulta distraitement les dossiers accumulés sur son bureau, en bénissant le ciel de ne pas être attendue au tribunal. En fin d'après-midi, elle quitta son bureau avec soulagement. Elle venait tout juste de regagner son appartement quand Lennox se présenta à sa porte.

— Le dîner de madame, fit-il en lui tendant un grand sac en papier brun.

— Merci. J'ai une faim de loup. Je pourrais t'embrasser.

Il secoua la tête.

— Tu n'en feras rien. Si nous avions su garder nos distances ce fameux soir chez Carter, nous ne serions pas dans cette situation aujourd'hui.

— Très juste. Tu préfères commencer par le dîner ou par le test ?

La manière dont il déplaçait nerveusement son poids d'une jambe sur l'autre traduisait toute son anxiété.

— Je vais faire le test, dit-elle. Inutile de prolonger le suspense. Nous mangerons de meilleur appétit quand nous serons fixés.

Elle le précéda dans l'escalier, l'invita à entrer dans sa chambre et à s'asseoir sur le sofa installé au pied de son lit.

— Ange, fit-il comme elle se tenait gauchement devant lui en se demandant si les instants qu'ils s'apprêtaient à vivre allaient changer le cours de leur existence.

Il prit sa main et passa doucement le pouce sur son poignet.

— Il faut que tu saches une chose. Quel que soit le résultat, je serai à tes côtés.

Amara était une femme indépendante, habituée à affronter seule les épreuves. Aujourd'hui pourtant, la sollicitude de Lennon la réconfortait. Elle hocha la tête avec un sourire reconnaissant et se dirigea vers la salle de bains. Le test posé à côté du lavabo lui fit l'effet d'une bombe à retardement, capable de faire exploser sa carrière en mille morceaux. Elle le souleva avec précaution, en essayant de maîtriser le tremblement de ses doigts.

Un peu de courage, ma fille ! Des millions de femmes ont fait cela avant toi.

Assis sur le sofa, les coudes posés sur les genoux, Lennox priait pour que le rêve de sa mère ne se réalise pas. La paternité ne lui faisait pas peur. Il avait toujours voulu fonder une famille, élever ses enfants avec amour et leur transmettre ce que ses propres parents lui avaient transmis autrefois. Mais à quelques semaines des élections, le moment était vraiment mal choisi.

Quand Ange le rejoignit dans la chambre, il leva vers elle un regard interrogateur.

— Le test est en cours, dit-elle. Il prend quelques minutes.

Elle le tenait sur une serviette en papier, dans la paume de sa main.

— J'étais un peu trop anxieuse pour attendre le résultat toute seule dans la salle de bains. J'ai pensé que le suspense serait plus facile à supporter à deux.

Le pâle sourire qui éclairait son visage serra le cœur de Lennox. La femme forte qu'il avait connue jusqu'à présent avait pris des allures de petite fille craintive. Il eut envie de la protéger.

— Tu as peur ? demanda-t-il en l'invitant d'un geste à s'asseoir près de lui.

Comme elle restait silencieuse, il ne fit pas mystère de ses propres angoisses.

— Tu as parfaitement le droit d'avoir peur. Je tremble un peu moi aussi.

— Je crois comprendre pourquoi. J'imagine que ce genre de complication n'était pas inscrit à l'agenda du candidat à la mairie de New York.

L'humour contenu dans sa remarque allégea quelque peu l'atmosphère.

— Je n'avais pas prévu de te mettre enceinte, c'est certain. Cela dit, je suis heureux de t'avoir revue. Notre première rencontre a été un peu trop brève à mon goût.

— Vraiment ?

Elle paraissait douter de son affirmation. Le prenait-elle pour un séducteur passant d'une femme à une autre sans jamais s'engager dans une relation ?

— Et toi, tu n'avais pas envie de me revoir ? demanda-t-il après un temps.

— On dirait que tu as besoin d'être rassuré sur ton pouvoir de séduction.

— Réponds à ma question !

Elle réfléchit un instant.

— Eh bien… je mentirais si je disais que je n'ai pas repensé à toi.

— Si le test est positif, nous serons amenés à nous revoir plus d'une fois.

Il la serra tendrement contre lui et ils attendirent en silence de savoir ce que le sort leur réservait. Quand la montre d'Amara commença à vibrer, elle se raidit contre lui. Il desserra son étreinte et prit la main dans laquelle elle portait le test. Elle lui lança un regard hésitant avant d'ouvrir sa paume et de placer le bâtonnet sous leurs yeux. Le verdict y était inscrit en caractères gras. Lennox n'en fut pas surpris. Amara était enceinte. Une femme qu'il connaissait à peine attendait un enfant de lui.

Comme elle remuait nerveusement sur le canapé, il s'empressa de lui assurer son soutien.

— Je suis là, Ange. Comment te sens-tu ?

Elle cligna des paupières sans pouvoir empêcher les larmes de couler sur ses joues.

— Je... je ne sais pas quoi penser. Pour dire la vérité, je suis terrifiée.

Il avait peur, lui aussi, mais une curieuse excitation accompagnait ses craintes. Une étincelle de joie inattendue qu'il n'osait lui confier.

— C'est tout ce que tu ressens ? De la peur ? Qu'allons-nous faire, maintenant ?

Elle avala sa salive avec difficulté avant de lui répondre.

— Lennox, cette grossesse arrive au plus mauvais moment, mais je n'aurai pas le cœur de l'interrompre.

Il la serra fort contre lui et le silence envahit la pièce tandis qu'ils essayaient tous deux de retrouver leur équilibre émotionnel.

— C'est étrange, dit Amara après un long moment. Je me sens toute drôle. Terriblement inquiète et heureuse à la fois.

Le sourire de Lennox s'élargit. Il était soulagé de l'accueil qu'elle faisait à l'incroyable nouvelle. En l'apprenant, son directeur de campagne ferait sans doute un malaise cardiaque. Il s'en fichait. Il allait être père et rien d'autre ne semblait avoir d'importance.

— Nous allons avoir un bébé, Ange.

Elle soupira et se blottit contre lui.

— Nous allons avoir un bébé, Lennox. Mais comment allons-nous faire ?

La question raviva son appréhension. Il n'avait pas réfléchi à la suite des événements. Une chose était certaine : il l'accompagnerait jusqu'au bout de sa grossesse et assumerait sans faillir ses responsabilités de père. Son cœur battait si fort qu'il peinait à ordonner ses pensées. Il ferma les yeux pour tenter de réfléchir et une solution finit par s'imposer à son esprit.

— Comment allons-nous faire ? demanda-t-elle à nouveau.

— Nous allons nous marier, dit-il comme si c'était une évidence.

- 10 -

— Certainement pas.

Le refus était clair et net. Lennox eut un mouvement de recul.

— Mais, Ange, nous n'avons pas le choix.

— Nous ne savons rien l'un de l'autre. Nous ne pouvons pas nous marier. Cela n'a pas de sens.

— Nous allons avoir un bébé.

— Je suis au courant, merci.

Elle se leva pour se poster devant la fenêtre.

— Nous sommes au XXIe siècle. Je n'ai pas besoin d'un mari pour élever un enfant. Il y a belle lurette que les mères célibataires ne sont plus traitées comme des parias et, de toute façon, je me moque du qu'en-dira-t-on. Je n'ai pas besoin non plus d'un soutien financier. Ma famille compte parmi les plus riches de la ville.

— Dans d'autres circonstances, cette naissance ne serait pas un problème pour moi. Mais étant donné ma position et à quelques semaines des élections, je ne peux pas me permettre ce genre de scandale. Mon adversaire serait trop heureux de l'utiliser pour me porter le coup de grâce. Quant à ton appartenance au clan Devereaux, si j'en avais eu connaissance…

Elle se retourna comme une furie.

— Je vois, tu penses que tout est ma faute.

Il pesa prudemment ses mots.

— Nous portons tous les deux la responsabilité de cet enfant. Nous l'avons fait ensemble. Mais si j'avais su qui tu étais, rien de tout cela ne serait arrivé. Alors oui, c'est en partie ta faute. Tu connaissais parfaitement ma situation et tu ne pouvais pas ignorer les conséquences de tes actes.

Il y avait dans ses yeux une lueur froide, l'expression d'un reproche qui la fit vaciller.

— Len, je t'ai déjà expliqué…

— Oui, je sais que tu étais déprimée ce soir-là. Tu avais besoin des bras d'un homme pour te consoler et tu n'avais certainement pas l'intention de donner suite à notre relation. Les choses ne se sont pas passées ainsi, et je suis le premier à en subir les conséquences. Mon opposant aux prochaines élections va se saisir de l'affaire avec un plaisir que tu n'imagines pas. Voilà déjà des mois qu'il dénigre mon statut de célibataire. Il est marié, père de cinq enfants et ne perd pas une occasion de me faire passer pour un homme instable, incapable de se fixer.

Il s'exprimait posément, mais sa voix était ferme et résolue.

— Jusqu'à présent, les électeurs n'ont pas acheté son discours moralisateur, mais le jour où cette histoire sera connue du public, je pourrai faire une croix sur ma carrière. Car non seulement j'ai mis enceinte une femme en dehors des liens du mariage, mais en plus il s'agit d'une avocate en affaires avec la mairie. N'importe qui pourrait voir dans notre relation un conflit d'intérêts. Je peux dire adieu à mes ambitions politiques. Je suis fichu. Par ta faute. Tu vas m'épouser, Ange, tu me le dois.

Feignant l'indifférence, Amara le contempla d'un air moqueur.

— Je te le dois ? Mais dans quel monde vis-tu ? Aucun homme ne peut contraindre une femme à un mariage dont elle ne veut pas.

Il se leva pour la rejoindre au milieu de la pièce.

— Je me demande ce que David Devereaux penserait de la situation.

L'irruption inattendue de son grand-père dans la conversation lui glaça le sang.

— Il me semble que ton patron ne serait pas ravi d'apprendre ce qui s'est passé entre nous.

Elle inspira une longue bouffée d'air.

— C'est une menace ?

— Appelle cela comme tu veux ! Une chose est certaine : si tu refuses de m'épouser, je vais immédiatement le trouver pour lui dire sans détour ce que je pense de l'éthique professionnelle de sa chère petite-fille. Ta légèreté peut me coûter la mairie. Elle peut aussi priver le cabinet Devereaux d'une commission substantielle. Jamais je n'accorderai le moindre permis de construire à une avocate aussi malhonnête et aussi imprudente.

Leurs visages étaient si proches qu'elle pouvait sentir son souffle sur sa peau. Elle se sentait soudain terriblement vulnérable. Lennox profita de son avantage.

— Le vieux ne tarderait pas à te priver de ton poste s'il apprenait tout cela.

Un mélange de colère et de peur faisait battre le cœur d'Amara. Nul doute que son grand-père la punirait sévèrement de son inconduite.

— Où est passée ta sollicitude, Lennox ? Je croyais

que tu étais à mes côtés. Comment un gentleman peut-il se transformer si vite en maître chanteur ?

— Je suis à tes côtés, Ange.

Sa voix s'était radoucie, mais elle restait intimidante.

— Je veux te soutenir dans cette épreuve, mais tu dois faire de même. Aucun de nous n'a envie de renoncer à sa carrière. Ouvre les yeux ! Ce mariage est la seule manière de nous protéger tous les deux.

— Je vois assez bien les avantages que tu pourras en tirer. Mais de mon côté, je n'ai rien à y gagner. À moins que tu ne m'accordes finalement ces permis de construire…

Lennox plissa le front.

— Ce serait pure folie de ma part. Le conflit d'intérêts serait avéré. En revanche, je peux charger un tiers de traiter cette affaire. Tu dois savoir cependant que sa décision serait irréversible. Quel que soit son verdict, tu devras le respecter. Y compris si le projet n'est pas confié à Falcon.

Les dés étaient pipés. Le marché n'était pas équitable. Elle ne pouvait l'accepter.

— Ce n'est pas juste, Lennox. Cette union t'apporterait toutes les garanties que tu souhaites. À moi, absolument rien.

— Encore une fois, répondit-il sans s'émouvoir, tu portes une grande responsabilité dans cette situation. Il me paraît normal que tu assumes les conséquences de tes actes.

Il avait raison, bien sûr. Elle était prise au piège. Elle détourna le regard pour se soustraire à leur affrontement tendu.

— Le problème, Lennox, c'est l'absence de sentiments. Un mariage sans amour nous rendra malheureux.

— Je crois tout le contraire. L'amour est le plus grand des dangers. Une aliénation réciproque est le plus sûr moyen de se perdre soi-même. Je sais de quoi je parle. Mes parents se sont aimés passionnément. Ils ne pouvaient rien faire l'un sans l'autre. À la mort de mon père, ma mère est devenue une petite chose fragile, déboussolée, incapable de trouver en elle-même le courage d'affronter la réalité. Elle a attenté plusieurs fois à ses jours. Aujourd'hui, elle mène une existence misérable et ne vit que pour les seules visites de ses enfants.

Jamais Amara n'avait entendu de discours plus triste et plus désabusé.

— Dans ma famille, le mariage est sacré. Il ne peut avoir de sens si l'amour en est absent.

Ses paroles se heurtèrent au visage dur et fermé de Lennox.

— Je peux t'apporter beaucoup de choses, Ange. Ma présence, mon soutien, ma gentillesse. Mais je suis incapable de t'offrir mon amour.

La jeune femme réfléchissait en silence. Ils venaient tout juste de se rencontrer. Il paraissait normal que leur relation fût pour l'instant dénuée de sentiments profonds et durables. Mais l'idée de voir son enfant grandir entre deux adultes indifférents l'un à l'autre attristait profondément Amara.

— Qu'attends-tu exactement de ce mariage, Lennox ?

La question fit renaître l'espoir dans le cœur de son interlocuteur. Elle ne semblait plus rejeter aussi catégoriquement sa proposition.

— La respectabilité, répondit-il. La confiance de mes électeurs. Mais tu devras accepter mes conditions. Premièrement, tu resteras à mes côtés jusqu'à la fin de mon mandat. Deuxièmement, nous vivrons sous le même toit. Troisièmement, nous offrirons au public l'image d'un couple uni et de parents exemplaires. Enfin, chacun de nous devra être un modèle de fidélité.

Amara plissa le front.

— Jusqu'à la fin de ton mandat ? Si tu es réélu, il pourrait durer huit ans. Ce que tu me demandes est au-dessus de mes forces. Je ne pourrai jamais vivre si longtemps dans un univers aussi froid. Que fais-tu de l'affection, de la tendresse ?

Il saisit son avant-bras et l'attira avec force contre lui.

— La tendresse, tu la trouveras auprès de moi. Si je te prends pour femme, tu seras à moi, Ange. Personne d'autre que moi ne posera la main sur toi. Je n'accepterai pas de me faire ridiculiser par une femme infidèle.

La jeune femme se laissait rarement impressionner. Aujourd'hui pourtant, le contrôle de la situation semblait lui échapper. Son esprit cartésien refusait les conditions inacceptables de ce mariage de façade, mais une force mystérieuse la poussait à relever le défi. *Si je te prends pour femme, tu seras à moi, Ange.* Punition ou promesse, les paroles de Lennox contenaient tout à la fois. Quand elle sentit qu'il glissait les doigts dans sa nuque, l'excitation l'emporta un peu plus sur la raison. Et quand ses bras puissants entourèrent sa taille, elle fut impuissante à le repousser.

Comme doués d'une volonté propre, leurs vêtements voltigèrent jusqu'au sol. Leurs corps se fondirent l'un dans l'autre, leurs lèvres affamées se dévorant de baisers. Telle une terre asséchée absorbant avidement la pluie, la chair d'Amara s'enivra du contact brûlant enfin retrouvé causé par le contact avec la peau nue de son amant. Absorbée par le vertige de ses sens, elle sentit confusément qu'il la soulevait pour la porter sur le lit. Là, elle perçut toute la force du désir qui le submergeait lui aussi.

Sa grande silhouette se déploya au-dessus d'elle et, appuyé sur les avant-bras, il fit courir ses lèvres sur la base de son cou, sur ses épaules et sur le bout durci de ses seins. Puis il s'agenouilla pour se délecter du spectacle de son corps et dessina lentement ses courbes avec l'extrémité de ses doigts. Quand sa main atteignit l'intérieur de ses cuisses, elle renversa la tête en arrière. Quand il écarta ses lèvres humides, elle gémit de plaisir.

— On dirait que mes caresses ne te laissent pas insensible. Je pense que tu devrais surmonter sans peine l'épreuve de ce mariage.

Trop brutalement ramenée à la réalité par ses paroles, elle se reprocha le bonheur trop manifeste que lui procurait cette étreinte.

— Ne te réjouis pas trop vite ! L'augmentation de la libido est un des nombreux symptômes de la grossesse.

— Un dérèglement des hormones ? Ma foi, si cela peut te rassurer…

— Tais-toi et fais-moi l'amour !

Sans lui laisser le temps de revenir de sa surprise, elle le fit rouler sur le dos pour se placer au-dessus de lui. Une façon pour elle de reprendre le contrôle de la situation. Elle se pencha ensuite pour attraper un préservatif sur sa table de chevet. Son état n'était pas une raison pour abandonner toute prudence. Elle enroula les doigts autour de son sexe, le caressa de haut en bas, s'attardant habilement sur son extrémité. Le rythme accéléré de la respiration de Lennox la rassura sur l'effet qu'elle lui faisait. Sur ce plan-là, ils étaient à égalité. Lentement, elle augmenta la pression sur sa verge, la portant au point culminant de son érection. Alors seulement, elle la recouvrit de sa protection.

Comme elle s'abaissait lentement au-dessus de lui, se laissant pénétrer centimètre par centimètre, un concert de gémissements emplit le silence de la pièce. Loin de l'accouplement fébrile et quelque peu précipité de leur première rencontre, leur union alanguie se teintait d'une dimension presque religieuse. Amara se fondait lentement dans le corps de son amant au point de ne faire plus qu'un avec lui. Elle se pencha pour l'embrasser, tout en remuant subtilement les hanches, ravie de la sensation presque douloureuse que laissaient sur sa peau les mains solidement agrippées à sa taille. Excité à l'extrême, Lennox cherchait à accélérer le rythme de ses balancements, mais elle refusait de se précipiter. Elle jouissait de sa position de domination et entendait en profiter aussi longtemps qu'elle le pourrait. Les rôles étaient inversés. Soumis à la cadence qu'elle imposait à leur acte sexuel, il paraissait à sa merci. En ces instants précieux, Lennox obéissait à sa volonté. Elle prenait sa revanche.

En quête de nouvelles sensations, elle leva les genoux devant elle pour s'asseoir sur lui. Un cri jaillit de sa gorge lorsqu'elle sentit le sexe de Lennon atteindre le point le plus éloigné de ses entrailles. Son va-et-vient se fit alors plus intense, et la perception de la puissance de son amant plus aiguë. Quand il sentit les muscles de son vagin se contracter à l'approche de la jouissance, il se redressa pour s'asseoir à son tour, passa un bras autour de sa taille tandis que sa main libre se posait derrière sa nuque. Dans un mouvement rapide et habile, il la fit glisser sur le dos et redonna à leurs pulsions un tempo plus apaisé.

— Plus vite, je t'en prie !

Elle se sentait freinée dans son élan, privée d'une volupté toute proche et le suppliait d'un air désespéré. Sans paraître l'entendre, il balançait lentement les hanches, reproduisant la torture qu'elle lui avait infligée.

— S'il te plaît, Lennox, j'ai besoin de…

— De quoi as-tu besoin ? De moi ?

Comme elle ne répondait pas, il s'amusa à se retirer pour la frustrer un peu plus.

— Dis-le ! gronda-t-il d'une voix rauque. Dis que tu as besoin de moi !

Les deux amants se livraient un combat titanesque, mais Amara savait qu'à ce jeu-là il serait le plus fort. Le corps tremblant, elle prononça les mots qu'il attendait.

— J'ai besoin de toi, Lennox. Je t'en supplie !

Au lieu du sourire victorieux qu'elle s'attendait à trouver sur ses traits, elle lut sur son visage un réel soulagement.

— J'ai besoin de toi, moi aussi, chuchota-t-il à son oreille. Terriblement besoin de toi.

Alors, il l'entraîna dans un ballet enivrant où leur petit jeu de domination n'avait plus de place. La guerre avait cessé. L'antagonisme avait cédé la place à l'harmonie. Ensemble, ils s'envolèrent jusqu'à l'orgasme, ensemble ils atteignirent le point culminant du plaisir. Exténué, haletant, il se laissa tomber sur le côté et l'attira dans son étreinte.

Amara n'aurait su dire combien de temps elle s'était assoupie quand la voix de Lennox la ramena à la réalité.

— Tu doutes encore de trouver la tendresse au sein de notre mariage ?

Des doutes, Amara n'en avait guère. Elle savait surtout que la présence de cet homme à ses côtés apporterait à sa vie un bouleversement radical. Le craignait-elle ? En vérité, elle l'appelait de tous ses vœux.

— Tu as gagné, soupira-t-elle, vaincue. Je vais t'épouser.

- 11 -

Les mains appuyées sur la balustrade du balcon de sa chambre, Amara contemplait le bleu intense de l'océan. Deux jours auparavant, Lennox lui avait envoyé un message l'invitant à se préparer pour un voyage impromptu en Jamaïque. Il en avait organisé les moindres détails. Dès son arrivée à Port Antonio, elle avait été conduite dans une propriété à la végétation luxuriante, où une villa aux lignes contemporaines se dressait au milieu des palmiers, des palétuviers et des hibiscus.

Émerveillée par la plage de sable blanc où les vagues venaient doucement mourir, elle sentit peu à peu son appréhension se dissiper. En quelques jours, son univers avait basculé dans l'inconnu, reléguant au second plan ses obligations d'avocate. Jamais elle n'aurait imaginé une escapade aux Caraïbes en cette période de l'année.

Un coup frappé à la porte de la suite la tira brusquement de ses pensées. Elle traversa la chambre et le salon pour ouvrir à son visiteur.

— Heureux de voir que tu es bien arrivée, lui dit Lennox avec un sourire.

Elle s'écarta pour le laisser entrer.

— Le vol était agréable ?

Elle ne savait que lui répondre. Son voyage dans le jet privé s'était déroulé sans encombre. Malheureusement, elle avait eu quatre heures pour méditer sur un avenir dont elle avait perdu le contrôle.

— Ange ?

— Je… eh bien…

Il haussa les sourcils pour l'encourager à poursuivre.

— C'est la première fois que je débarque seule dans les Antilles. Jusqu'à présent, j'étais toujours accompagnée de mes parents. C'est une de leurs destinations préférées.

Une ombre passa sur son visage.

— Je me demande comment ils vont accueillir la nouvelle de ce mariage précipité. Ils sont à mille lieues de se douter de ce qui se passe. J'espère que l'arrivée du bébé parviendra à les consoler.

— Tu te sens coupable ?

Amara était suffisamment indépendante pour ne pas éprouver de culpabilité, mais un étrange vague à l'âme l'accompagnait depuis quelques jours.

— Au bal de mes quinze ans, mon père m'a dit toute la fierté qu'il éprouvait à voir la femme que j'étais en train de devenir et il m'a fait promettre de lui réserver ma première danse, le jour de mon mariage.

Le priver de ce bonheur la rendait profondément mélancolique.

— Tu ne penses pas que nous devrions renoncer à cette folie, Lennox ?

— La cérémonie est prévue pour demain soir, Ange. Il ne serait pas raisonnable de revenir maintenant sur notre décision.

Son ton était inflexible, mais elle pouvait lire dans ses yeux une réelle empathie.

— Et toi ? demanda-t-elle. Tu n'es pas proche de tes parents ?

La question le surprit. Éprouvant le besoin de se mettre à l'aise pour lui répondre, il s'installa sur le canapé placé au centre de la pièce.

— Ils comptent beaucoup pour moi. Malheureusement, mon père est mort, il y a quelques années. C'était mon meilleur ami. Il m'a donné tout ce qu'un père peut apporter à un enfant. Ma mère n'est toujours pas remise de son décès. Elle ne supporte pas sa solitude.

— Ce mariage clandestin risque de la décevoir, elle aussi. Elle rêvait sans doute d'autre chose pour son fils.

Lennox garda le silence. Mesurait-il toutes les conséquences de sa décision ? Sachant qu'aucun de ses arguments ne parviendrait à l'infléchir, elle préféra changer de sujet.

— Cette suite est magnifique, dit-elle en portant à nouveau le regard sur l'océan. Tu diras à ta comptable de m'envoyer la facture.

Il se leva d'un bond.

— Ange !

Elle l'avait clairement indigné.

— Je ne suis peut-être pas aussi riche que les Devereaux, mais j'ai largement les moyens d'offrir à ma femme un séjour convenable.

— Pardonne-moi, Lennox, je ne voulais pas t'offenser ! J'ai si peu l'habitude de voir un homme se préoccuper de mon bien-être…

— C'est mon devoir, Ange. Ce mariage n'est pas très orthodoxe, je te l'accorde, mais j'ai bien l'intention de remplir ma part du contrat. J'espère que tu feras de même.

Résignée, Amara hocha la tête en silence.

— Étant donné les circonstances, reprit-il, nous avons pris la meilleure décision.

Il s'approcha pour poser une main sur son ventre et le caresser doucement.

— Tu portes mon bébé. Je veillerai à ce que tu ne manques de rien.

L'instinct paternel de Lennox était rassurant, mais elle aurait aimé qu'il voie en elle autre chose que la mère de son enfant.

— Tout va bien ?

— Tout va bien. Merci pour ta générosité. Je te promets de profiter au mieux de ce séjour.

— Bien. Je suis heureux de voir que tu es raisonnable. Parce que demain matin, à la première heure, une masseuse, une coiffeuse, une maquilleuse, une manucure et une styliste vont débarquer dans ta chambre pour te dorloter et t'habiller. Jamais les gens d'ici n'auront vu une mariée aussi belle sur leur plage.

Il posa un doux baiser sur ses lèvres, lui sourit en reculant d'un pas, puis, sans lui laisser le temps de deviner ses intentions, il s'agenouilla devant elle, un petit coffret de velours rouge dans le creux de la main.

— Comme je l'ai dit, notre union n'est pas vraiment conventionnelle. Ce n'est pas une raison pour ne pas respecter le protocole.

Le couvercle de la boîte s'ouvrit sur un anneau en métal précieux orné de rubis. Un bijou somptueux, d'un goût exquis. *Bien trop délicat pour un mariage sans amour*, songea tristement la jeune femme. Elle se retint pourtant d'exprimer sa pensée.

— Amara Ange Devereaux-Rodriguez, me ferez-vous

l'honneur de me retrouver demain soir sur la plage pour devenir ma femme ?

Un ravissement mêlé d'effroi fit monter des larmes à ses paupières. Une fébrilité sans doute causée par sa grossesse. Ce genre d'émotion ne lui ressemblait pas. Elle aspira une longue bouffée d'air avant de lui répondre.

— Oui, souffla-t-elle simplement.

Incapable de prononcer un mot de plus, elle le regarda glisser l'anneau autour de son doigt. De toutes ses forces, elle tentait de repousser l'étrangeté de cet instant magique tristement dicté par les circonstances.

Il embrassa sa main et lui sourit.

— Rendez-vous sur la plage, Ange. Je t'attendrai en compagnie du pasteur. J'ai hâte.

Comme il se dirigeait vers la porte, elle s'étonna.

— Où vas-tu ?

— J'ai pris une chambre au grand hôtel. Je ne voulais pas t'imposer ma présence.

Elle n'osait croire que l'homme prévenant qui se trouvait devant elle était le même qui l'avait menacée de détruire sa carrière. Devant la surprise qu'elle ne pouvait dissimuler, il tenta de s'expliquer.

— J'ai conscience de t'avoir contrainte à ce mariage, Ange. Pour autant, je n'ai pas l'intention d'exiger de toi ce que tu ne veux pas me donner. À notre retour à New York, nous nous installerons sous le même toit, comme un couple normal. Mais si tu préfères que nous fassions chambre à part, je respecterai ta volonté.

Un rire nerveux jaillit des lèvres d'Amara.

— C'est très généreux de ta part.

— Je ne vais pas mentir et dire que je n'ai pas envie de partager ton lit. Mais je ne veux pas profiter de la situation. Le fait que tu sois ma femme ne me donne aucun droit sur ton corps.

— Je n'ai pas l'intention de mener une existence monacale.

— Alors tu viendras me trouver. Les termes de notre contrat sont clairs, Ange. Tant que nous serons mari et femme, tu me seras fidèle.

Sur cette sommation, il disparut de la pièce. Restée seule, Amara se laissa tomber sur le canapé. En quelques semaines, les rênes de son existence lui avaient échappé. Son destin était écrit pour de longues années. Aux yeux du monde, elle serait l'épouse modèle de l'un des hommes politiques les plus influents de la ville. Le domaine privé restait plus indécis. Elle abaissa les paupières et se prit à rêver. Que faudrait-il pour fendre l'armure de l'inflexible Lennox ? La naissance du bébé parviendrait sans nul doute à l'attendrir. D'ici là, elle ne ménagerait pas ses efforts pour transformer sa prison dorée en un havre de paix et d'amour.

- 12 -

Amara s'éveilla dans un grand lit vide, à des milliers de kilomètres de l'univers familier de son appartement. Elle resta immobile, les yeux fermés, prostrée dans une léthargie qui, elle l'espérait tout au moins, la préserverait pour un temps de la journée éprouvante qu'elle s'apprêtait à vivre. Sa détermination de la veille l'avait abandonnée. Son désir de transformer un mariage de façade en véritable histoire d'amour lui paraissait aujourd'hui inatteignable. Lennox n'était pourtant pas un monstre. Il s'était appliqué à rendre son séjour agréable, multipliant les efforts pour la réconforter. Mais elle n'était pas dupe. Son unique obsession était le succès de sa carrière politique. Elle était devenue l'instrument de sa respectabilité.

La mort dans l'âme, elle se traîna jusqu'à la salle de bains et passa sous la douche. Légèrement apaisée par le jet d'eau brûlant, elle enfila son déshabillé et essuya de la main la buée accumulée sur le miroir pour tenter d'y reconnaître son visage.

— Te voilà dans un beau pétrin, ma fille !

Comme la femme qui lui faisait face restait désespérément silencieuse, elle abaissa le regard sur la bague de fiançailles que Lennox avait glissée à son doigt. Son geste l'avait émue, même si elle savait au fond d'elle que leur union était une imposture. Quand elle entendit frapper à sa porte, elle resserra sa ceinture et alla ouvrir. Elle avait été prévenue de l'arrivée de la styliste et de ses assistantes, mais elle avait espéré prendre son petit déjeuner en paix.

— Je ne vous attendais pas aussi tôt…

Le spectacle qu'elle découvrit sur le seuil la laissa sans voix. Ses visiteurs ne portaient ni blouses ni trousses de maquillage.

— Surprise !

Sans lui laisser le temps de se ressaisir, ses parents l'étreignirent avec force et la couvrirent de baisers. Stupéfaite, elle leva les yeux vers le sourire espiègle de Lennox. Comment avait-il accompli ce miracle et pourquoi l'avait-il fait ? Il laissa le couple le précéder dans la suite avant de s'expliquer.

— J'ai compris à quel point tu étais proche de tes parents. Je n'ai pas eu le cœur de te priver de leur présence un jour comme celui-ci.

Comme elle ouvrait la bouche pour lui répondre, il lui prit doucement la main.

— J'espère que tu n'es pas en colère contre moi. Je voulais juste t'épargner des regrets.

En vérité, elle ne savait que penser. Elle lui en voulait d'avoir agi à son insu, mais la délicatesse de son initiative adoucissait son ressentiment. Son père ne tarissait pas d'éloges sur le décor.

— Regarde un peu cette vue ! disait-il à son épouse. Je n'ai pas beaucoup apprécié qu'un inconnu nous appelle pour nous annoncer le mariage précipité de notre fille, mais je dois dire que je suis rassuré. Seul un homme vraiment amoureux peut offrir à une femme un conte de fées comme celui-là.

Amara gardait les yeux rivés au sol. Combien de temps l'esprit affûté de son père mettrait-il à deviner la mascarade ?

— Monsieur Rodriguez, glissa rapidement Lennox, je prends l'entière responsabilité de cette annonce tardive. Je regrette d'avoir organisé un tel événement sans en informer votre famille. J'espère que vous ne m'en tiendrez pas rigueur. Je vous promets d'être un mari exemplaire pour Ange.

— Ange ? répéta son interlocuteur avec un doux sourire. C'est ainsi que vous appelez ma fille ? Ange ?

— Oui, monsieur. C'est ce qu'elle est pour moi.

— Comme c'est émouvant !

Amara n'en croyait pas ses yeux. Son père était en train de tomber sous le charme du plus grand mystificateur qu'elle ait jamais rencontré. Et sa mère n'était pas en reste. Elle buvait les paroles de Lennox tout en tamponnant discrètement les larmes qui perlaient à ses paupières.

L'arrivée d'un groom interrompit la discussion. Il poussait devant lui un chariot chargé d'un solide petit déjeuner.

— Décidément, vous pensez à tout, observa le père d'Amara à l'intention de Lennox.

— Je fais de mon mieux, répondit humblement l'intéressé.

— Et vous réussissez à merveille ! glissa la mère. Je le vois sur le visage de ma fille. Elle est resplendissante.

Amara connaissait trop bien sa mère pour se laisser abuser par son enthousiasme. Elle savait que l'interrogatoire succéderait sans tarder aux compliments.

— De toute évidence, vous ne vous connaissez pas

depuis longtemps, commença-t-elle comme pour illustrer les pensées de sa fille. Sinon, Amara nous aurait parlé de vous. Notre petite chérie ne peut rien nous cacher.

— Maman, je t'en prie…

Elle sentit les doigts de Lennox entourer son poignet.

— Tout va bien, Ange. Si j'étais à la place de tes parents, je serais curieux, moi aussi.

Elle s'adossa à sa chaise tout en se demandant combien de temps il parviendrait à entretenir la comédie.

— Nous nous sommes rencontrés il y a un peu plus d'un mois. Je suis tombé fou amoureux. Sa beauté m'a conquis au premier regard et son intelligence m'a impressionné. Pour rien au monde je ne l'aurais laissée partir.

Madame Rodriguez leva son verre et prit une gorgée de jus d'orange.

— Vous n'êtes pas avare de compliments, jeune homme. J'espère que vous êtes sincère. Les politiques de notre pays ne le sont pas toujours.

Le visage de Lennon demeura impassible. Il se rapprocha d'Amara et étendit le bras sur le dossier de sa chaise.

— Chère madame Rodriguez, vous apprendrez à me connaître. Je suis loyal et fidèle à mes idéaux dans le public comme dans le privé. Je travaille dur pour protéger les intérêts de mes concitoyens et je ferai de même pour le bonheur de mon épouse et de…

Il s'interrompit pour interroger la jeune femme du regard. Aussitôt elle sourit, tant la pensée de l'enfant à naître effaçait l'absurdité de la situation. Lennox lui prit la main et y déposa un long baiser avant de se retourner vers ses parents.

—… et de l'enfant qu'elle porte.

Pour la première fois de sa vie, Amara vit ses parents rester sans voix. Amusée, elle leur sourit tendrement et leur confirma la nouvelle.

— Vous avez bien entendu, je suis enceinte. Et vous, vous allez être grands-parents.

— Comme le temps passe ! soupirait Mme Rodriguez en passant en revue les accessoires que la coiffeuse avait laissés sur la table du salon. C'est à peine si je t'ai vue grandir. Que vas-tu décider ?

— Je ne sais pas, soupira Amara. Ils sont tous magnifiques.

— Je ne parlais pas des diadèmes, ma chérie. Es-tu vraiment certaine de ne pas te précipiter dans ce mariage à cause du bébé ?

Le moment d'émerveillement passé, le caractère anxieux de la mère de famille avait repris le dessus.

— Ce bébé est un don du ciel, affirma la jeune femme. Les mots qui jaillissaient de sa bouche la surprenaient elle-même.

— Il n'était pas prévu, mais nous sommes tous les deux très heureux de devenir parents.

Sa mère la contempla, les yeux remplis de larmes.

— Si c'est ce que tu veux, alors c'est tout ce qui compte.

Elle la prit dans ses bras et l'étreignit tendrement.

— Mon bébé va avoir un bébé. Mais comment cet enfant pourra-t-il m'appeler ?

Amara haussa les sourcils.

— Mamie, grand-mère, *abuela*, il n'aura que l'embarras du choix.

— Je me sens bien trop jeune pour supporter ce

genre de vieilleries. Il me faut quelque chose de plus moderne et plus original.

— Peu importe le nom qu'il choisira pour toi, tu lui apporteras tout ton amour, et ce sera l'enfant le plus gâté du monde.

— Comme sa maman. Je t'ai gâtée, n'est-ce pas ?

Rien n'était plus vrai. Amara avait eu la chance d'être adorée de ses parents.

— Énormément.

— Je n'ai pas à me plaindre du résultat. Fais-moi confiance, ta petite merveille sera au centre de toutes mes attentions !

Son bonheur faisait plaisir à voir et Amara réalisa à quel point l'initiative de Lennox méritait d'être saluée.

— Je suis vraiment contente de vous avoir près de moi.

— Je n'aurais pas supporté d'être privée de ton mariage. Ton père non plus, tu peux en être sûre.

Elle serra longuement Amara contre son cœur avant de s'écarter pour rajuster sa toilette et retrouver sa dignité coutumière.

— Maintenant, assez d'atermoiements et de sensiblerie ! Passons aux choses sérieuses ! Je veux voir le plus beau diadème sur les cheveux de ma petite fille.

Amara se posta devant le miroir et observa son reflet d'un air songeur. Elle avait peine à se reconnaître dans la longue robe blanche incrustée de perles, dont le bustier très sage sur le devant ouvrait à l'arrière sur un dos nu audacieux. Une coupe à la fois sobre et affriolante, dans laquelle elle se sentait infiniment séduisante.

Elle ramassa la carte que Lennox lui avait envoyée avec sa toilette et la relut avec émotion. Une fois encore, il s'était mis en quatre pour la satisfaire.

Chère Amara. Je sais que tu aurais aimé choisir toi-même ta robe pour ce grand jour. Les circonstances ne l'ont pas permis et j'ai décidé de tenter ma chance auprès de ton couturier favori. J'ai inspecté discrètement ta garde-robe. Elle est remplie de ses créations. Je l'ai appelé et quand je lui ai précisé ton nom, il a immédiatement accepté d'envoyer pour toi la pièce maîtresse de son dernier défilé. J'espère qu'elle te plaira. À ce soir, sur la plage.

Lennox avait eu raison. La robe lui allait aussi bien qu'un vêtement fait sur mesure. La coiffeuse avait elle aussi accompli un travail remarquable, ramassant ses longues mèches brunes dans un chignon savamment négligé. Les doigts tremblants, sa mère arrangea le diadème sur le haut de son crâne puis elle s'éloigna pour l'admirer.

— Tu es superbe !

Cette fois, elle ne put retenir ses larmes.

— Ma petite fille est devenue une femme admirable. Lennox en aura le souffle coupé.

Amara lui sourit chaleureusement.

— Où est papa ?

Elle avait hâte de se montrer à lui dans sa tenue d'apparat.

— Il a fait une longue promenade sur la plage pour se détendre et maintenant il t'attend au rez-de-chaussée. Ce n'est pas facile pour lui de céder sa petite chérie à un autre homme.

Que pouvait-elle répondre à cela ? *Ne t'inquiète pas, ce mariage n'est pas fait pour durer. Si tu es patient, ta fille te reviendra dans quelques années.* Elle resta silencieuse et prit une longue inspiration pour retrouver son calme.

— Eh bien, je suppose que le moment est venu de descendre.

Elle chassa ses pensées importunes et sortit de sa suite, déterminée à honorer dignement sa part du contrat. La tête haute, elle rejoignit son père au bas des marches. Les dés étaient jetés. Dans quelques minutes, elle deviendrait Mme Lennox Carlisle.

- 13 -

— Mon fils adoré se marie !

Della Carlisle ne parvenait pas à contenir sa joie.

— Si tu savais comme je suis fière !

Elle le rejoignit devant le miroir où Lennox tentait vainement de nouer sa cravate. L'exercice ne lui était pas familier. Au comble de l'émotion, elle encadra amoureusement son visage de ses mains. Des larmes scintillaient dans ses grands yeux noirs.

— Maman, ne pleure pas, s'il te plaît ! Tu vas faire couler ton maquillage.

— Je ne sais pas si je dois éclater en sanglots ou te tordre le cou. Tu ne m'as jamais parlé de cette femme. Tu mériterais une belle correction.

Il se pencha pour l'embrasser sur le front.

— Je mérite surtout des félicitations. Grâce à moi, tu vas enfin devenir grand-mère.

Elle lui sourit chaleureusement.

— C'est vrai, tu ne pouvais me faire de plus grand bonheur. S'il était là, ton père serait comblé, lui aussi. Bientôt maire de New York, marié à une véritable princesse…

— Maman, nous ne sommes pas dans un conte de fées.

Ce mariage de raison était à mille lieues de l'union romantique qu'elle semblait imaginer. Elle l'ignorait, bien sûr. À ses yeux, son petit garçon vivait une belle histoire d'amour. Il n'eut pas le cœur de la décevoir.

— Je suis content que tu sois là, dit-il simplement.

— Je n'aurais manqué cela pour rien au monde.

Elle saisit les pans de sa cravate et s'appliqua à réaliser un nœud impeccable.

— J'ai ressorti mon appareil-photo pour l'occasion. Il y a des lustres que je ne l'ai pas utilisé.

Depuis la mort de son époux, elle avait remisé son matériel photographique. Lennox était heureux de lui offrir l'occasion de renouer avec son occupation favorite.

— J'ai déjà pris des dizaines de clichés sur le chemin de l'hôtel. Le cadre est magnifique. J'ai l'intention de faire un véritable reportage. De quoi réaliser votre premier album.

Plus elle montrait son enthousiasme, plus il se sentait coupable de sa mystification. Que faire ? Pour rien au monde il n'aurait assombri le rayonnement d'un visage miné par le chagrin depuis tant d'années.

Lennox se tenait devant l'arche de mariage, abondamment décorée de mousseline et de fleurs tropicales. Les mains enfoncées dans les poches de son pantalon de lin blanc, les yeux noyés dans le bleu profond de la mer des Caraïbes, il se remémorait la succession d'événements qui l'avait amené jusqu'ici. Sa rencontre avec Ange dans le club de son ami Carter, leurs étreintes passionnées, l'attente insupportable et la révélation de sa paternité. Il se surprit à penser que ce mariage était plus qu'une simple formalité. Au moment de s'engager envers cette femme qu'il connaissait à peine, un curieux sentiment d'anticipation accélérait les battements de son cœur. Une crainte mêlée d'excitation. L'impatience de découvrir ce que lui réservait cette union improbable.

Il s'était juré d'honorer les vœux qu'il prononcerait aujourd'hui jusqu'au terme de leur étrange partenariat. Il avait l'intention de traiter son épouse avec respect et courtoisie. Cette femme lui offrait un enfant. Elle méritait la plus grande considération. Le sentiment qu'il éprouvait en cet instant allait pourtant bien au-delà de la satisfaction que procurait à un homme l'accomplissement de son devoir de père. À quelques minutes de la cérémonie, il n'avait pas le temps d'explorer plus avant les raisons de son trouble. En avait-il seulement le courage ?

Un bruit de pas le tira de ses réflexions.

— Lennox, fit le père de sa future épouse en le rejoignant près de l'arche. Je peux te parler un instant ?

— Bien sûr, monsieur Rodriguez.

— Au diable les formalités ! Appelle-moi Ange, si tu veux bien ! Tu es sur le point de devenir mon gendre et le père de mon premier petit-enfant.

— Vous portez le même prénom que votre fille. Cela pourrait prêter à confusion.

Le visage de son interlocuteur se fendit d'un large sourire.

— Tu t'y habitueras, j'en suis sûr. Je voulais simplement échanger quelques mots avec toi. J'ai un peu réfléchi aux raisons de ce mariage et je ne crois pas me tromper en affirmant qu'il a pour but de protéger ta carrière.

Lennox ouvrit la bouche pour lui répondre, mais le père d'Amara l'arrêta d'un geste de la main.

— Je ne cherche pas à polémiquer, mon garçon, mais je sais que ma fille n'avait aucunement l'intention de renoncer à son indépendance. Elle a toujours fait passer sa vie sentimentale au second plan. Sa seule ambition était de diriger notre cabinet d'avocats. Si elle accepte aujourd'hui de t'épouser, c'est sans doute qu'elle tient beaucoup à toi. J'espère que tu ne la décevras pas.

Lennox posa sur lui un regard plein de respect. L'homme était soucieux du bonheur de sa fille. Il cherchait à la protéger. Mesurait-elle sa chance ? Il aurait tant aimé avoir son propre père à ses côtés !

— Ne vous inquiétez pas, monsieur. Je saurai prendre soin de ma femme.

Ange Rodriguez approuva d'un signe de tête et réduisit la distance qui les séparait.

— Ta pochette est froissée, dit-il en portant la main à son veston. Laisse-moi arranger ça ! Mon gendre doit être impeccable au moment de prononcer ses vœux.

Lennox le laissa docilement remettre en place le carré de soie qui dépassait de sa poche.

— Tu t'attendais sans doute à une réaction plus hostile de notre part, poursuivit Ange Rodriguez. Elle serait hypocrite. J'ai épousé Janet six mois à peine après l'avoir croisée dans un musée. Un vrai coup de foudre. Il semble que ce soit une habitude dans la famille.

Il se racla la gorge et s'efforça de revenir au temps présent.

— Nous ne nous connaissons pas, mon garçon, mais j'espère que nous deviendrons très vite des amis. David Devereaux a été pour moi un beau-père merveilleux. Je tiens à suivre son exemple. Moi aussi, j'avais perdu mon père au moment de mon mariage. Je pensais qu'aucun homme ne pourrait jamais le remplacer. David a su combler ce vide immense et je lui en sais gré aujourd'hui encore. Ange est la prunelle de mes yeux. Tant que tu sauras l'aimer et la protéger, tu trouveras en moi un allié.

Lennox avait la gorge serrée. Il n'avait pas ressenti de si vive émotion depuis le jour où il avait vu le cercueil de son père descendre dans la tombe.

— Monsieur Rodriguez…

— Papa, coupa l'intéressé. Ou Ange ou beau-papa, comme tu voudras. Quelles que soient les raisons qui ont motivé cette union, tu fais partie de la famille, maintenant.

Lennox lui adressa un sourire hésitant. Il se sentait coupable. Coupable d'avoir par la folie d'un soir contraint une jeune femme à l'épouser. Coupable d'entrer par effraction dans un clan très uni. Un immense soulagement allégeait pourtant sa conscience et il était infiniment reconnaissant à l'homme qui se tenait devant lui de l'indulgence qu'il lui manifestait.

Quand le père d'Ange lui ouvrit grand les bras, il accepta sans réticence l'accolade amicale qu'il lui offrait.

— Merci, papa.

L'arrivée du pasteur interrompit alors leur tête-à-tête.

— La mariée est prête, annonça-t-il en se plaçant au centre de l'arche.

Ange Rodriguez s'éloigna pour aller rejoindre sa fille. Songeur, Lennox le suivit du regard, jusqu'au moment où il aperçut la silhouette étourdissante de celle qui allait devenir sa femme. Le couturier contacté dans l'urgence s'était surpassé. La parure qu'il avait envoyée était une véritable œuvre d'art. Saisi, Lennox contempla l'élégance de la robe blanche qui épousait si fidèlement les courbes de la jeune femme et l'émotion céda soudain le pas à un sentiment de fierté inattendu.

Le cœur battant, il la contempla tandis qu'elle remontait l'allée de sable blanc au bras de son père. Si les raisons de ce mariage demeuraient inavouables, si l'on ne célébrait pas aujourd'hui l'union de deux êtres éperdument amoureux, une chose était certaine : ils formeraient aux yeux du monde un couple respectable et relèveraient ensemble le défi qui les attendait.

- 14 -

— Vous êtes sûrs de ne pas pouvoir rester plus longtemps ? demanda Amara en serrant tendrement son père dans ses bras. Nous avons à peine terminé le dessert.

Sa mère s'approcha en souriant.

— Ma chérie, la dégustation du gâteau de mariage marque la fin de la cérémonie. Votre lune de miel a officiellement commencé. Et puis, vous avez besoin de tranquillité. Je suis sûre que Lennox a envie de t'avoir pour lui seul. Je pense qu'il appréciera notre discrétion.

— Eh bien…

Amara haussa les épaules.

— Vous pourriez au moins passer la nuit ici et prendre le petit déjeuner avec nous demain matin ?

— Désolé, *cariña*, glissa Ange Rodriguez en déposant un baiser sur son front. Nous sommes attendus à New York pour l'inauguration d'une nouvelle école. Nous avons prévu de prendre un vol de nuit et Della nous accompagne. Profitez de votre séjour ! Votre retour risque d'être un peu agité. Quand le reste de la famille apprendra la nouvelle de votre mariage, vous n'aurez plus un moment de tranquillité. À propos, à quel moment avez-vous l'intention de l'annoncer ?

La jeune femme réfléchit un instant.

— Pourrions-nous attendre d'avoir célébré les noces de Trey et Jeremiah ? Ils sont tellement excités par la préparation de l'événement que je ne voudrais pas leur voler la vedette.

Janet plissa le front.

— Je n'aime pas les cachotteries.

— C'est l'affaire de quelques jours, maman. Tu n'auras pas à mentir très longtemps.

Peu encline à s'immiscer dans la vie privée de sa fille, Janet hocha la tête en signe de reddition. Une heure plus tard, les bagages étaient chargés dans le taxi. Après un moment de chaleureuses effusions, les trois voyageurs prenaient le chemin de l'aéroport. Quand Lennox referma la porte de la villa derrière eux, le poids de la réalité s'abattit soudain sur les épaules d'Amara. Une nouvelle vie l'attendait. Celle de l'épouse d'un homme public promis aux plus hautes fonctions dans la ville de New York. Manifestations officielles, inaugurations, dîners mondains, elle pouvait dire adieu à sa liberté de célibataire.

Lennox avança à pas lents jusqu'au salon et se planta au milieu de la pièce, les mains enfoncées dans les poches de son pantalon. Elle l'observa avec un mélange d'anxiété et d'admiration. Cet homme avait un charme fou. Leur vie commune ne serait peut-être pas la punition insupportable que les circonstances pouvaient laisser craindre.

— Je ne te remercierai jamais assez d'avoir fait venir nos parents jusqu'ici. Ta mère est adorable. Je suis vraiment heureuse de l'avoir rencontrée.

— J'espère qu'elle n'abusera pas de ton temps. Elle risque de se montrer un peu envahissante. Tu lui as volé son fils chéri et tu portes son petit-enfant.

Ses paroles n'éveillèrent en rien l'inquiétude de la jeune femme. Della Carlisle était une personne charmante.

— Elle avait l'air vraiment heureuse, dit-elle avec une soudaine gravité. Mes parents aussi.

Tout en parlant, elle faisait nerveusement tourner sa bague autour de son doigt.

— Leur bonheur n'a pas l'air de te réjouir, observa Lennox en s'approchant pour prendre sa main.

— Je suis soulagée qu'ils aient accueilli avec autant de joie l'idée de ce mariage.

Elle redressa la tête et, trouvant le poids de son regard trop lourd à supporter, elle s'éloigna en direction du balcon. Comment pouvait-elle lui expliquer les sentiments contradictoires que lui inspirait la situation ? Elle ne les comprenait pas elle-même.

— Quelque chose te préoccupe, fit Lennox en venant se poster derrière elle.

Percevoir son souffle sur sa peau fit courir des frissons sur sa nuque.

— J'ai peur qu'ils soient déçus le jour où nous annoncerons notre divorce.

— De l'eau aura coulé sous les ponts, d'ici là. Nous aurons tout le temps de nous en inquiéter plus tard.

Il avait raison, bien sûr, mais elle ne parvenait pas à chasser ses appréhensions.

— Tu as froid ?

Sans attendre sa réponse, il l'enveloppa dans son étreinte et massa longuement la base de son cou.

— Nous pouvions difficilement leur exposer franchement les coulisses de notre mariage. Le sujet est un peu délicat. Tu es ma femme, aux yeux du monde. Dans le privé, c'est un peu différent. Comme je te l'ai dit plusieurs fois déjà, je ne m'imposerai pas dans ton intimité.

Comme pour démontrer sa sincérité, il recula d'un pas.

— Je suis un homme de parole, Ange. À moins que tu ne préfères me garder près de toi ce soir, je rentrerai à mon hôtel.

Comme elle tardait à lui répondre, il fouilla longuement son regard.

— Le désir que je vois briller dans tes yeux ne laisse guère de doutes sur tes intentions.

— Tu es bien sûr de toi !

Il l'encercla de ses bras et prit furieusement possession de ses lèvres.

— S'il est un domaine dans lequel notre entente est parfaite, c'est bien celui-là. Alors, qu'est-ce que tu décides ?

Elle saisit l'extrémité de sa cravate et l'attira plus près encore.

— La nuit est noire et la marche est longue jusqu'à ton hôtel. Tu ne devrais pas t'aventurer sur les mauvais chemins qui longent la plage. En tant qu'épouse, je me dois de veiller à ta sécurité.

Les yeux amusés de Lennox glissèrent sur son décolleté.

— Si cela peut te rassurer, alors je vais rester.

Il posa les mains sur ses épaules nues, la fit lentement pivoter et commença à délacer son bustier. Bientôt, la robe blanche glissa le long de ses hanches et retomba sur ses chevilles. Il lui tendit la main pour l'aider à enjamber l'étoffe étalée sur le sol, avant de ramasser la précieuse robe pour la poser soigneusement sur le canapé. Quand il se retourna, il resta un instant ébloui par le spectacle qui s'offrait à sa vue. Amara se tenait debout au centre de la pièce, avec pour seuls vêtements une minuscule pièce de lingerie et une paire de talons aiguilles. Elle se dressait fièrement devant lui, nullement intimidée par sa quasi-nudité. Jamais son corps ne lui avait causé le moindre complexe. Pourtant, quand le regard de Lennox se posa sur ses seins, elle les couvrit pudiquement de ses mains.

— Tu ne vas pas me jouer le numéro de la vierge effarouchée ! s'exclama-t-il, surpris.

Elle ne fit aucun geste pour découvrir sa poitrine.

— Je n'ai pas de problèmes avec mon corps, Lennox.

— Alors, pourquoi ?

Elle baissa les yeux en essayant de démêler la complexité de ses pensées.

— Un politicien comme toi doit savoir qu'il est dangereux d'abattre tous ses atouts en même temps. Pour gagner la partie, il ne faut jamais dévoiler la totalité de son jeu. Le problème avec toi, c'est que tu lis en moi comme dans un livre ouvert.

— Tu penses que je pourrais te faire du mal ?

Elle secoua la tête sans hésitation. Lennox était un homme de principes. Elle avait confiance en lui.

— Pas intentionnellement. Mais cette chose incontrôlable entre nous me fait peur. Je n'aime pas perdre la maîtrise de la situation.

— Rien de surprenant de la part d'une avocate. Pourtant, c'est bien l'oubli que tu cherches à trouver dans mes bras.

Elle ouvrit la bouche pour lui répondre, mais les mots moururent au fond de sa gorge. Elle était capable de plaider les affaires les plus désespérées, mais rien dans son arsenal ne pouvait la protéger de l'emprise qu'il avait sur elle et sur ses sens.

— Tu es incapable de me résister, reprit-il d'une voix rauque.

Et, alors qu'elle tentait de reprendre ses esprits, il dénoua sa cravate, retira sa chemise et posa sur les lèvres d'Amara un baiser impérieux.

— C'est ce désir d'évasion qui t'a amenée dans le bureau de Carter, ce premier soir. Et c'est lui qui ravive sans cesse cette flamme entre nous.

Il dévora à nouveau sa bouche et, la poussant fermement en arrière, il l'obligea à s'asseoir devant lui.

— Tu fais partie de ces hommes qui aiment dominer les femmes, lança-t-elle pour sa défense.

L'accusation le laissa de marbre.

— Je n'aime pas la soumission. Les femmes dociles peuvent attirer certains hommes, mais pas moi. Dans mon entourage professionnel, il n'y a que des gens forts. Ils me poussent à donner le meilleur de moi-même. La règle s'applique aussi aux femmes que je fréquente.

Il s'agenouilla devant elle et lui fit écarter les jambes entre les accoudoirs du fauteuil.

— Je n'ai pas envie de te dominer, Ange. Quand nous sommes ensemble, la seule chose qui m'importe est de te donner du plaisir. Tu dois arrêter de penser et te contenter de ressentir.

Il glissa les avant-bras sous ses cuisses et appliqua un long baiser sur son sexe. Quand, à travers l'étoffe de son string, elle perçut la chaleur de sa bouche, elle posa instinctivement les mains sur sa tête pour le garder entre ses jambes. Il écarta le triangle soyeux et joua de l'index sur son clitoris tout en mordillant lentement ses lèvres.

— Laisse-toi aller ! murmura-t-il entre deux soupirs. Je veux te faire perdre la tête.

Sous ces caresses expertes, chaque centimètre de la chair d'Amara s'enflammait et elle trembla bientôt de tous ses membres. Quand il glissa la langue entre ses plis duveteux, elle était déjà tout près de l'orgasme. Choisissant de reprendre le contrôle, elle s'appliqua à repousser la vague de plaisir qui menaçait déjà de la submerger. Mais tandis qu'il enfouissait les doigts en elle pour les guider savamment vers les points les plus sensibles de son anatomie, elle sut qu'elle ne pourrait résister très longtemps. Une chaleur sublime, montant du plus profond de son ventre, électrisait son bassin et irradiait le bas de sa colonne. Chaque mouvement de la main de son amant faisait courir de nouvelles sensations sur les parois de son vagin, jusqu'au moment où elle sentit ses muscles se resserrer autour de ses doigts, libérant la jouissance ultime si âprement repoussée et si ardemment attendue. Agrippant les accoudoirs de toutes ses forces, elle bascula dans le bonheur, s'oubliant dans une plénitude que jamais elle n'avait éprouvée.

Lorsque les spasmes puissants de l'orgasme commencèrent à s'apaiser, sa conscience lui revint peu à peu. L'apogée qu'elle venait d'atteindre lui donnait rétrospectivement le vertige. Elle se sentait au bord d'un gouffre sans fond. Était-il raisonnable de s'abandonner ainsi ? De se montrer aussi sensible à ses attentions ? N'était-ce pas lui accorder un dangereux ascendant ? Étranger au combat auquel se livraient le corps et l'esprit de la jeune femme, Lennox la porta jusqu'au lit. Là, un tourbillon d'émotions intenses balaya toutes ses réticences.

Amara s'étira paresseusement tandis que les premiers rayons du soleil inondaient la chambre. Un bras puissant emprisonna sa taille pour l'attirer dans la chaleur d'une douce étreinte.

— Bonjour.

La voix ensommeillée de Lennox était riche et profonde ; la caresse de son souffle, délicieuse.

— Que veux-tu faire, aujourd'hui ? demanda-t-il.

Depuis qu'ils avaient débarqué sur l'île, quatre jours auparavant, ils n'avaient guère dépassé le périmètre de la propriété, hormis le soir de leur mariage.

— Serais-tu fatigué de faire l'amour ?

Il resserra son bras autour d'elle et posa un doux baiser sur son oreille.

— Absolument pas. Mais je pensais que tu voudrais faire un peu de tourisme. Si tu as envie d'une sortie en mer, ce n'est pas compliqué à organiser.

Il attrapa son téléphone sur la table de nuit.

— Et toi ? Qu'as-tu envie de faire ?

— Pour être franc, je dois dire qu'une journée à paresser dans la chambre me convient tout à fait. Les élections approchent. Quand nous rentrerons à New York, nous n'aurons plus un moment de tranquillité.

— Je suis d'accord avec toi. Commençons par commander notre petit déjeuner ! Je suis affamée.

Il caressa tendrement le contour de son ventre.

— Tu as raison. Tu dois prendre des forces. Pour toi et pour le bébé.

L'allusion au petit être qui grandissait en elle la remplit

de gratitude. Il n'était jamais éloigné des pensées de Lennox, qui semblait prendre son rôle de père très au sérieux. Cette attitude bienveillante avait tendance à lui faire oublier les circonstances très particulières de leur mariage. Elle rêvait parfois de voir leur union de façade se transformer en un couple véritable. Elle ferma les yeux et se blottit dans son étreinte. Comme l'espoir grandissait au fond de son cœur, la sonnerie du téléphone de Lennox l'arracha à sa rêverie.

Il gémit avant de se redresser sur le lit et laissa échapper un juron en reconnaissant sur son écran l'identité de l'appelant.

— C'est mon directeur de campagne. Je suis obligé de lui répondre.

Elle hocha simplement la tête, se glissa hors du lit et, enfilant son déshabillé, elle se dirigea vers la salle de bains. Le reflet qu'elle croisa dans le miroir la surprit. Ses lèvres étaient gonflées par les baisers, ses joues, légèrement colorées, et ses cheveux retombaient en boucles désordonnées sur ses épaules. Jamais son visage ne lui avait semblé plus détendu. Il renvoyait l'image d'une femme épanouie et heureuse. Lennox frappa un coup léger à la porte, interrompant sa contemplation. Elle s'empressa de lui ouvrir.

— Je dois rentrer à New York aujourd'hui. Un de mes adversaires de la primaire a renoncé à son interview avec Robin Roberts au journal de 20 heures de demain. Si je veux profiter du créneau, je dois regagner mon QG de campagne pour me préparer.

Amara reprit pied dans la réalité. Elle déglutit avant d'arborer son plus beau sourire. La parenthèse enchantée se refermait. L'épouse de l'homme politique se soumettait à son devoir.

— Eh bien, je suppose que nous ferions mieux de préparer nos valises.

Il la contempla longuement, puis il hocha la tête avant de regagner la chambre. Restée seule, Amara se retourna vers le miroir. La tristesse avait assombri ses traits. Elle inspira une longue bouffée d'air pour s'armer de courage et se promit de toujours garder à l'esprit la réalité de son mariage avec Lennox. Loin de l'union de deux êtres éperdus d'amour, il s'agissait avant tout d'un contrat destiné à préserver sa carrière et la réputation de son époux. Elle ne devait jamais l'oublier, sous peine de s'exposer aux plus vives désillusions.

- 15 -

— C'est parfait. Je pense que je suis prêt pour l'interview.

Lennox adressa un sourire amical au jeune homme assis face à lui dans une des salles du studio d'enregistrement, puis il jeta un coup d'œil discret au badge accroché au revers de sa veste pour vérifier son prénom.

— Merci, Brian.

Pour le préparer à l'entretien télévisé, son interlocuteur l'avait soumis à une longue série de questions. Lennox avait répondu sans trop d'hésitation, en dépit d'une concentration inhabituellement capricieuse. Il baissa le regard sur son alliance et la fit tourner nerveusement autour de son doigt.

— Je ne savais pas que vous étiez marié, conseiller.

La remarque de Brian le fit sursauter.

— C'est tout récent. La cérémonie a eu lieu dans les Caraïbes, il y a quelques jours.

Le jeune homme lui adressa un large sourire.

— Sincères félicitations, dit-il, le regard exprimant soudain de la curiosité. Accepteriez-vous d'évoquer le sujet pendant l'émission ?

Lennox réfléchit rapidement. Il savait qu'Amara voulait attendre la célébration du mariage de son cousin avant d'annoncer publiquement leur union. C'était sans compter l'indiscrétion des médias. La meilleure façon de contrôler l'information était sans doute de l'exposer selon ses propres termes.

— Bien sûr, répondit-il. Nous n'avons rien à cacher. J'ai une question, pourtant. Quel jour avez-vous prévu pour la diffusion de l'interview ? Tous les membres de notre famille ne sont pas encore au courant. Nous aimerions partager la nouvelle avec eux avant qu'elle soit rendue publique.

— Demain soir.

Lennox se garda de tout commentaire mais, dès que Brian eut quitté la pièce, il prit son téléphone et composa le numéro d'Amara.

— Que se passe-t-il ? s'étonna la jeune femme.

Sa question était chargée d'inquiétude. Son mari ne l'appelait jamais pendant les heures de bureau.

— Rien de grave, rassure-toi !

Il se racla la gorge avant de poursuivre.

— Un petit contretemps, rien de plus. Mon alliance n'est pas passée inaperçue. Il est probable que notre mariage fera l'objet de quelques questions pendant l'entretien.

— C'est ennuyeux. Tu savais pourtant que je préférais attendre quelques jours avant d'en parler.

— Oui, Ange, je le savais. Mais tu connais les journalistes, on ne peut rien leur cacher. Mieux vaut leur révéler les faits plutôt que de s'exposer aux rumeurs. À ta place, j'organiserais une petite réception ce soir au manoir Devereaux. Nous pourrons ainsi informer ta famille de notre mariage et de ta grossesse.

Un long silence s'établit sur la ligne.

— Ange, tu es toujours là ?

— Oui, je suis là, soupira-t-elle. Très bien, je parlerai ce soir à ma famille.

— Non, corrigea-t-il avec douceur. *Nous* parlerons à ta famille. Tous les deux.

— S'il le faut…

Elle mit fin à l'appel sans un au revoir. Depuis qu'il lui avait annoncé son besoin urgent de rentrer à New York, Amara se montrait froide et distante. Il s'interrogeait sur les raisons de son changement d'attitude quand la silhouette de Brian se dessina à nouveau dans l'encadrement de la porte. Le jeune homme l'invita à le suivre dans le couloir. Tout en marchant à ses côtés, Lennox espérait que l'humeur de son épouse finirait par s'améliorer. L'idée d'une vie conjugale faite de tensions et de non-dits ne lui inspirait rien de bon.

Lennox gara sa voiture devant le manoir Devereaux, avant de se tourner vers Amara. Le trajet jusqu'à la demeure familiale s'était déroulé dans un silence pesant. Prostrée sur son siège, la jeune femme se contentait de remuer nerveusement les mains.

— Qu'est-ce qui ne va pas ? demanda-t-il.

Elle tourna lentement le visage vers lui.

— Tout va bien. Pourquoi ?

Il désigna ses mains.

— Tu me parais bien anxieuse.

Examinant ses doigts, il remarqua l'absence de ses bagues. Le constat le laissa un instant sans voix. Puis une sombre colère s'empara de lui.

— Tu peux me dire ce qui ne va pas chez toi ?

— Comment cela ?

Il prit sa main gauche et frotta le pouce sur son annulaire.

— Où est ton alliance, Ange ?

— Je ne l'ai pas perdue, si c'est ce qui t'inquiète.

— Une femme mariée ne sort jamais sans son alliance.

Elle retira prestement ses doigts.

— Notre mariage est un peu spécial.

Comme il ne répondait pas, elle poussa un soupir agacé et ouvrit la poche intérieure de son sac.

— Tu vois, tu n'as pas à t'inquiéter, fit-elle en exhibant le bijou dans sa paume. Elle est là.

Les mâchoires serrées, il s'en empara et la glissa avec autorité à son doigt.

— Sa place est ici. Aussi longtemps que nous serons mari et femme, tu porteras cette bague et je porterai la mienne.

— Est-ce vraiment indispensable ? Nous savons tous les deux que ce mariage est une farce. À quoi bon jouer la comédie à longueur de journée ?

Lennox se recroquevilla sur son siège comme sous l'effet d'un coup de poing. Les paroles d'Amara étaient justes, mais il n'aimait pas les entendre.

— Notre mariage ressemble plus à un contrat qu'à un acte d'amour, je te l'accorde. Mais il est bien réel. Notre comportement doit être exemplaire. Aux yeux du monde, nous sommes M. et Mme Carlisle. Tu ferais bien de t'en souvenir.

N'était-elle pas responsable de la situation ? Par ses mensonges, par ses dissimulations, elle les avait entraînés dans cette union forcée. Aujourd'hui, elle devait assumer les conséquences de ses actes. Jamais il ne permettrait à quiconque de le tourner en ridicule.

Pas même à sa belle épouse. Reprenant avec difficulté le contrôle de ses nerfs, il posa la main sur la poignée de sa portière.

— Prête à affronter ta famille ?

Un éclair scintilla dans les yeux sombres d'Amara, pareil à la flamme qui les dévorait quand le désir la submergeait. Mais, loin d'exprimer la passion, il traduisait ce soir une rage qu'elle avait peine à maîtriser. Elle y parvint pourtant et un masque de froideur figea à nouveau ses traits. Sans un mot, elle descendit de voiture.

— Ma chère cousine !

Stephan fut le premier à venir les saluer quand ils se présentèrent à l'entrée du manoir. Il étreignit longuement la jeune femme. L'affection qu'il manifestait à son égard la réconforta immédiatement. Elle savait qu'elle pourrait compter sur son soutien en toutes circonstances. Rassérénée, elle se dégagea de ses bras et avança à la rencontre de ses autres cousins. Lyric se tenait près de la cheminée. Elle lui sourit chaleureusement. Jeremiah et Trey se détachèrent de la bibliothèque pour faire un pas dans sa direction. Tous étaient ses alliés. Tous partageaient les souvenirs inoubliables de l'enfance.

Portant le regard sur sa droite, elle aperçut son plus grand complice. Assis dans son fauteuil roulant, son oncle Ace lui ouvrit grand les bras. Elle se pencha au-dessus de lui et trouva dans son amour indéfectible le courage dont elle avait besoin.

La connaissant mieux que personne, il devina son malaise. Mais, comme il l'interrogeait du regard, l'arrivée de Janet Devereaux interrompit leur échange silencieux.

— Ma chérie, cette réunion improvisée a suscité

bien des interrogations et inquiété tous les membres de la famille. Ne les fais pas attendre plus longtemps !

Consciente des regards curieux braqués sur elle, Amara prit une profonde inspiration.

— Tout d'abord, je voudrais tous vous remercier pour votre présence ici ce soir. Ces derniers jours ont été riches en événements. Je voulais les partager avec vous.

Elle n'avait pas besoin de regarder derrière elle pour savoir que Lennox se tenait tout près. Sa chaleur l'enveloppait. Grisante et stimulante, elle l'aidait à aller de l'avant.

— Ce que je vais vous dire va vous surprendre. Vous connaissez tous l'importance que j'attache à mon travail, le plus souvent au détriment de ma vie privée. Mais, comme mes parents me l'ont toujours dit, le travail ne suffit pas à remplir une vie. Chers tous, laissez-moi vous présenter Lennox Carlisle, mon mari et le père de notre bébé !

La pièce resta désespérément silencieuse. Sachant que les Devereaux n'étaient jamais avares de commentaires, une sourde angoisse commença à la gagner. Conscient de son désarroi, Lennox glissa un bras autour de sa taille et l'attira contre lui pour déposer un baiser sur sa tempe. Elle plongea les yeux dans les siens pour y trouver le réconfort dont elle avait besoin. Sa présence auprès d'elle la protégeait de l'épreuve qu'elle redoutait par-dessus tout, le jugement de son grand-père.

— Oh ! mon Dieu ! s'écria Lyric en accourant jusqu'à eux pour leur prendre les mains. Félicitations, cousine ! Je suis tellement heureuse pour toi ! Fais voir ta bague !

L'humeur joyeuse de la jeune femme allégea l'atmosphère et les autres cousins se joignirent bientôt aux compliments. Resté en retrait, Ace adressa à sa nièce un clin d'œil complice. Comme Amara le craignait, son grand-père ne semblait pas réjoui par la nouvelle.

Indifférent à la réserve du vieil homme, Stephan échangea avec Lennox une chaleureuse poignée de main avant de prendre sa cousine dans ses bras.

— Ce mariage me paraît un peu précipité, souffla-t-il à son oreille. Si tu as le moindre souci, tu sais que je suis là.

Elle s'accrocha à lui comme un naufragé à sa bouée de sauvetage. Malgré l'affection de tous les membres de la famille, il était bien le seul à qui elle pouvait se confier.

— Eh bien, on peut dire que tu nous as pris de vitesse ! s'exclama Trey d'un ton taquin. Nous pensions avoir organisé notre mariage en un temps record, mais je dois avouer que nous sommes battus à plates coutures.

Amara ne connaissait pas sa nouvelle cousine depuis longtemps, mais elle l'avait très vite adoptée.

— Je suis curieuse d'en savoir un peu plus, poursuivit la jeune femme. Je me demande comment tu t'es débrouillée pour nous cacher ton fiancé.

— Oh ! c'est très simple, répondit Amara. Nous avons eu le coup de foudre l'un pour l'autre et les événements se sont précipités.

Comment avouer publiquement qu'une grossesse imprévisible l'avait contrainte à ce mariage ? Pour couper court à toute autre question, elle s'empressa de poursuivre.

— Nous n'avions pas envie d'attendre, mais nous ne voulions pas non plus vous voler la vedette. Alors, nous avons pris un avion pour la Jamaïque et nous avons célébré notre union sur la plage, devant un comité très restreint et un somptueux coucher de soleil.

Lyric soupira assez fort pour attirer sur elle tous les regards. Des larmes d'émotion perlaient à ses paupières.

— C'est tellement romantique !

— Je dois dire que la cérémonie était magique, approuva la mère d'Amara. Pour ne pas vous laisser en reste, j'ai commandé un gâteau identique à celui que nous avons dégusté ce soir-là. La famille de Lennox ne devrait pas tarder. Della vient de m'envoyer un message. Elle sera là dans quelques minutes avec sa fille et sa belle-fille.

Amara adressa à sa mère un regard plein de gratitude.

— Oh ! maman, quelle délicate attention ! Comment as-tu fait pour organiser tout cela en si peu de temps ?

— Quand j'ai expliqué au pâtissier qu'il s'agissait de ton mariage, il s'est aussitôt mis à l'ouvrage. Tu sais qu'il t'adore, ma chérie. C'est lui qui a confectionné ton premier gâteau d'anniversaire.

Sur ces mots, Janet Devereaux quitta la pièce pour gagner la cuisine. Touchée par la gentillesse de son entourage, Amara s'était un peu détendue. Elle se tourna vers Lennox pour lui faire part de son soulagement.

— Tu devrais t'asseoir, fit-il avec douceur. Toutes ces émotions vont finir par t'épuiser.

Percevant dans ses yeux l'expression d'une sollicitude qu'elle n'attendait pas, elle voulut croire un instant à sa sincérité.

— Je me sens bien, dit-elle. Ne t'inquiète pas ! Je vais aller rejoindre ma mère. Tu veux venir avec moi ou tu te sens le courage de rester seul dans la fosse aux lions ?

Il redressa fièrement les épaules.

— Crois-moi, j'ai affronté des situations plus périlleuses ! Je suis un politicien, ne l'oublie pas !

Amara quitta la pièce sous le regard attendri de tous les membres de la famille.

— Maman, tu n'aurais pas dû te donner tant de mal, fit-elle en apercevant la réplique exacte de la pièce montée sur le comptoir de la cuisine.

— Ma petite fille chérie ne se marie pas tous les jours. Étant donné les circonstances un peu particulières de la cérémonie, je tenais à partager dignement avec nos proches ce moment de bonheur.

La jeune femme se tendit imperceptiblement.

— Es-tu déçue d'avoir été privée du grand mariage que tu rêvais depuis si longtemps d'organiser ?

Janet l'observa longuement.

— Tout ce qui compte, ma chérie, c'est ton bonheur. Si tu es sûre d'avoir pris la bonne décision, alors je n'ai rien à redire. Tu en es sûre, n'est-ce pas ?

Amara était sur le point de la rassurer lorsque la voix magistrale de son grand-père vibra soudain dans la pièce.

— La question mérite certainement d'être posée, fit-il avec sa gravité coutumière.

— Papa, je t'en prie, laisse cette enfant tranquille !

L'intéressée adressa à sa mère un signe de la main.

— Ce n'est rien, maman. Il est normal que grand-père se pose quelques questions.

— Je dois dire que ce mariage n'est pas banal, confirma David Devereaux. Comment diable t'es-tu débrouillée pour épouser le conseiller municipal dont nous avons besoin pour concrétiser cet accord avec Falcon ?

— C'est le fruit du hasard, grand-père. Je l'ai

rencontré dans le club où je me réfugie de temps en temps en sortant du bureau. Nous sommes immédiatement tombés amoureux.

Le visage du vieil homme était tendu à l'extrême.

— Avez-vous pensé un instant au conflit d'intérêts auquel vous nous exposez tous par cette union précipitée ?

— Nous y avons pensé et nous avons trouvé une solution raisonnable. Nous ferons appel à un comité extérieur à la mairie pour la signature du contrat et l'octroi des permis de construire. C'est le plus sûr moyen de nous protéger des soupçons de connivence.

Il plissa les yeux et la dévisagea longuement.

— Le mariage est une chose sacrée, déclara-t-il en saisissant son avant-bras. J'espère que tu n'auras pas à regretter ta décision. Elle engage ton avenir et celui de l'enfant que tu portes.

Amara en avait pleinement conscience. Ne pouvant avouer le chantage auquel Lennox l'avait soumise pour obtenir son accord, elle usa d'un argument plus léger.

— Le mariage de Trey et Jeremiah s'est décidé très vite, lui aussi. La seule différence avec le nôtre, c'est que leur relation était connue de tous. Nous ne sommes pas des enfants, grand-père. Nous savons parfaitement où nous allons et nous n'avons pas besoin de l'approbation de nos proches.

Le vieil homme relâcha doucement son bras.

— Eh bien, je n'ai pas d'autre choix que d'accepter votre décision. Sache cependant que je n'apprécie guère d'être mis devant le fait accompli ! Si le cabinet se trouve en péril d'une manière ou d'une autre, je n'hésiterai pas à te priver de tes responsabilités. C'est bien compris ?

Amara s'efforça avec peine de maîtriser la révolte qui grondait en elle.

— J'ai mérité le poste que j'occupe. Tu ne me l'as pas confié par hasard. Devereaux Inc. prospérera sous ma direction, tu peux en être sûr.

Elle redressa fièrement la tête et contourna son grand-père pour sortir de la pièce.

- 16 -

Lennox balaya du regard son QG de campagne. Chaque centimètre carré de la salle de conférences accueillait des ordinateurs portables, des attachés-cases et des dossiers, chaque siège était occupé, et le volume du poste de télévision accroché au mur était si assourdissant que le politicien interviewé sur CNN aurait tout aussi bien pu se trouver au milieu de la pièce. Il frotta les muscles tendus de son cou, essayant de conjurer la migraine qui affectait déjà la moitié de son crâne. Il ne pouvait blâmer que lui-même. Le manque de sommeil et de nourriture équilibrée ainsi que l'abus de caféine entraînaient toujours ce genre de désagréments. Il le savait mieux que personne.

— Salut, Len.

Carter lui tapota l'épaule avant de lui tendre une nouvelle tasse de café.

— Comment tu te sens ?

Lennox sirota le liquide brûlant et ferma les yeux, espérant que son ami oublierait sa question.

— Je sais que tu m'as entendu.

Comprenant que Carter ne renoncerait pas, il se redressa sur son siège pour lui répondre.

— Je me sens bien, merci.

Il lui adressa un sourire plus poli qu'amical et fit tourner son alliance autour de son doigt. Il n'avait pas un goût immodéré pour les bijoux, n'en portait presque jamais, mais le contact lisse de l'anneau de platine lui était devenu familier depuis le jour de son mariage. Il l'effleurait souvent, comme pour s'assurer de sa présence.

— Je ne te crois pas.

Carter secouait la tête d'un air dubitatif.

— Qu'est-ce qui se passe, Len ?

— Au cas où tu ne l'aurais pas remarqué, je suis suspendu à l'annonce des résultats de la primaire. Le verdict devrait tomber d'une minute à l'autre.

Carter reposa sa tasse sur un coin de table.

— Nous savons tous les deux que tu n'as rien à craindre de cette primaire. Les sondages te donnent gagnant depuis des semaines. La seule chose qui aurait pu faire dérailler ta campagne, c'est ton histoire avec Amara. Tu l'as parfaitement gérée. Non, ce ne sont pas les résultats qui t'inquiètent. Sans doute un sujet beaucoup plus personnel.

Il jeta un regard perplexe autour de la pièce.

— Où est ta femme ? Je m'étonne de ne pas la voir à tes côtés dans un moment aussi important.

Lennox fut rassuré de voir que tous les membres de son équipe restaient concentrés sur leur travail. La manière dont il gérait sa vie privée ne les regardait pas. Il se leva, fit signe à son ami de le suivre dans son bureau et referma soigneusement la lourde porte d'acajou qui l'isolait du brouhaha ambiant. Puis il s'appuya sur le coin de sa table et invita son visiteur à s'asseoir.

— Vous donnez dans les magazines l'image d'un couple heureux et sans histoires, reprit ce dernier. Serait-ce différent dans le privé ?

— Ma relation avec Ange va très bien.

— Je vois que tu l'appelles toujours par son deuxième prénom. C'est bon signe. Mais si tout va bien entre vous, pourquoi n'est-elle pas avec toi ?

Lennox garda un instant le silence. S'ils formaient aux yeux du monde un couple comme tous les autres, leur relation n'était pas aussi simple.

— Ange a elle aussi un métier très accaparant. Dois-je te rappeler qu'elle est à la tête de l'un des cabinets d'avocats les plus importants de la ville ? Je ne peux pas exiger d'elle qu'elle renonce à toutes ses responsabilités pour venir m'assister dans les moments délicats de ma campagne.

Carter plissa le front.

— Bien sûr que tu le peux. C'est ta femme. Si tu as besoin d'elle, elle doit être à tes côtés.

— Si elle avait voulu me tenir la main ce soir, elle l'aurait fait. Je n'ai pas envie de l'obliger à quoi que ce soit.

— Tu l'as bien obligée à t'épouser. Pourquoi hésiter maintenant ?

Le visage de Lennox se tendit. Les paroles de Carter le ramenaient à une réalité qu'il aurait préféré ignorer.

— Je sais que la direction du cabinet Devereaux est une lourde charge, reprit son ami, mais elle aurait pu te consacrer quelques heures aujourd'hui.

Carter avait raison. Lennox avait secrètement espéré qu'elle l'accompagne tout au long de la journée, mais sans oser le lui demander. En vérité, plus encore que le soutien de son épouse, il aurait apprécié la présence de son père. Mais il n'avait aucune envie de confier ses regrets à l'homme qui se trouvait devant lui.

— Carter, j'apprécie ta sollicitude, mais tu n'as pas à t'inquiéter. Mon couple se porte bien. Je me porte bien.

— J'aimerais te croire, Len, mais je ne suis pas convaincu.

Carter se leva et se dirigea vers la porte.

— Appelle ta femme ! insista-t-il encore. Les journalistes pourraient bien s'étonner de son absence.

Lennox hocha la tête avant d'attraper son téléphone.

— À propos, ajouta Carter avant de quitter la pièce, ma fille est impatiente de la rencontrer. Elle me harcèle de questions à son sujet. *Comment est-elle ? Et pourquoi mon parrain ne me l'a pas encore présentée ? Elle n'est jamais venue à la maison.*

— Je l'entends d'ici, répondit Lennox avec un sourire affectueux. Dis à ma petite Nevaeh que nous viendrons la voir très bientôt !

Resté seul, il composa le numéro d'Amara. Carter venait de lui fournir une excuse raisonnable pour la déranger. La curiosité de la presse. Si sa présence au QG ne lui était pas nécessaire à titre personnel, l'image qu'ils voulaient donner de leur couple la rendait indispensable.

Voyant le prénom de son époux s'afficher sur l'écran de son portable, Amara décrocha aussitôt. Les instituts de sondage lui avaient-ils communiqué officieusement les résultats de l'élection ? Se préparait-il déjà avec son équipe à livrer l'ultime combat ? Elle s'éclaircit la gorge pour dissimuler les tremblements dans sa voix.

— Lennox ? Quelles sont les nouvelles ?

— Si tu étais auprès de moi, dit-il avec froideur, tu serais la première informée.

— Tu sais très bien que je ne peux pas tout laisser en plan pour venir te retrouver. En plus de mon travail, je suis occupée à la préparation du mariage de mes cousins. Les fournisseurs me harcèlent du matin au soir. Je suis débordée.

— Je n'ai pas dit le contraire.

Il l'entendit soupirer à l'autre bout du fil.

— Je comprends que tu sois nerveux dans l'attente des résultats, mais je sais que tu es bien entouré. Tes collaborateurs sont là pour te rassurer.

— Tu as raison, mais aucun d'eux n'est ma femme, et les journalistes pourraient s'étonner de ton absence.

L'argument n'était guère réfutable. Lennox lui demandait simplement de remplir sa part du contrat.

— Très bien. Je serai là dans une heure.

Elle acheva la rédaction du mail affiché sur son écran et quitta le cabinet Devereaux pour se rendre au QG de campagne. Elle trouva son mari accoudé au balcon adjacent à son bureau. Le haut de sa chemise déboutonné, les manches relevées sur ses avant-bras, il respirait l'air frais de la nuit pour tenter d'apaiser sa nervosité.

Elle le rejoignit près de la balustrade.

— La dernière fois que j'ai consulté les résultats, tu étais en tête. Ce n'est plus le cas ?

Il se redressa lentement.

— Si, les sondages sont toujours en ma faveur.

— Alors qu'est-ce qui ne va pas ? Je pensais te trouver en train de boire le champagne avec tes collaborateurs. Ils l'ont bien mérité.

— Tu as raison, mais ma victoire a un petit goût amer, aujourd'hui. J'aurais tellement aimé la partager avec mon père… Je t'ai déjà parlé de lui ?

Surprise, Amara secoua la tête.

— C'était un employé modeste des services techniques de la ville. Un petit fonctionnaire, témoin impuissant de la politique immobilière de la municipalité. Notre famille a été la première affectée par les décisions des politiciens véreux qui détenaient le pouvoir à l'époque. Nous avons été chassés de notre appartement par un promoteur sans scrupules. Notre immeuble a été rasé et remplacé par une résidence destinée à des gens fortunés. Contraints de quitter nos voisins et amis, nous nous sommes installés dans une banlieue très éloignée du quartier où nous avions toujours vécu.

La jeune femme l'ignorait. Elle comprenait mieux maintenant les motivations du combat de Lennox.

— Il aurait été fier de toi. Je comprends que tu penses à lui, aujourd'hui.

Il se tourna vers elle, scruta un instant son visage, puis il se pencha pour presser sa bouche contre la sienne.

— En quel honneur, ce baiser ?

Il passa son pouce sur sa lèvre inférieure avant de s'écarter pour replonger le regard dans le paysage urbain qui s'étendait devant lui.

— Je voulais te remercier d'être venue. Cette journée a été éprouvante, et ce n'est que le début des difficultés qui m'attendent. La course à la mairie n'est pas terminée et je dois me préparer à encaisser les coups bas de mon adversaire. Quand je me suis lancé dans l'aventure, je l'ai fait pour rendre hommage au souvenir de mon père.

— Ce n'est plus le cas ?

Il haussa les épaules et se retourna pour lui répondre.

— Je suis sur le point de devenir père. Je veux me battre pour le bien-être de mes concitoyens, mais surtout pour celui de mon enfant. Je veux qu'il naisse dans un univers plus juste où les intérêts des plus riches auront cessé de faire la loi. L'arrivée de ce petit être est désormais ma plus grande motivation.

Touchée, Amanda se blottit dans son étreinte et posa la tête contre sa poitrine. Pour elle, une chose était certaine. Son bébé était chanceux d'avoir un père comme Lennox. Elle s'apprêtait à le lui dire quand une clameur triomphante s'éleva dans la pièce voisine. Lennox lui prit la main, l'entraîna jusqu'à la porte du bureau et l'ouvrit.

— Len !

Posté à l'autre bout de la salle de conférences, le directeur de campagne se fraya un chemin jusqu'à eux.

— C'est officiel. CNN vient d'annoncer ta victoire. Te voilà tout proche de la mairie. À partir de maintenant, Gracie Mansion n'a qu'à bien se tenir !

Un sourire radieux illumina le visage de Lennox. Son travail se voyait récompensé. Il était à deux doigts d'occuper les plus hautes fonctions de la ville de New York. Pendant quatre ans, et davantage si son mandat se voyait renouvelé, il pourrait appliquer la politique qu'il rêvait de mettre en œuvre depuis le début de sa carrière.

Tandis que les boutons de champagne sautaient aux quatre coins de la pièce, Amanda couvait son époux d'un regard immensément fier. Heureuse pour lui, heureuse pour l'enfant qu'elle portait, elle voulait partager ce soir la joie de sa victoire. Sans aucune réserve et sans aucune arrière-pensée.

- 17 -

— Madame Carlisle ?

Lennox se redressa sur sa chaise en entendant l'infirmière prononcer le nom de son épouse.

— Tu m'accompagnes ? demanda Amara en se levant.

Il la regarda avec hésitation.

— Tu le veux vraiment ?

Un sourire attendri éclaira le visage de la jeune femme.

— Je sais que tu en meurs d'envie.

Elle lui prit la main et l'entraîna à l'intérieur du cabinet de gynécologie. Comme l'infirmière invitait la patiente à se déshabiller derrière un paravent, il prit un siège et examina avec curiosité les instruments répartis dans la pièce, tout en essayant de mettre des mots sur le curieux sentiment de joie mêlé d'appréhension qui l'animait. Depuis qu'Amara lui avait appris l'existence du bébé, il se réjouissait à l'idée d'être père mais il n'avait pas prévu qu'elle l'accepterait à ses côtés à chaque étape de la grossesse. Il lui en était reconnaissant.

Quand, vêtue d'une simple chemise en coton blanc, elle vint s'installer sur la table d'examen, sa poitrine se serra. Il savait que l'instant qu'ils s'apprêtaient à vivre ensemble resterait à jamais gravé dans sa mémoire. Il savait aussi que le souvenir deviendrait douloureux au moment de leur séparation. Leur mariage avait un terme. Et même si cette pensée lui faisait horreur, il devait la garder à l'esprit.

L'arrivée de la gynécologue lui fit reprendre pied dans la réalité.

— Bonjour, Amara.

Puis, se tournant vers le seul homme présent dans la pièce :

— Vous êtes ?

— Lennox Carlisle, son mari.

— Pardonnez ma curiosité, mais votre visage me semble familier…

— Son portrait couvre tous les murs de Brooklyn, glissa fièrement Amara. C'est un des candidats aux élections municipales.

Le médecin hocha la tête et lui tendit la main.

— Docteur Bautista. Enchantée.

Elle s'assit sur le tabouret installé près de la table d'examen.

— Aujourd'hui, je vais pratiquer une échographie transvaginale pour vérifier la position du fœtus et son bon développement. Elle me permettra également de déterminer avec précision l'âge gestationnel. D'après les informations indiquées sur votre dossier d'admission, vous pensez être enceinte de huit semaines. Vous en êtes sûre ?

— Tout à fait certaine, confirma Amara en adressant à Lennox un clin d'œil complice.

Silencieux, il regarda le médecin passer le gel transparent sur le ventre à peine bombé de la jeune femme. Devinant sa nervosité, il posa une main sur la sienne. Amara faisait le gros du travail. Son rôle était de la rassurer.

Après quelques instants, la gynécologue pointa le moniteur.

— Regardez ! dit-elle en souriant. Vous voyez la petite forme au milieu de l'écran ?

Il se pencha en avant, tentant de distinguer le fœtus au milieu des dégradés de gris.

— Incroyable ! Vous voulez dire que…

— Oui, Lennox, c'est votre bébé. Maintenant, écoutez !

Elle enfonça quelques touches de son clavier et, soudain, un battement sourd résonna dans la pièce.

— Les pulsations cardiaques, expliqua-t-elle. C'est émouvant, n'est-ce pas ?

Un flot de larmes inonda les yeux d'Amara.

— Tu entends, Lennox ? C'est le cœur de notre bébé.

Sans se soucier de la présence du médecin, il déposa un tendre baiser sur ses lèvres et leurs larmes se mêlèrent. Son engagement en politique lui avait appris à toujours dissimuler ses émotions, mais la magie de l'instant lui ôtait toute réserve.

Après quelques instants, le Dr Bautista s'éclaircit la gorge et leur exposa dans le détail les étapes du développement de l'enfant et le déroulement des prochaines consultations. Une fois son exposé terminé, elle s'éclipsa discrètement et Lennox s'assit sur la table d'examen. Il aida Amara à se redresser et la serra longuement dans ses bras. *Tu fais de moi le plus heureux des hommes et je t'aime*. Les mots lui brûlaient les lèvres, mais il s'interdit de les prononcer. Il n'osait croire à l'évidence qui s'imposait peu à peu à son esprit. Il était amoureux de sa femme. En dépit des circonstances bien peu romantiques de leur mariage, il éprouvait pour elle des sentiments qu'il avait jugés jusqu'alors impossibles.

Le constat fit naître en lui une soudaine panique qu'il s'efforça de maîtriser.

Comme ils rejoignaient le parking de l'hôpital, Amara l'observa avec inquiétude.

— Tu es sûr que tout va bien ? Tu n'as pas dit un mot depuis le départ du médecin.

Il feignit la surprise.

— Tout va bien, je t'assure.

Elle cherchait en vain à deviner le fond de sa pensée.

— Cet examen a rendu notre enfant bien réel. Aurais-tu des regrets ?

— Des regrets ? Au contraire. Plus les jours passent, plus je suis attaché à ce bébé.

Les mots de Lennox auraient dû la rassurer, mais ils la laissaient insatisfaite. Ils ne concernaient que l'enfant qu'elle portait et semblaient la laisser de côté. Ne voyait-il en elle que l'instrument de sa paternité ?

Elle détourna le regard pour lui dissimuler sa déception.

— Heureuse de l'entendre, mentit-elle en s'efforçant d'afficher une bonne humeur.

Puis, baissant les yeux sur sa montre, elle ajouta :

— Un dossier important m'attend sur mon bureau. Je vais prendre un taxi pour me rendre au cabinet.

— On se retrouve plus tard à l'appartement ?

— Oui, j'essaierai d'être rentrée pour le dîner.

Quand Amara rejoignit Lennox ce soir-là, elle le trouva en plein déménagement.

— Qu'est-ce que tu fais avec mes affaires ?

— Je les porte dans ma chambre.

— Je suis très bien dans la chambre d'amis, protesta-t-elle.

— La mienne est plus confortable et la salle de bains,

beaucoup plus proche. Si j'ai bien écouté le Docteur Bautista, tu vas faire un usage de plus en plus fréquent des toilettes.

— C'est très gentil à toi, merci.

Le regard d'Amara se posa sur le grand lit plate-forme qui trônait au centre de la pièce et elle se sentit rougir.

— Tu n'as pas à t'inquiéter, Ange. Je n'exigerai à aucun moment de partager ce lit avec toi. Les circonstances nous obligent à vivre sous le même toit et à donner au public l'image d'un couple uni. Mais dans l'intimité, je ne prendrai jamais ce que tu ne veux pas donner.

Il ne l'avait pas approchée depuis leur retour des Caraïbes. Amara lui savait gré du respect qu'il montrait à son égard, mais la chaleur de ses étreintes lui manquait.

— Et si je veux te le donner ?

Comme s'il n'avait attendu que ces mots pour la prendre dans ses bras, il réduisit en quelques enjambées la distance qui les séparait, plongea les doigts dans ses cheveux et prit furieusement possession de ses lèvres. Quand sa main effleura sa poitrine, elle sentit le bout de ses seins se durcir et un long gémissement jaillit du plus profond de son être.

À mi-chemin entre la somnolence et l'éveil, Amara se délectait en silence de la sensation délicieuse du corps brûlant blotti contre le sien. Elle songeait à se lever mais répugnait à s'extraire de sa torpeur et à troubler la sérénité que lui procurait la présence de Lennox à ses côtés. Lorsqu'il déposa un baiser sur son épaule nue, elle souleva paresseusement les paupières. Leurs regards se rencontrèrent et restèrent un instant accrochés l'un à l'autre. Le bonheur qu'elle éprouvait se refléta brièvement dans les yeux de Lennox. Trop brièvement. Reprenant pied dans la réalité, il se redressa sur un coude et s'écarta doucement.

— J'ai encore quelques courriers à rédiger, dit-il en se levant pour attraper ses vêtements éparpillés au pied du lit. Je dois retourner au QG.

Elle se pencha au-dessus de la table de nuit pour consulter son portable.

— 22 heures ! Bien trop tard pour se mettre au travail.

— Il n'y a pas de repos pour les braves. Ma victoire aux primaires n'est qu'une étape dans la course à la mairie. Si tu as faim, tu trouveras à manger dans le réfrigérateur.

Choquée, Amara se demandait comment ils étaient passés aussi vite d'une si douce intimité à une conversation aussi banale. Incapable de trouver les mots pour le retenir, elle le regarda s'éloigner et marquer une pause près de la porte.

— Je te remercie d'avoir accepté ma présence chez le médecin, ce matin. Si tu es d'accord, j'aimerais t'accompagner à chacune de ces consultations.

— Bien sûr, répondit-elle d'une voix blanche.

— Tiens-moi informé de tes prochains rendez-vous dès qu'ils seront fixés ! Je ferai mon possible pour me libérer.

Elle s'assit sur le lit, tirant les couvertures sur elle, comme pour se protéger d'une menace incertaine.

— Lennox, je ne t'ai jamais caché mes réticences vis-à-vis de ce mariage, mais tu dois savoir qu'à aucun moment je n'essaierai de te priver des joies de ta paternité. Nous avons fait ce bébé ensemble et je ne chercherai jamais à t'en éloigner.

Il acquiesça d'un signe de tête et un sourire de gratitude détendit son visage.

— Merci, Ange. Cet enfant compte plus que tout pour moi.

En proie à un étrange malaise, elle le regarda sortir de la chambre. Quand son cœur de mère se réjouissait de l'attachement de Lennox pour le petit être qui grandissait en elle, son cœur de femme souffrait d'un lourd sentiment d'abandon.

- 18 -

— Allo, Lennox, ici la terre !

— Désolé, Carter. Je suis un peu surmené et distrait en ce moment.

— Surmené ?

Son ami l'observa d'un air dubitatif avant de passer un chiffon sur le métal brillant de son comptoir.

— Tu viens d'épouser la plus adorable des femmes, tu vas avoir un enfant, et tu as remporté les primaires haut la main. Que te faut-il de plus et que viens-tu faire ici avec ce regard de chien battu ?

Carter avait raison, bien sûr. La vie lui souriait. Sa place n'était pas dans un bar, mais auprès de son épouse. En vérité, il était terrifié par la profondeur des sentiments qu'il commençait à éprouver pour elle.

— C'est vrai, concéda-t-il. J'ai vraiment tout pour être heureux.

— Alors qu'est-ce que tu fais là, à te traîner comme une âme en peine ?

Comme il ne répondait pas, Carter essaya de comprendre les raisons de son mal-être.

— Laisse-moi deviner ! Tu as peur, c'est ça ? Peur de trop t'attacher ?

Les deux hommes se connaissaient depuis trop longtemps pour se mentir et Lennox ne chercha pas à nier l'évidence.

— Je n'arrive pas à me sortir de la tête le désespoir que ma mère a ressenti à la mort de mon père. Elle aurait sans doute préféré être enterrée avec lui plutôt que de devoir continuer à vivre sans lui. Je ne sais pas ce que je deviendrais si Ange s'éloignait de moi. S'il arrivait quelque chose, à elle ou à notre enfant.

Carter se pencha au-dessus du comptoir.

— Je comprends ce que ta mère a ressenti au décès de ton père. Je l'ai vécu, moi aussi. À la mort de Mish, j'ai cru devenir fou. Si je n'avais pas eu besoin de m'accrocher à la vie pour prendre soin de Nevaeh, je ne serais plus là aujourd'hui. Pourtant, je ne regrette rien. J'ai eu la chance de vivre une belle histoire. Et si je le pouvais, je choisirais de l'aimer encore et encore.

Lennox enviait le courage de son ami, mais il était loin de le partager. Il redoutait de perdre le contrôle, de se noyer dans des sentiments qui le portaient hors de lui-même. Il redoutait de perdre le contrôle de la situation.

— Avant de venir ici, je lui ai fait l'amour. Je me sentais si heureux que je voulais oublier le reste du monde et la garder pour toujours près de moi.

— Alors, pourquoi l'as-tu quittée ?

— Parce que si je restais avec elle un moment de plus, je risquais de le faire encore et encore, au risque de ne jamais pouvoir lâcher prise. Alors, je me suis levé, je me suis rhabillé et je suis venu ici.

Carter soupira, exaspéré.

— Tu me déçois, mon ami. Moi qui te croyais intelligent ! En vérité, tu ne vois pas plus loin que le bout de ton nez.

— Qu'est-ce que tu racontes ?

— Tu as la chance d'avoir une princesse dans ton lit et tu l'abandonnes pour venir ici. C'est quoi, ton problème ? Tu veux bien m'expliquer ?

Comme Lennox détournait le regard, Carter lui saisit l'avant-bras.

— Je vais te donner un bon conseil et tu vas m'écouter. Parce que ta femme ne supportera pas très longtemps de te voir détaler comme un lapin. Alors tu vas te dépêcher de rentrer chez toi et de te mettre à genoux pour lui servir un bon refrain de rythm and blues.

— Arrête de dire n'importe quoi ! Tu me vois vraiment en vieux crooner ? Les vapeurs nocives de ce produit de nettoyage ont dû te monter au cerveau.

— Tu vois très bien ce que je veux dire. Un de ces morceaux où un gars rentre penaud à la maison pour demander pardon à sa bien-aimée.

Comme pour mieux illustrer son propos, il sortit son téléphone portable, rechercha une playlist et sélectionna un de ses airs favoris. Quand les haut-parleurs égrenèrent les accords languissants d'une guitare électrique, Lennox se boucha les oreilles, mais il ne put échapper au spectacle de Carter qui commençait à se déhancher derrière son comptoir pour mieux le narguer. Il était venu chercher le réconfort auprès de son ami et voilà que celui-ci prenait plaisir à se moquer de lui ! Il ne savait plus à quel saint se vouer.

Amara se réveilla seule dans un lit trop grand. Pourquoi Lennox n'était-il pas revenu dormir auprès d'elle ? Le scénario semblait se répéter. Après l'amour, après les moments de pur bonheur qu'ils partageaient, il s'empressait de s'éloigner, pareil à un papillon craignant de se brûler les ailes à une lumière trop vive. Qu'est-ce qui ne tournait pas rond chez lui ? De quoi avait-il peur ?

Elle referma les paupières pour goûter encore un peu au souvenir délicieux de leurs étreintes. Quand, le corps épuisé de caresses, elle avait tourné le regard vers le sien, elle y avait trouvé l'expression d'un bonheur allant bien au-delà d'une pure satisfaction physique. Au fil des jours, leur relation se teintait d'une complicité évidente, une sorte d'alliance mystérieuse qui n'appartenait qu'à eux seuls. La flamme qu'elle avait vue briller dans ses yeux en était la plus parfaite illustration.

Et puis, soudain, la chaleur avait déserté son visage. Tel un ruban soyeux échappant de ses doigts sans qu'elle pût le retenir, la magie s'était envolée. Il avait quitté le lit, ramassé ses vêtements et disparu de la pièce. Désemparée, elle l'avait attendu de longues heures avant de céder à un profond sommeil.

D'humeur maussade, elle passa rapidement sous la douche, enfila son tailleur rouge et se chaussa de mocassins confortables. Une longue journée de travail et de nombreuses obligations familiales l'attendaient. Pour dissimuler la pâleur inhabituelle de ses joues, elle passa une légère couche de fond de teint sur son visage et souligna ses paupières d'un trait noir. Après un dernier coup d'œil dans le miroir de la salle de bains, elle traversa le couloir et frappa à la porte de la chambre d'amis. N'obtenant pas de réponse, elle poussa le battant et découvrit un lit vide et des draps à peine froissés. Lennox était-il déjà reparti ? Comme elle ravalait sa déception, elle entendit des voix résonner dans la cuisine. Elle marqua une pause devant la porte, prit une profonde inspiration et se redressa avant de pénétrer dans la pièce.

Elle y trouva Lennox en grande conversation avec son directeur de campagne.

— Bonjour, Ange.

Sa voix était douce et légère, comme s'il n'était en rien affecté par l'issue étrange de leur dernier tête-à-tête. Il s'approcha et l'embrassa sur le front.

— Tu te souviens de John Christos. C'est en partie grâce à ses conseils que j'ai remporté la primaire.

Elle adressa un sourire poli au visiteur et lui tendit la main.

— Bonjour, monsieur Christos. Je suis heureuse de vous revoir, mais n'est-ce pas un peu tôt pour élaborer une nouvelle stratégie de campagne ?

Le regard bienveillant de John la mit à l'aise immédiatement.

— Désolé, madame Carlisle, de vous importuner de si bonne heure. Mais ce n'est pas parce que nous avons remporté le premier round que nous devons dormir sur nos lauriers. Le rival de Lennox est un adversaire redoutable, prêt à tout pour gagner la mairie. Il la convoite depuis tant d'années qu'il ne reculera devant rien pour mettre votre mari au tapis. Je suis heureux de pouvoir échanger un moment avec vous.

Amara leva un sourcil amusé.

— Vous vous posez des questions à mon sujet, monsieur Christos ? Que voulez-vous savoir ? Si cela peut vous rassurer, je ne cache aucun squelette dans mes placards. Vous pouvez dormir tranquille. L'adversaire de Lennox ne pourra rien utiliser contre moi.

Frappé par la perspicacité d'Amara, John se tourna vers son ami.

— Eh bien, Len, j'avais eu l'occasion d'admirer la beauté de ta femme. Aujourd'hui, je suis impressionné par son intelligence.

— Elle est parfaite, répondit l'intéressé en plaçant un jus d'orange devant elle. Bois, ma chérie, tu as besoin de vitamines !

Elle ignora l'invitation pour s'adresser de nouveau à John.

— Je n'ai pas beaucoup de temps ce matin pour vous raconter toute mon histoire. Sachez seulement que ma famille est l'une des plus anciennes et des plus riches de Brooklyn ! Notre métier est de gagner de l'argent, le plus honnêtement du monde. Vous ne trouverez jamais notre nom associé au moindre scandale.

Elle porta son verre à ses lèvres et avala une gorgée de jus de fruits avant de poursuivre.

— J'ai consacré la majeure partie de ma vie d'adulte à consolider la fortune de mon clan en prenant soin de toujours rester dans la stricte légalité.

— Et qu'en est-il de l'entreprise Falcon dont votre cabinet défend les intérêts ?

— Vous n'avez rien à craindre de ce côté-là. Mon mari et moi avons pris toutes les précautions pour prévenir les soupçons de conflit d'intérêts. Lennox a chargé un cabinet d'experts indépendants de traiter le dossier. C'est lui qui accordera les permis de construire tant convoités. Mes collaborateurs sont sur le point de lui soumettre une proposition. Il rendra son avis en toute liberté et nous nous sommes engagés à le respecter.

John griffonna quelques mots sur son bloc-notes avant de se redresser.

— C'est parfait. Vous avez pris la bonne décision. Espérons qu'il n'y aura pas de mauvaise surprise ! Si jamais la partie adverse essayait de vous mettre en défaut d'une manière ou d'une autre, n'hésitez pas à me le faire savoir ! Il est toujours plus facile de prévenir un scandale que de le voir éclater au grand jour.

Amara hocha la tête dans un sourire.

— Message reçu cinq sur cinq.

Elle leva ensuite le regard vers Lennox. Il se tenait à côté d'elle, mais depuis le baiser qu'il lui avait donné lorsqu'elle était entrée dans la cuisine, il se montrait plutôt distant. La présence de son collaborateur expliquait-elle sa réserve ? Elle ne pouvait s'empêcher de penser qu'il cherchait encore à la fuir. Les circonstances se prêtaient mal à des explications, mais elle avait besoin de crever l'abcès sans trop tarder.

— Et si nous déjeunions ensemble, ce midi ? J'ai quelque chose d'important à te dire.

— Je t'écoute, répondit-il dans un sourire.

Elle se leva de sa chaise et s'éloigna.

— Je n'ai pas le temps, ce matin. Je dois passer voir mon oncle avant d'aller au bureau. Il faut aussi que je m'arrête chez Trey et Jeremiah pour essayer ma robe de demoiselle d'honneur.

— Alors, d'accord pour le déjeuner ! Dans quel restaurant veux-tu que l'on se retrouve ?

— Tu pourrais passer me chercher chez mes cousins ? Ce serait le plus simple.

— Comme tu voudras.

Il la rejoignit sur le pas de la porte et l'embrassa respectueusement sur les lèvres.

— À tout à l'heure, ma chérie. Je serai là vers 13 heures.

Elle salua John d'un signe de la main et sortit de la pièce. À moitié satisfaite, elle attrapa son sac et son trousseau de clés avant de quitter l'appartement. Elle regrettait de n'avoir pu aborder avec son mari le sujet qui la préoccupait et espérait le faire sans tarder. Son comportement la troublait et elle se sentait incapable de poursuivre une relation nébuleuse et chargée de non-dits. Autant elle acceptait de remplir sa part du contrat en jouant la comédie en public, autant elle refusait l'hypocrisie dans l'intimité.

Le regard de Lennox s'attarda sur la silhouette gracieuse de sa femme tandis qu'elle disparaissait dans le couloir. Le désir qu'elle lui inspirait grandissait de jour en jour. Quoi de plus naturel ? Elle était superbe et bien des hommes auraient succombé à son charme. Ce qui le dérangeait davantage, c'était la tendresse qu'il éprouvait à son égard. Les sentiments n'avaient pas leur place dans le mariage arrangé qu'ils avaient contracté.

— Je dois dire que je suis soulagé, déclara John en glissant son bloc-notes dans la poche de sa veste.

Lennox détourna le regard de la porte pour le ramener vers son ami.

— Ah oui ?

— Le jour où tu m'as annoncé que tu avais épousé la femme qui portait ton enfant, j'ai eu peur que tu te sois précipité dans un mariage sans amour pour préserver ta réputation et sauver ta carrière politique.

Ce genre d'arrangements conduit immanquablement à des catastrophes.

Lennox l'observait attentivement, en s'efforçant de ne rien dévoiler de ses pensées.

— Et tu n'as plus peur, aujourd'hui ?

— Vous formez un couple magnifique. Vos photos dans les magazines vont te faire grimper en flèche dans les sondages. Je vais mettre notre équipe au travail. Nous allons trouver mille manières de mettre à profit votre image. J'espère juste qu'Amara n'a rien de fâcheux derrière la tête. J'ignore ce qu'elle a à te reprocher, mais quand une femme prétend avoir quelque chose d'important à dire à son mari, ce n'est jamais bon signe.

Lennox soupira avec impatience.

— Qu'est-ce que tu racontes ?

— Eh bien, je crois que ma présence t'a épargné quelques remontrances, mais tu ne perds rien pour attendre. Qu'as-tu fait, mon ami ? Ronflé un peu trop fort cette nuit ? Tiré toutes les couvertures à toi ?

Aucun risque de ce côté-là. Il n'avait pas dormi avec sa femme. En rentrant du club privé de Carter, il n'avait pas osé se glisser sous ses draps, de peur de la déranger et de troubler son sommeil.

— Franchement, je ne suis pas inquiet. Je n'ai rien à me reprocher.

John haussa les épaules.

— Si tu le dis !

— Mon couple se porte bien. Tu n'as rien à craindre de ce côté-là.

Essayait-il de s'en convaincre lui-même ?

— Je crois que nous ferions mieux de nous dépêcher. Des sujets autrement plus importants nous attendent au bureau. As-tu fini la rédaction de mon prochain discours devant la presse ? Il y a dans mon programme des points qui restent à éclaircir. Le mode d'attribution des subventions aux associations me paraît encore un peu flou.

Quelques minutes plus tard, ils grimpaient chacun dans leur véhicule pour rejoindre le QG de campagne.

- 19 -

— Superbe ! s'exclama Amara.

Elle se tourna vers sa cousine avec gratitude. Les deux femmes ne se connaissaient pas depuis longtemps, mais elles partageaient déjà une grande complicité. En raison d'un grave conflit qui opposait depuis des lustres le père de Trey et ses frères, celle-ci n'avait pas eu la chance de grandir au milieu de ses cousins. Elle avait tout récemment retrouvé sa place au sein de la famille.

— Je suis heureuse qu'elle te plaise, dit-elle en s'approchant du miroir.

Elles admirèrent ensemble le tissu soyeux de la toilette couleur champagne qui épousait gracieusement les courbes d'Amara. Depuis quelques jours, la jeune femme se sentait engoncée dans ses vêtements et elle refermait avec peine la ceinture de ses pantalons. Dieu merci, le plissé de sa robe de demoiselle d'honneur était suffisamment ample pour ne rien laisser voir du léger arrondi de son ventre.

— Tu ne pouvais pas mieux choisir, murmura-t-elle avec ravissement.

— Tu la portes à merveille. La grossesse et le mariage semblent vraiment te convenir.

— La grossesse, certainement. Je serais peut-être plus nuancée pour ce qui est du mariage.

Les mots lui avaient échappé. Comme elle tentait de

fuir le regard interrogateur de sa cousine dans le miroir, celle-ci lui posa la main sur l'épaule, l'obligeant à se retourner pour lui faire face.

— Tu en as trop dit, ou pas assez…

Amara hésitait à se confier sur les coulisses de sa relation avec Lennox. Chez les Devereaux, il était interdit de se plaindre, encore plus d'admettre ses échecs ou ses difficultés. Une éducation stricte leur avait appris à maintenir les apparences de la réussite et du bonheur en toutes circonstances. Pourtant, la sollicitude qu'elle percevait dans la voix de Trey incita Amara à la confidence. Le passé avait conféré à sa cousine un statut particulier. Elle la considérait davantage comme une amie que comme un membre du clan.

Laissant tomber le masque, elle lui prit la main et l'invita à s'asseoir à ses côtés sur le lit.

— Ce bébé a été une surprise pour Lennox et pour moi. Nous ne l'avions pas prévu. Disons qu'il a peut-être un peu précipité notre mariage !

Trey fronça les sourcils.

— Tu le regrettes ?

Amara exhala un long soupir. Elle ne savait que répondre. Sachant qu'elle pouvait compter sur la discrétion de son interlocutrice, elle lui relata dans le détail les circonstances de sa rencontre avec Lennox, sans rien dissimuler des doutes qui l'habitaient.

— Je suis vraiment désolée, murmura Trey après l'avoir écoutée attentivement. Mais à ta place, je ne m'inquiéterais pas. Ce n'est pas évident pour un homme de s'habituer à l'idée de la paternité.

Amara trouva son indulgence déplacée.

— Est-ce une raison pour m'abandonner au beau

milieu de la nuit ? J'ai l'impression de n'être là que pour satisfaire son désir.

Trey tapota doucement sa main.

— Je l'ai bien observé le soir où tu nous l'as présenté au manoir. Il se montrait très prévenant à ton égard. En dehors des quelques minutes où tu as rejoint ta mère dans la cuisine, il a toujours gardé un œil sur toi. Tu ne peux pas dire qu'il ne se soucie pas de toi.

— S'il tient vraiment à moi, pourquoi saisit-il le moindre prétexte pour me fuir ?

— J'imagine qu'une trop grande intimité lui fait peur.

La remarque de Trey ramena Amara à sa propre attitude. La peur d'éprouver des sentiments pour Lennox l'avait parfois poussée à se replier sur elle-même.

— Parle-lui ! Je suis sûre que tout va s'arranger. Une vie de couple n'est jamais un long fleuve tranquille.

Amara s'approcha de Trey et la serra tendrement dans ses bras.

— Je suis heureuse que tu aies retrouvé ta place dans la famille. Je me demande comment j'ai pu vivre sans toi pendant toutes ces années. Mes cousins sont adorables, mais tu connais les garçons. On ne peut rien leur confier de très personnel.

— Amara, où es-tu ? Si tu m'entends, viens vite, je t'en prie !

L'appel de Stephan était si alarmant que les deux femmes se levèrent immédiatement. Sans prendre le temps de quitter sa robe de demoiselle d'honneur, Amara se précipita dans le salon. Elle y trouva ses trois cousins regroupés devant la télévision.

— Que se passe-t-il ?

Stephan la rejoignit sur le seuil de la pièce et pointa

l'index en direction du mur. Abby Philipp, une des journalistes stars de CNN, commentait le résultat des primaires, tandis qu'un bandeau défilait dans la partie basse de l'écran.

— Des documents ont fait surface, suggérant une entente secrète entre le candidat à la mairie de New York, Lennox Carlisle, et le cabinet juridique dirigé par son épouse. Les observateurs crient déjà au scandale. L'accord en question viserait à chasser les habitants de Brooklyn vers la banlieue pour donner libre cours à la construction de résidences luxueuses dans le cœur historique de la ville. Le projet est en totale contradiction avec les promesses électorales du candidat Carlisle.

Interdite, Amara regarda défiler les reproductions du projet initial de son cabinet.

— Je t'en prie, dis-moi que ce sont des faux ! supplia Stephan.

— Ces documents proviennent de la première mouture de notre proposition. Depuis, nous l'avons entièrement remodelée pour limiter l'impact du projet immobilier sur les habitants du quartier et empêcher sa gentrification.

— Comment la presse est-elle entrée en possession de ce dossier ?

La jeune femme essayait désespérément de rassembler ses idées pour trouver une explication à cette situation désastreuse. Elle secoua la tête d'un air impuissant.

— Je l'ignore, mais cela n'aurait jamais dû se produire. Seuls Lennox et les membres de mon équipe ont eu connaissance du projet original. Ni lui ni le cabinet n'avaient intérêt à le divulguer.

— Quelqu'un l'a pourtant fait, objecta Jeremiah.

En tant que membre du conseil d'administration de Devereaux, il avait droit à des explications mais, trop occupée à regarder les maquettes se succéder à l'écran, elle ne prit pas la peine de lui répondre.

— Amara, tu m'as entendu ?

— Je t'ai entendu, Jeremiah, mais je suis incapable de te donner le moindre éclaircissement. Cette histoire me dépasse. Avant toute chose, je dois en parler à Lennox.

Elle retourna précipitamment dans la chambre de Trey pour remettre son tailleur et quitta l'appartement sans même prendre le temps de saluer ses cousins. Elle s'apprêtait à héler un taxi quand la voiture de fonction de Lennox s'arrêta le long du trottoir. Son chauffeur en descendit aussitôt.

— Madame Carlisle, le conseiller m'a envoyé vous chercher.

Il ouvrit la portière arrière pour l'inviter à s'asseoir, contourna le véhicule et s'installa derrière le volant. Comme ils roulaient en direction de Manhattan, la jeune femme reprit le cours de ses réflexions. Qui avait pu fournir ces documents à la presse ? Qui avait intérêt à le faire ?

Son téléphone ne tarda pas à éclaircir le mystère. L'entendant vibrer au fond de son sac, elle le sortit et vit avec horreur le nom de sa grand-tante s'afficher à l'écran. Recevoir cet appel en cet instant précis ne pouvait être une coïncidence.

— Tante Martha, je suis un peu pressée. Si cela ne t'ennuie pas, je te rappellerai plus tard.

Pourquoi diable avait-elle décroché ?

— Quelque chose ne va pas, ma chérie ? fit la vieille dame d'une voix doucereuse.

Comme la ligne restait silencieuse, elle laissa échapper un petit ricanement.

— C'est difficile, n'est-ce pas, de voir son conte de fées si brusquement réduit en miettes ? Bienvenue au club, ma chère petite-nièce ! Quand je pense à tout le mal que tu t'es donné pour arriver à tes fins. Quelle injustice !

Amara serra le poing de rage puis, aspirant une longue bouffée d'air pour réprimer sa colère, elle s'efforça de répondre avec calme.

— Je ne sais pas comment tu as fait cela, tante Martha, mais je te promets que si tes agissements ont la moindre conséquence sur la carrière de mon mari, tu n'as pas fini d'entendre parler de moi.

— Je n'ai pas eu à me salir les mains, ma chérie. J'ai encore quelques amis haut placés et trop contents de déterrer la poussière que le cabinet Devereaux s'efforce de glisser sous le tapis.

Martha n'avait pas digéré l'affront que lui avait infligé le conseil d'administration quelques semaines plus tôt, en confiant à Trey et Jeremiah la présidence du cabinet. L'heure de sa vengeance avait sonné. Amara et Lennox n'étaient que les victimes collatérales de sa rancœur.

— Nous appartenons au même clan, Martha. En cherchant à me détruire, tu agis contre tes intérêts.

Il en fallait plus pour ébranler la détermination de son interlocutrice.

— Je ne suis pas stupide, mon enfant. Mes intérêts sont à l'abri. Je veux simplement rendre à une famille ingrate la monnaie de sa pièce.

Son petit rire mauvais résonna encore sur la ligne.

— Ne sous-estimez pas mon pouvoir de nuisance ! J'ai encore quelques atouts dans la manche.

— Prends garde à toi ! siffla Amara entre ses dents. Tu n'es pas de taille à nous affronter.

— On n'apprend pas à un vieux singe à faire la grimace, ma chérie. Quand accepteras-tu enfin de grandir ?

Estimant sans doute en avoir assez dit, elle raccrocha. Alors que, d'une main tremblante, Amara rangeait son téléphone dans son sac, la voiture s'arrêta devant l'immeuble qui abritait les bureaux du conseil municipal. L'assistante de Lennox semblait avoir reçu des consignes. Elle la conduisit aussitôt dans la salle de conférences où son mari avait convoqué une réunion d'urgence avec ses collaborateurs. Les visages étaient graves, et l'atmosphère tendue contrastait avec l'humeur joyeuse dans laquelle la campagne s'était déroulée jusqu'alors. Son irruption dans la pièce provoqua un silence embarrassé.

— Tout le monde dehors ! lança Lennox. Vous savez tous ce qu'il vous reste à faire.

Ils se levèrent comme un seul homme et disparurent de la pièce en quelques secondes. Restée seule avec son mari, la jeune femme posa une main sur son épaule pour tenter de le réconforter.

— Je t'attendais, Ange.

Sa voix était tendue, plus désespérée qu'agressive.

— J'ai honte de te poser la question, mais je dois le faire. S'il te plaît, dis-moi que tu n'es pas derrière tout cela !

La jeune femme resta muette. Un coup de poignard

en plein cœur ne l'aurait pas affectée davantage que les paroles insidieuses qu'il venait de prononcer.

— J'ai peine à croire que tu aies quelque chose à voir avec ces révélations, reprit-il. Le problème, c'est que mon équipe a réussi à retrouver les e-mails contenant les fichiers divulgués à la presse. Ils proviennent de ton adresse.

Amara était blessée. En découvrant les images scandaleuses sur l'écran de télévision, sa première pensée avait été pour lui. Immédiatement, elle s'était inquiétée pour sa campagne. Immédiatement, elle avait accouru pour lui offrir son réconfort. Et lui ? Avait-il songé un instant au choc qu'elle avait éprouvé ? Non. Il avait préféré donner foi aux soupçons soulevés par ses collaborateurs. Elle se sentait trahie. Jamais personne ne l'avait aussi cruellement déçue.

Malgré tous les doutes qui planaient sur l'avenir de leur couple, elle avait toujours nourri l'espoir d'une relation adulte et apaisée. La suspicion qu'elle lisait en cet instant dans son regard détruisait toutes ses illusions. Lennox Carlisle n'avait d'intérêt que pour sa carrière. Du jour où il serait élu à la mairie de New York, il ne lui accorderait plus la moindre importance dans sa vie. Affligée par ce triste constat, elle s'écarta avec raideur.

— Je pensais que tu me connaissais suffisamment pour ne pas douter ainsi de moi. Je suis une femme honnête, Lennox, et tes accusations me font mal.

Soudain pris de remords, il tenta de se rapprocher pour lui prendre la main. Elle s'éloigna un peu plus. Le mal était fait. Il avait mis en cause son intégrité de la manière la plus injuste.

— J'ai commis une erreur en couchant avec toi

sans te dire qui j'étais, le jour où nous nous sommes rencontrés. Je n'étais pas moi-même ce soir-là. Depuis, j'ai tout fait pour me racheter. J'ai accepté toutes tes exigences. Je t'ai même épousé en sachant que tu ne m'aimerais jamais.

Lennox resta silencieux un moment puis, refusant de se laisser entraîner dans un sentimentalisme qu'il jugeait hors de propos, il revint au sujet qui le préoccupait.

— Ange, je ne peux pas ignorer le travail de mes collaborateurs. Ce serait irresponsable de ma part. Ces mails existent bel et bien. Et le fait qu'ils ont été expédiés depuis ton adresse est indéniable.

Elle laissa échapper un soupir de dépit.

— Si tu avais pour moi la moindre considération, tu saurais qu'il s'agit d'une machination. Ces messages sont autant de preuves fabriquées contre moi. Mais tu ne vois en moi qu'une arriviste sans scrupules. Bientôt, tu vas m'accuser d'avoir tout fait pour saboter ta carrière.

— Je n'ai rien dit de tel. Je t'en prie, Ange, essaie de me comprendre !

— Tu sais quoi ?

Elle redressa les épaules et affronta fièrement son regard.

— Dorénavant, je ne serai plus le petit agneau que tu te plais à sacrifier sur l'autel de tes ambitions. Je resterai mariée avec toi aussi longtemps que tu auras besoin de moi. Après tout, nous avons conclu un accord. Mais en dehors de notre enfant, nous ne partagerons plus rien. Tu m'entends ? Absolument rien. Si tu as besoin de me voir, tu me trouveras chez moi, à Clinton Hill. Je refuse de vivre sous le toit d'un homme qui n'a pour moi aucun respect.

Sur ces mots, elle fit volte-face et avança lentement vers la porte. Chacun de ses pas était une blessure, comme une lame acérée qui s'enfonçait dans sa poitrine, mais elle gardait la tête haute, ignorant la douleur qui transperçait ses entrailles. Pour rien au monde elle ne voulait lui offrir le spectacle de sa défaite.

- 20 -

— Tu es sûre que tout va bien ?

Amara tenta de recouvrer ses esprits et un pâle sourire se forma sur son visage. Depuis le début de la journée, elle déployait des efforts surhumains pour faire bonne figure. Elle avait aidé Trey à enfiler sa robe et à parfaire sa toilette. Elle l'avait accompagnée à l'église et s'était tenue courageusement près de l'autel tandis que les mariés échangeaient leurs vœux. Mais alors que la fête battait son plein dans la grande salle de réception de l'hôtel, elle se sentait à bout de forces.

— Bien sûr que tout va bien, répondit-elle en levant son verre de cidre d'une main tremblante.

Peu convaincu, Stephan prit une chaise pour s'installer à ses côtés.

— Ne me regarde pas avec cet air condescendant ! lui demanda-t-elle. J'ai bien cherché ce qui m'arrive.

— Qu'est-ce que tu racontes ? Je n'aime pas voir cette tristesse sur le beau visage de ma cousine préférée.

Elle prit une profonde inspiration et se remémora l'enchaînement des événements qui l'avaient conduite dans l'impasse où elle se trouvait aujourd'hui.

— Lennox a perdu confiance en moi.

— Tu veux dire qu'il t'accuse d'avoir livré les informations mensongères à la presse ?

Elle secoua la tête avec lassitude.

— Pas directement. Mais il m'a demandé de prouver que je n'étais pas à l'origine du scandale.

— J'imagine que tu n'as pas apprécié.

— En effet, admit-elle. Cela dit, après tout ce que je lui ai fait, je ne peux pas vraiment lui en vouloir.

Stephan scruta longuement son expression énigmatique pour tenter d'y trouver un indice. Trop fatiguée pour maintenir les apparences, elle lui livra sans rien dissimuler la vérité sur sa rencontre avec Lennox, sa grossesse et son mariage précipité.

— Eh bien, soupira Stephan. Ce n'est pas vraiment le conte de fées que j'avais imaginé. Comment a-t-il réagi quand il a découvert qui tu étais ?

Elle laissa échapper un petit rire amer.

— Il a très vite tiré parti de la situation. Il m'a menacée d'aller trouver grand-père pour tout lui raconter si je ne l'épousais pas.

— Je vois.

Son cousin resta songeur un instant.

— J'ai toujours été de ton côté, Amara. En toutes circonstances, sans aucune exception. Mais là, j'ai du mal à approuver ton comportement. Tu as mis cet homme dans une situation impossible. Sa réaction est compréhensible. Tu avais donc perdu la tête, ce soir-là ?

— Totalement.

Le masque était tombé. Il était inutile de mentir plus longtemps.

— Et je ne suis pas certaine de l'avoir retrouvée.

Stephan plissa le front.

— Attends, laisse-moi deviner ! Tu n'es pas tombée amoureuse ?

— Peu importe ce que je ressens pour Lennox. Le

problème, c'est le scandale qui rejaillit sur lui aujourd'hui. Martha n'avait pas le droit d'agir comme elle l'a fait. Il va finir par détester notre famille.

Le visage de Stephan se tendit à l'évocation des sombres manœuvres de sa mère.

— Si tu savais comme elle me fait honte ! Es-tu arrivée à savoir comment elle avait procédé pour envoyer ces e-mails depuis ton adresse ?

— Ce n'était pas très difficile à deviner. Elle a soudoyé un informaticien du cabinet. Le pauvre homme avait désespérément besoin d'argent pour payer les frais médicaux de sa fille. Quand j'ai compris les raisons qui l'avaient poussé à exécuter les ordres de Martha, la colère que j'éprouvais envers lui est aussitôt retombée. Je l'ai licencié, bien sûr, mais j'ai aussi contacté le service comptable de l'hôpital pour proposer de régler toutes les factures. Cette enfant n'a pas à subir les conséquences des conflits qui opposent les membres de notre famille.

Stephan lui prit la main et la serra tendrement dans la sienne.

— Tu es très généreuse, Amara, mais tu n'es pas responsable de la conduite indigne de ma mère.

— Peu importe la responsabilité de chacun dans cette histoire ! Le fait est que la carrière de Lennox est compromise à l'heure où nous parlons. Comme il doit regretter d'avoir épousé une Devereaux !

— Ne t'en fais pas pour lui ! Il est bien assez grand pour savoir que l'amour comporte des risques.

— L'amour ?

Elle le regarda comme s'il avait abusé de l'alcool.

— Tu n'as donc rien compris ? Notre mariage est un mariage de raison. Rien de plus.

— On pourrait en effet le penser, étant donné les circonstances. Mais je ne suis pas certain que tu sois la mieux placée pour en juger. Un regard extérieur est parfois beaucoup plus pertinent.

— Que veux-tu dire ?

— Eh bien…

Il se racla nerveusement la gorge avant de poursuivre.

— Tu sais combien je tiens à toi, Amara. Ces derniers jours, j'ai observé Lennox avec beaucoup d'attention. Je n'aurais pas voulu que ma cousine chérie soit tombée sur un mauvais bougre. Je dois dire que son attitude m'a plutôt rassuré. Il est aux petits soins pour toi. Et même si le début de votre histoire a été un peu chaotique, je suis persuadé qu'il tient à toi bien plus que tu ne le penses.

Le cœur de la jeune femme battit un peu plus vite. Elle aurait vraiment souhaité partager les convictions de son cousin.

— Trey a eu la même impression. J'aimerais tant que vous ayez raison tous les deux !

Il leva la main pour l'interrompre.

— Je t'en prie, arrête, Amara ! Cesse de te plaindre et écoute-moi ! Depuis des jours, tu te complais dans un auto-apitoiement qui ne te ressemble pas et qui ne te mènera nulle part. À ta place, je mettrais toute mon énergie pour sauver Lennox des griffes de ma mère. Tu dois réparer le mal qu'elle lui a fait et protéger ton couple. Parce que, crois-moi, si j'avais la chance de rencontrer un homme comme lui, je me battrais comme un beau diable pour le garder !

— Je ne sais pas comment m'y prendre, avoua-t-elle en tentant vainement de réprimer les larmes qui brûlaient ses paupières. La malveillance de Martha a mis en péril sa carrière, mais elle n'est pas responsable du dysfonctionnement de notre relation. L'amour n'a jamais fait partie de notre contrat de mariage.

— Ce que tu peux être entêtée ! grogna Stephan en se penchant pour essuyer ses joues humides. En tant qu'homosexuel, j'ai un point de vue particulier sur les hommes. Je vais te dire quelque chose que tu ne sais peut-être pas. Les hommes sont stupides. La plupart du temps, ils sont incapables d'identifier leurs besoins. Ils ne savent pas ce qu'ils veulent.

Elle plissa les yeux devant le visage bienveillant de son cousin et partit dans un éclat de rire.

— Tu fais vraiment un fin psychologue. Aurais-tu d'autres banalités de ce genre en réserve ?

— Ne te moque pas ! Ce que je dis est vrai. Et si tu aimes Lennox, tu dois le lui montrer. Tu es une Devereaux et, à l'exception de la vipère qui m'a donné le jour, les Devereaux savent protéger les leurs. En vérité, il n'y a qu'une seule question. Aimes-tu suffisamment ton mari pour le considérer comme l'un des nôtres ?

Elle aimait Lennox, sans l'ombre d'un doute, mais elle doutait qu'il acceptât un jour d'appartenir à sa famille. Comme elle réfléchissait en silence, une scène qu'elle pensait avoir oubliée lui revint à l'esprit. Elle se remémora le jour où, pour la première fois, son oncle Ace avait amené Jeremiah au manoir. Il venait d'adopter le jeune adolescent et entendait l'imposer aux Devereaux comme l'un des leurs.

À partir d'aujourd'hui, cet enfant fait partie de notre famille, avait-il dit pour conforter sa place au sein du clan. *Il est votre égal et recevra comme vous tous tout mon amour et toutes mes attentions. Je compte sur vous pour le chérir et pour le protéger.*

Comme Jeremiah, Lennox était issu d'un milieu très modeste. Elle se devait de le protéger, de se placer pour lui en rempart contre les agissements très souvent délétères des gens de sa caste.

— Oui, je l'aime suffisamment, répondit-elle après un long moment.

Stephan lui adressa un sourire complice.

— Heureux de l'entendre, cousine ! Maintenant, je vais dire à Trey de te rejoindre au vestiaire. Ton maquillage ne ressemble plus à rien.

— Ne sois pas aussi méchant que ta mère ! se plaignit-elle en le tapant sur l'épaule.

— Je ne voulais pas être méchant. C'était un conseil d'ami.

— Tu as raison, Steph, comme toujours. Je ne te remercierai jamais assez pour tes précieuses recommandations.

- 21 -

— Len, ça ne peut pas continuer.

Le regard plongé dans le lointain, l'intéressé prêtait une oreille distraite aux protestations légitimes de son directeur de campagne.

— Si tu ne réponds pas très vite à ces allégations, tu vas te laisser embarquer dans une enquête sur le conflit d'intérêts.

— Il n'y a pas eu conflit d'intérêts. J'ai pris toutes les dispositions pour m'en prémunir. S'il y a une enquête, j'en sortirai innocenté.

John cessa de faire les cent pas et se planta au milieu du bureau.

— Tu as raison. Mais le temps presse et, d'ici là, tu auras perdu l'élection. Nous avons baissé de trois points dans les sondages. Il faut agir, et vite.

Lennox ne pouvait le contredire. Mais depuis qu'Ange avait quitté le domicile conjugal, il n'avait plus envie de se battre. Il avait pourtant lutté pour garder ses distances, s'interdisant les sentiments qui avaient grandi en lui au fil des jours. Peine perdue. Il était tombé amoureux de sa femme et son éloignement le mettait aujourd'hui au désespoir.

— John, ce que tu dis est incontestable. J'aurais préféré régler tranquillement cette affaire avec mon épouse. Mais elle est partie et elle refuse de me parler.

Le visage de son interlocuteur exprimait un mélange de compassion et d'inquiétude.

— Lennox, tu dois arrêter de faire l'autruche.

Il avança jusqu'au bureau et glissa un imprimé sous les yeux de son ami.

— De quoi s'agit-il ?

Sans attendre de réponse, Lennox parcourut le feuillet. Il contenait le texte d'une déclaration publique à destination de la presse.

— Les journalistes sont dans le hall, fit John sans lui laisser le temps de réfléchir. Tu n'as qu'à descendre pour t'exprimer devant eux.

La décision ne prit que quelques instants. Obéissant aux conseils de son collaborateur, Lennox redressa les épaules et se leva de son siège.

— Finissons-en ! déclara-t-il en se dirigeant vers la porte.

Quelques minutes plus tard, il se tenait devant une nuée de micros et de caméras. Il n'avait pas ouvert la bouche que déjà des dizaines de questions fusaient dans sa direction, toutes plus agressives les unes que les autres.

— S'il vous plaît, prenez le temps d'écouter ma déclaration ! Je répondrai ensuite à toutes vos questions. Ces derniers jours, des rumeurs de toute sorte se sont répandues dans l'opinion publique sur une prétendue collusion entre le cabinet Devereaux et mes services. Je tiens à rétablir la vérité.

Les reporters avaient peine à contenir leur impatience. Apparemment mieux informé que ses confrères, l'un d'eux lança une accusation plus précise.

— Les mails contenant les dossiers du projet Falcon

ont été envoyés depuis l'adresse électronique de votre femme. Vous ne pouvez pas le nier.

— En effet, il ne peut pas.

La voix ferme d'Amara établit aussitôt le silence dans le grand hall.

— Il ne peut pas, répéta-t-elle. Mais je suis là pour vous fournir des explications.

Lennox recouvrit son micro de sa main avant de se tourner vers elle.

— Ange, qu'est-ce que tu fais là ?

— Je suis venue à ton secours. Tu comptes me renvoyer ?

Ils se toisèrent un long moment en silence, puis Lennox s'écarta pour lui céder sa place. L'apparition inattendue de sa femme le sidérait et le réconfortait à la fois. Soudain, il reconnut tout ce qui en elle l'avait conquis lors de leur première rencontre. La beauté et l'intelligence qui inspiraient le respect. Il la savait capable de captiver l'attention de son auditoire en seulement quelques mots.

— Permettez-moi d'abord de vous saluer et de vous remercier de votre présence. Comme je l'ai dit plus tôt, le conseiller Carlisle ne peut répondre à votre question. Je suis ici pour le faire. Le document sorti dans la presse était une étude interne au cabinet Devereaux. Il s'agissait d'une ébauche de projet. À aucun moment mon mari n'en a eu connaissance. Je tiens à préciser par ailleurs qu'à la date de notre mariage, je ne travaillais pas sur le dossier Falcon. Il m'a été confié plus tard, pour des raisons familiales. Mesurant le risque de conflit d'intérêts, nous avons pris des mesures immédiates. La ville a fait appel à un comité indépendant pour la délivrance des permis de construire. Mon mari et moi nous sommes retirés de la négociation pour éviter toute forme d'irrégularité. Mais si je suis ici aujourd'hui, c'est pour vous parler d'un problème interne au cabinet Devereaux.

Elle balaya l'assistance du regard pour s'assurer de son attention avant de poursuivre.

— Les e-mails parvenus à la presse avec les documents erronés ont bien été expédiés depuis mon adresse, mais je n'en suis pas responsable. Le coupable est un de nos informaticiens. Il a été licencié sur-le-champ. Ni le conseiller Carlisle ni son service ne sont impliqués dans cette affaire.

Une journaliste agitait frénétiquement une main au premier rang de la foule.

— Madame Carlisle, vous êtes mariée au conseiller. Vos affirmations sont sujettes à controverse et le public est en droit de douter de votre sincérité.

— Je dis la vérité, répliqua Amara avec calme. Si cela ne vous suffit pas, j'ai là une déclaration du cabinet d'experts chargé de l'attribution des permis. Il est visé par le tribunal de commerce.

Une autre voix s'éleva dans la foule.

— Vous affirmez que le projet transmis à la presse n'était qu'une ébauche. Pouvez-vous nous donner des précisions sur la proposition définitive du cabinet Devereaux ?

La jeune femme hocha la tête et poursuivit, imperturbable.

— Je serai heureuse de répondre à votre question. Sachez tout d'abord que notre client, la société Falcon, s'est engagé à faire appel exclusivement à des entreprises de construction locales. Pour éviter tout risque de gentrification, cinquante pour cent des logements seront réservés aux occupants historiques du quartier, à des conditions locatives très avantageuses. Un parc arboré et des aires de jeux seront installés au cœur du dispositif. Deux nouveaux centres communautaires et une salle culturelle polyvalente verront le jour. Tous ces éléments sont détaillés dans le dossier de presse élaboré à votre intention.

S'étant retiré du processus décisionnaire, Lennox n'était pas au courant des conditions du nouveau contrat. Tandis qu'Amara les énumérait une à une, il se réjouissait de constater que la jeune femme avait entendu ses aspirations.

— Le projet apportera une amélioration notable des conditions de vie des habitants de Brooklyn sans écarter la population qui est à l'origine de sa création, confirma-t-elle en se tournant vers lui. En cela, il est conforme aux engagements de campagne du candidat Carlisle. Je vous remercie pour votre attention.

Après un sourire gracieux en direction de la foule, elle céda le micro à Lennox. Dans l'impossibilité de lui parler, il lui serra l'avant-bras en signe de gratitude et se soumit à son tour aux questions des journalistes. La conférence terminée, il la chercha en vain dans l'assemblée pour la remercier. Les modifications importantes apportées au projet Falcon traduisaient une bonne volonté de sa part. L'enquête menée au sein du cabinet Devereaux et les mesures prises à l'encontre du salarié indélicat la lavaient de tout soupçon. Serait-elle prête à accepter ses excuses ? Lui laisserait-elle une chance de la rcconquérir ? Sûr de ses sentiments, il était prêt à tout pour la convaincre de revenir auprès de lui.

- 22 -

Après sa rencontre avec les journalistes, Amara regagna le cabinet Devereaux dans l'espoir d'y trouver un moment de solitude et d'apaisement. Elle passa devant le comptoir de la réception sans prêter attention à l'avertissement que lui adressait son assistante. Mais quand elle pénétra dans son bureau, elle comprit immédiatement ce que la jeune femme avait tenté de lui dire.

Tel un roi siégeant sur son trône, son grand-père était installé dans l'un des fauteuils réservés aux visiteurs. Encore bouleversée par sa brève rencontre avec Lennox, elle n'avait aucune envie d'entendre les éternels reproches auxquels le vieil homme l'avait habituée.

— La journée a été longue, grand-père. Si tu es venu pour me dire des choses désagréables, ce n'est vraiment pas le moment. J'ai fait de mon mieux. La nouvelle version du projet Falcon n'est peut-être pas aussi lucrative que nous l'avions espéré, mais elle aura le mérite de redorer notre image aux yeux du public.

La réponse de son visiteur fut des plus inattendue.

— Je suis d'accord avec toi, dit-il. Elle nous fera une excellente publicité. En vérité, nous ne pouvions pas trouver de meilleure conclusion à cette affaire.

Incrédule, Amara se laissa tomber sur le canapé proche du siège qu'il occupait. Elle croisa les bras et posa sur lui un regard sceptique.

— Tu es d'accord avec moi ?

— Absolument. Jusqu'à présent, tu accordais beaucoup trop d'importance à l'aspect financier des dossiers défendus par notre étude. Ta cupidité n'avait pas de limites. Cette dernière affaire démontre que l'argent n'est pas ta seule motivation. Tu as fait preuve de courage et d'humanité. Deux qualités qui t'honorent et dont je suis fier.

Amara n'osait croire que ces mots sortaient vraiment de la bouche de son grand-père. Elle avait attendu si longtemps sa reconnaissance que ses compliments la plongeaient dans une grande confusion.

— Tu es fier de moi ? Après tout ce temps ?

Son étonnement toucha une corde sensible chez le vieil homme. Il se raidit imperceptiblement.

— Pour être honnête, je n'étais pas seule à travailler sur le projet, souligna-t-elle. Mes collaborateurs ont largement participé à sa rédaction finale.

— C'est sans doute vrai, techniquement, mais c'est toi qui as donné ce souffle admirable à ton équipe. Tes capacités de management sont remarquables.

Amara resta silencieuse un long moment.

— Tu es tellement surprise d'entendre que je suis fier de toi ?

Elle soupira avant de lui répondre.

— Grand-père, tu n'as jamais manqué une occasion de me dire que je n'arrivais pas à la cheville de ma mère. J'avais beau faire, rien de ce que j'entreprenais ne trouvait grâce à tes yeux. Pour toi, je n'ai jamais été qu'une piètre avocate, agressive et vénale.

Le visage de David Devereaux se rembrunit.

— Tu pensais vraiment que j'avais de toi une opinion aussi médiocre ?

— Oui.

Comme elle esquissait un geste pour s'éloigner de lui, il prit sa main pour la retenir et l'observa avec des yeux chargés de tristesse.

— Ma chère enfant, je suis désolé. S'il m'est arrivé de te comparer à ta mère, c'était pour t'encourager. Je n'ai jamais voulu te faire de la peine.

La sincérité contenue dans sa voix fit monter des larmes aux paupières d'Amara. Et, comme si elle était redevenue la petite fille qui sanglotait après une chute de bicyclette, il la prit dans ses bras et la berça tendrement.

— Tu es la meilleure d'entre nous, Amara. Je n'en ai jamais douté. J'espère que tu pardonneras au vieil imbécile que je suis de t'avoir maltraitée. Qui aime bien châtie bien. Je voulais seulement t'encourager à donner le meilleur de toi-même. Ne m'en veux pas, je t'en prie, et laisse-moi t'expliquer les raisons de ma visite ! J'ai fait hier le récapitulatif de ma carrière et j'ai envoyé ma demande de retraite aux services compétents. Dès qu'elle sera validée, je te désignerai comme mon successeur permanent. Tu es la personne la plus qualifiée pour occuper le poste.

En découvrant son grand-père dans son bureau, Amara ne s'était pas attendue à pareille nouvelle. Récompensant tous ses efforts, la décision du vieil homme répondait à toutes ses attentes. La joie qui inondait son cœur était pourtant teintée de tristesse. Le visage de Lennox hantait ses pensées et elle regrettait de ne pouvoir partager son bonheur avec l'homme qu'elle aimait.

Restée seule après le départ de David Devereaux,

elle se tenait à la fenêtre de son bureau, essayant de donner un sens aux événements de la journée. Elle avait agi pour le bien des habitants de New York, tiré Lennox d'un mauvais pas et obtenu la promotion dont elle rêvait depuis des années. Malheureusement, elle avait perdu dans la bataille ce qui lui tenait le plus à cœur. Le respect de son mari.

Comme pour l'empêcher de sombrer dans le désespoir, un coup léger fut frappé à sa porte.

— Entrez, fit-elle sans se détourner de la fenêtre.

Elle n'avait pas envie de montrer sa détresse à quiconque.

— Ange.

La voix profonde et familière la fit tressaillir. Lentement, elle se tourna vers son visiteur. Il avait gardé le costume bleu marine qu'il portait à la conférence de presse, mais sa cravate avait disparu et le premier bouton du col de sa chemise était défait.

— Pardonne-moi de surgir ainsi dans ton bureau. Ta secrétaire m'a dit que je pouvais entrer. Je suppose que tu n'as annoncé notre séparation à personne.

— Je t'ai promis de maintenir les apparences d'un mariage heureux tant que cela te serait nécessaire. Je tiendrai ma parole, mais tu ne peux pas m'en demander davantage ! Je suis tout simplement incapable de vivre avec un homme qui ne m'accorde pas sa confiance.

Croyant deviner une expression de regret sur son visage, elle l'interrogea sur le but de sa visite.

— Que fais-tu ici, Lennox ? Je ne m'attendais pas à te revoir aujourd'hui.

Il avança au centre de la pièce pour lui répondre.

— Je suis venu pour plusieurs raisons. D'abord,

je voulais te demander comment tu avais réussi à convaincre Falcon de construire les bâtiments qui ne figuraient pas dans le projet initial.

— C'est notre étude qui couvrira le coût de ces structures. Nous tenons à mettre l'accent sur l'aspect social de la réhabilitation du quartier. Pour nous, l'affaire est moins lucrative, mais elle nous apportera beaucoup en matière d'image.

— J'ai du mal à croire que les instances dirigeantes de Devereaux approuvent ce genre de politique.

— C'est pourtant le cas. D'ailleurs, mon grand-père sort tout juste d'ici. Il vient de me nommer de façon permanente à la tête du cabinet. Je ne suis pas encore revenue de ma surprise. J'ai enfin obtenu le poste que j'espérais.

Elle s'attendait à des félicitations, mais il garda le silence. Il y avait dans son attitude quelque chose d'inhabituel.

— Qu'y a-t-il, Lennox ? Aurais-tu des doutes sur notre loyauté ? Si c'est le cas, tu as tort. Nous respecterons scrupuleusement les termes du contrat. Tu n'avais pas à venir jusqu'ici pour t'en assurer.

Comme il s'approchait d'elle, les accents poivrés de son eau de toilette firent jaillir dans sa mémoire des souvenirs qu'elle s'efforçait d'oublier depuis des jours. Instinctivement, elle recula d'un pas.

— Je ne suis pas là pour m'assurer de ta loyauté. Selon mon directeur de campagne, ma cote est remontée dans les sondages. Il dit que tu es une faiseuse de miracles. Et je suis certain que si tu avais envie de quitter Devereaux, il te prendrait dans son équipe.

— Je doute qu'il en ait les moyens.

Elle inclina la tête en attendant qu'il en vienne au fait.

— Je suis venu ici parce que je voulais... parce que j'avais besoin de voir ma femme.

Surprise, elle plongea le regard dans le sien.

— J'ai eu tort, Ange.

— Tort de me soupçonner d'avoir livré de fausses informations à la presse ?

Il hocha lentement la tête.

— Pour cela et pour beaucoup d'autres choses. Je n'aurais pas dû me montrer si distant quand mon plus grand désir était de me rapprocher de toi.

Il leva une main vers son visage et caressa doucement sa joue.

— J'avais peur de souffrir, murmura-t-il. Alors, j'ai refusé de me rendre à l'évidence et de reconnaître les sentiments que j'éprouvais pour toi.

Ses paroles, associées à la chaleur de son toucher, étaient comme un élixir coulant dans les veines de la jeune femme. Mais elle avait si peur de se voir infliger une nouvelle déception qu'elle n'osait s'abandonner à l'espoir qu'elle sentait naître en elle.

— Pourquoi ce changement d'attitude ? J'ai du mal à te croire. Depuis que nous nous connaissons, tu m'as toujours dit que les sentiments seraient absents de notre relation. Je ne sais plus quoi penser. Une chose est sûre : je ne me risquerai pas à tomber amoureuse d'un homme qui cherche sans cesse à me fuir. Je ne veux pas passer mon temps à me reconstruire chaque fois que tu auras décidé de me rejeter. Alors, dis-moi franchement ce que tu attends de cette conversation !

Les traits habituellement fermés de Lennox se détendirent imperceptiblement.

— Je suis venu te demander pardon, Ange. Pardon de t'avoir refusé ma confiance. Pardon de t'avoir malmenée. Je ne vis plus depuis que tu es partie. Je veux me réveiller chaque jour dans tes bras. Je t'aime et, même si cela me fait peur, l'idée de te perdre me rend fou. S'il te plaît, accepte de revenir vivre auprès de moi, même si je ne le mérite pas.

Les larmes brouillaient la vue d'Amara. Cette journée insensée pouvait-elle vraiment exaucer tous ses vœux ?

— Je veux te croire, Lennox, mais je reste méfiante. Jusqu'à présent, notre mariage n'a tourné qu'autour de ta carrière et de ma grossesse. Je sais que tu aimes déjà cet enfant, mais je veux que tu m'aimes aussi pour moi, pas seulement parce que je porte ton bébé.

Il l'observa longuement avant de répondre.

— Je n'ai été qu'un imbécile. Comment ai-je pu te laisser croire que la seule chose que j'attendais de toi était cet enfant ? Je t'aime, Ange. Pour toi-même. Depuis le premier jour.

Il se pencha pour effleurer ses lèvres d'un baiser infiniment tendre et lui apporter la sensation la plus douce qu'elle ait ressentie depuis des jours.

— Tu comprends maintenant pourquoi je voulais tant que tu portes tes bagues ? Je voulais que le monde entier sache que tu étais à moi. L'idée que tu puisses aller chercher auprès d'un autre ce que je ne pouvais pas t'apporter me donnait des envies de meurtre.

Il la serra fort contre lui.

— Je t'en supplie, Ange, ne me laisse plus et dis-moi que tu m'aimes !

Elle eut envie de le faire douter un instant. La partie lui semblait un peu facile pour un homme qui avait affiché défiance et réserve pendant de si longs jours. Dans quel état d'esprit pensait-il la trouver aujourd'hui ? Espérait-il la voir tomber à ses genoux à l'instant même où il lui déclarerait son amour ? Il méritait bien de souffrir à son tour.

Mais à vouloir se venger, ne risquait-elle pas de perdre un temps précieux ? Elle avait tant attendu de partager ce moment de bonheur avec lui ! En vérité, elle n'aspirait qu'à aimer cet homme et être aimée de lui.

— Je t'aime, Lennox.

— Dis-moi que tu vas revenir vivre auprès de moi ! Dis-moi que tu seras à moi et rien qu'à moi !

— Je vais revenir, répondit-elle. Et je serai tout à toi. Mais à une condition…

Il fronça les sourcils et tenta en vain de deviner ce qu'elle avait en tête.

— Je veux que tu ailles verrouiller la porte et que tu me montres à quel point je t'ai manqué depuis mon départ.

— Voilà pourquoi je t'aime ! fit-il en s'exécutant aussitôt.

— Ah oui, pourquoi ?

— Parce que tu es belle, intelligente et que tu sais toujours devancer mes désirs.

Quand il revint à elle, elle l'attira dans une étreinte passionnée.

— Alors, conseiller Carlisle, prêt à me montrer à quel point vous m'aimez ?

— Immédiatement, madame Carlisle. Et je le referai demain, après-demain et tous les jours de notre vie.